KB157446

빽넘버

빽넘버

초판 1쇄 2016년 4월 22일
초판 8쇄 2019년 1월 14일

지은이 임선경

출판책임 박성규
편집주간 선우미정
편집 박세중·이동하·이수연
디자인 조미경·김원중·김정호
기획마케팅 나다연
영업 이광호
경영지원 김은주·장경선
제작관리 구법모
물류관리 엄철용

펴낸이 이정원
펴낸곳 도서출판 들녘
등록일자 1987년 12월 12일
등록번호 10-156

주소 경기도 파주시 회동길 198
전화 031-955-7374 (대표)
031-955-7381 (편집)
팩스 031-955-7393
이메일 dulnyouk@dulnyouk.co.kr
홈페이지 www.dulnyouk.co.kr

ISBN 979-11-5925-143-6 (03810)
CIP 2016007902

이 도서의 국립중앙도서관 출판예정도서목록(CIP)은 서지정보유통지원시스템 홈페이지(http://seoji.nl.go.kr)와 국가자료공동목록시스템(http://www.nl.go.kr/kolisnet)에서 이용하실 수 있습니다.

값은 뒤표지에 있습니다. 잘못된 책은 구입하신 곳에서 바꿔드립니다.

빽넘버

Back Number

임선경 장편소설

들녘

무심히 기다리는 어머니에게

차례

1

주택가의 원룸촌은 길 찾기가 어렵다. 외벽을 타일이나 파벽돌로 마감한 비슷한 5층짜리 건물들이 다닥다닥 붙어 있어 이곳이 그곳 같고 여기나 저기나 다 같은 골목처럼 보인다. 어느 골목이나 주차된 차들로 꽉 차 있다. 차들은 생애 대부분의 시간을 달리기보다는 그저 엎드려 있는 데 쓴다. 주말이면 게으르게 깨어나 고작 대형마트 주차장의 달팽이 진입로를 오를 것이다.

전화한 여자가 끼고 돌라고 했던 편의점은 한 골목 안에 두 개나 있었다. 같은 회사의 편의점은 외관이 똑같기 때문에 이 편의점이 아까 지나왔던 그곳인지 새로 나타난 곳인지 알쏭달쏭했다. '개미상회'나 '로얄 미용실'은 개별성이 있지만 CU나 GS25는 그렇지 않아서 길 찾기에는 그다지 도움이 안 된다. 편의점뿐만이 아니다. 요즘은 어느 도시, 어느 거리에 가든 다 같은 빵집에, 다 같은 감자탕집이 보인다. 파리바게트 옆에 김밥천국이 있고 모퉁이에는 CU 편의점, 상가 구석 자리에는 크린토피아가 있는 식이다. 「알리바바와 40인의 도둑」에서 도둑들은 알리바바의 대문에 표시를 해둔다. 위험을 감지한 하녀 모르지아나는 다른 집들에도 똑같은 표시를 해서 위기를 모면한다. 사람들은 비슷해짐으로써 안도한다. 프랜차이즈 점포로 거리의 풍경은 다 같아지고 거리의 사람들은 유행이라는 이름으로 똑같은 옷을 입고 똑같은 화장을 한다. 자꾸 비슷해지려고 노력하는 것은 사는 일이 그만큼 위험해졌기 때문일까? 알리바바! 눈에 띄면 위험해.

같은 곳을 20분째 맴돌고 있었다. 대체로 남자는 여자보다 길을 잘 찾는다는 통념이 있다. '대체로' 그렇다는 것이지 '모두가' 그런 것은 아님에도 불구하고, 나는 이 '대체로' 때문에 종종 다른 사람들의 한심하다는 눈길을 받아왔다. 사실 '대체로'는 퍽 무책임한 단어다. 무엇을 주장하고 싶은 사람들은 그 주장에 동의하지 않는 몇몇이 제기할지도 모르는 반론을 슬쩍 비켜가기 위해서 '대체로'라는 표현을 쓴다. '내가 언제 다 그렇다고 했어?'라는 뜻이지만 속으로는 '글쎄, 다 그렇다니까. 아니라면 네가 별종인 거지.' 하는 생각을 가지고 있다. 별종이라고 해도 뭐, 억울할 건 없다.

각종 팰리스와 하이츠와 레디앙을 돌아다니다 마침내 창문 새시가 붉은색으로 되어 있는 동양 빌라트를 찾았을 때는 어지간히 지친 뒤였다. 찾아가야 하는 집은 꼭대기 층인데 건물에는 엘리베이터가 없다. 암, 그렇고말고 싶어 나는 한숨을 쉬면서도 고개를 끄덕였다. 일이 안 풀리는 날은 끝까지 그렇다. 피곤하다 싶은 날, 어째 일이 꼬인다 싶은 날은 무조건 엎친 데 덮친다고 보면 된다. 미리 그렇게 마음을 먹어두는 것이 편하다. 구질구질하게 비가 오는 날은 장거리 일거리가 생기고, 가는 길에 흙탕물을 뒤집어쓰는 일도 한두 번쯤 생긴다고 마음먹어두면 별로 거리낄 것이 없다. 실제로 흙탕물을 뒤집어쓰면 그런가보다 하고 그런 일이 없으면 다행인 거고 뭐 그렇다.

계단을 올라가는데 층마다 개가 짖었다. 2층 층계참을 돌아가는데 소형견이 신경질적으로 짖는 소리가 들렸다. 일부러 현관 앞으로 바짝 다가가 발소리를 쿵쿵 울리며 걸었더니 개는 안에서 발광을 하다가 주인한테 한 대 얻어맞는 듯했다. 3층을 지날 때는 어린 강아지가 현관을 긁으며 낑낑거렸고 4층에서는 아기 우는 소리가 났다. 목적지인 5층에 도착해서는 잠시 숨을 고르며 쉬어야 했다. 계단을 올라오자마자 내려갈 일이 걱정이 됐다. 올라오는 건 큰 문제 없지만 내려가는 건 무릎에 훨씬 더 부담이 된다.

벨을 누르자 바로 옆에서처럼 높은 목소리의 대답이 들렸다.

"열렸어요!"

이 건물은 전반적으로 방음이 문제인 듯하다. 현관문 안쪽의 소리가 밖에까지 선명하게 들린다. 각 층의 강아지와 아기들이 방문객에게 신경질을 부리는 것도 발걸음 소리가 너무 가까이서 들리기 때문인 모양이다.

문을 열고 들어서자 여자가 부엌 쪽에서 나왔다. 대한민국 여자들의 실내 유니폼이라고 할 수 있는 레깅스에, 부드럽게 늘어지는 니트 카디건을 걸친 차림이었다. 전화 목소리로 들을 때는 20대 여자라고 생각했는데 직접 보니 아무리 적게 잡아도 30대 중반은 되어 보였다. 전화기만 잡으면 혀가 짧아지는 그런 부류인 모양이다.

"심부름센터에서 오셨죠?"

여자가 나를 훑어보더니 말했다. 나는 회사 유니폼을 입고 있다. 유니폼이라고 해 봐야 달랑 조끼 한 장이지만 조끼 가슴팍에 큼지막하게 한글로 '굿 헬프'라고 쓰여 있다. 조끼는 신원을 증명까지야 못해주지만 단서는 준다. 유니폼으로서의 역할은 충분히 하고 있는 것이다. 조끼의 디자인은 아주 마음에 안 든다. 주머니가 많이 달린 회색 조끼로, 정상적인 패션 감각을 가진 20대의 남자라면 마음에 안 드는 것이 당연할 만한 색감과 디자인을 하고 있다. 옷은 멋지게 보이려고 입는 것이 아니라 필요하니까 입는 것이라는 신념을 가진, 오로지 실용성만으로 옷을 고르는 직업군이 이런 조끼를 입는다. 택배 아저씨나 새벽시장 경매 상인, 이삿짐센터 직원 그리고 심부름센터 직원. 실용성 충만한 조끼도 싫지만 나는 우리 회사를 심부름센터라고 부르는 게 싫다. 심부름센터는 바람난 남편의 뒤를 밟거나 떼인 돈을 받아주거나 원한 관계에 있는 사람을 혼내주는 일을 하는 건달들의 사업이라는 이미지가 있기 때문이다. 사실 지금까지는 그런 심부름센터만 있었다. 그렇지만 내가 다니는 회사는 말 그대로 심부름, 심부름 중에서도 잔심부름을 대행하는 회사다. 요즘 우후죽순으로 잔심부름 대행업체들이 생겨나고 있는데 그중에서도 우리 회사는 규모도 있고 설립연차도 꽤 되고 수익률도 좋은 편에 속했다.

"굿 헬프 서비스에서 왔습니다. 헬퍼 이원영입니다."

원래는 소개하면서 신분증을 보여주도록 되어 있지만 나는 귀찮아서 그런 절차는 생략한다. 보자고 하는 사람도 별로 없다. '별로'라고 하는 이유는 아주 없지는 않기 때문이다. 현관 체인을 건 채로 문을 조금만 열고는 그 사이로 신분증부터 보자고 하는 사람도 있다. 물론 그런다고 해도 기분이 나쁘지는 않다. 오히려 벨을 누르면 다짜고짜 문부터 벌컥 여는 경우가 더 걱정스럽다. 그런 사소한 부주의가 수명을 단축시키는 것이다. 이 여자처럼 누가 온다는 연락을 받으면 잠긴 현관문부터 열어놓고 보는 경우가 가장 황당하다.

"얘기 듣고 오셨죠?"

"그럼요."

여자가 안쪽으로 가려다가 돌아서더니 고개를 왼쪽으로 살짝 기울이며 말했다.

"근데 조금 늦으셨네요?"

"네, 집 찾는 데 시간이 좀 걸려서요."

여자는 잠시 기다리더니 귀엽게 보이려는 의도가 분명한, 눈을 동그랗게 뜬 표정으로 나를 쳐다보았다.

"어머, 그게 끝이에요?"

"네?"

"죄송합니다, 해야죠."

'당황하지 마!' 하고 생각했지만 의지와 관계없이 당황했다. 얼굴이 빨개지는 것이 느껴졌다. 나는 얼굴 붉히는 것을 싫어한다. 붉어지는 얼굴은 감정을 드러낸다. 웃지 않으려고 마음먹으면 안 웃을 수 있고 울지 않으려고 노력하면 안 울 수도 있다. 그런데 얼굴 빨개지는 것만은 맘대로 안 된다. 내게 속해 있지만 내가 통제하지 못하는 것. 얼굴이 빨개짐으로써 무안함과 창피함을 드러내는 것이 나는 진짜로 쪽팔린다.

나이 든 여자들은 어린 남자가 얼굴 붉히는 것을 좋아한다. 자기 앞에서 수줍어한다고 생각하고 그걸 즐기는 것이다. 그래서 사소한 실수도 꼭 짚고 넘어간다. 그렇게 함으로써 예민하고 깐깐한 여자라는 인상을 줌과 동시에 돈 주고 서비스를 사는 소비자로서의 지위를 누린다. 내가 얼굴을 붉히자 여자는 만족스럽기 그지없는 미소를 지었다. 저런 표정으로 봐서는 마흔 가까운 나이인지도 모르겠다.

"호호, 아니에요. 괜찮아요."

여자가 뒤돌아서 부엌 쪽으로 갔다. 긴 머리가 등 복판까지 드리워져 있다. 여자는 냉장고 문을 열려다가 나를 흘끔 뒤돌아보았다. 다시 고개를 돌리면서 샐쭉 웃음을 흘리는 것이 보였다. 생각보다 괜찮은 애가 왔잖아? 라는 뜻이라고 멋대로 생각했다. 일을 시작하기도 전에 좀 피곤해졌다.

"뭐 마실 것 드려요?"

"아뇨. 됐습니다. 팔이 불편하시다면서요."

"맞아요."

여자는 투정이라도 부리는 표정으로 나를 보고 선 채 양팔을 살짝 들어 보였다. 양팔이 45도 정도 올라가자 얼굴을 찡그렸다.

"이 정도만 들어도 아프다니까요."

"네에, 그러시군요."

나도 덩달아 심각한 표정을 지어 보였다. 그거야 본인이 자초한 일이 아닙니까? 라고 말할 수는 없다.

여자는 가슴확대수술을 했단다. 많은 여자들이 브래지어 안에 헝겊 패드를 집어넣는다. 일부 여자들은 가슴 안에 식염수 팩을 집어넣는다. 이 여자가 바로 그 일부 여자에 속한다. 그래서 팔이 아프다고 했다. 사람의 몸이라는 건 오묘해서 한 부위가 아프면 관계없을 것 같은 다른 부위도 덩달아 말썽을 부리곤 한다. 한쪽 다리를 다치면 자세가 비틀리며 허리가 아프고, 갈비뼈를 다치면 폐가 멀쩡한데도 다친 뼈의 움직임 때문에 호흡곤란이 일어난다. 가슴수술을 하면 팔이 아프다는 것은 새롭게 알게 된 사실이다. 정확히 말하면 팔이 아픈 것이 아니라 팔을 자유롭게 쓸 수 없는 것이다. 팔을 위로 올리면 자연스럽게 어깨도 따라 올라가고 겨드랑이가 당겨지며 동시에 흉근도 당겨진다. 그래서 수술 부위에 통증이 생기는 것이다. 조심조심 일상생활을 하는 것은 가능하지만 팔을 위로 올리지 않으면 도저히 할 수 없는 일도 있기 마련이다.

"머리를 감을 수가 없어요. 와서 머리 좀 감겨주실래요?"

그게 여자가 주문한 내용이었다. 머리는 어깨 위에 있으니 팔을 올리지 못하면 당연히 머리도 감을 수 없다.

"저기가 욕실인가요?"

원룸이기 때문에 따로 문이 달린 곳은 거기밖에 없었다.

"네, 잠깐만요. 좀 편하게 입고요."

여자가 입고 있던 니트 카디건을 벗었다. 벗을 때도 팔이 불편해 카디건 끝자락을 잡아당겨서 밑으로 떨어뜨리는 식으로 벗었다. 도와줄까 말까 망설이는 사이에 여자는 카디건을 힘들게 다 벗었다. 요청받은 일 이외의 일을 하는 것은 신중해야 한다. 여자는 카디건 안에 흰 탱크톱만을 입고 있었다. 탱크톱 위로 두두룩하게 솟아오른 가슴 둔덕이 보였다. 과연! 이라고 나는 생각했다.

앞장서서 욕실로 들어섰다. 젖은 수건이 함부로 널려 있고 이런저런 물건이 많아 어지러웠다. 저것들을 정말로 다 사용하는 걸까 의심스러울 만큼 많은 헤어제품들이 세면대 위 선반에 빼곡했다. 굴러다니는 세숫대야를 집어 욕조에 바짝 붙여 엎어놓았다. 여기에 여자를 앉히고 욕조 벽에 기대게 해 머리카락을 욕조 안으로 늘어뜨릴 생각이다. 미용실에서 하듯이 위로 보고 누운 자세가 머리 감기기에 가장 편하다. 머리카락을 맡기는 사람 입장에서도 그게 가장 목이 덜 아프고 옷도 덜 젖는다. 5년이나 미라처럼 병원에 누워 있으면서 터득한 수백 가지 사실 중 하나다. 욕조 턱에는 수건을 몇 겹으로 접어 걸쳐놓았다. 그렇게 해야 목 뒤가 배기지 않고 혹시 물이 흐르더라도 등 뒤로 흘러내리지 않는다.

탱크톱과 레깅스라는 외견상 내복에 가까운 조합으로 욕실 안으로 들어선 여자는 내가 해둔 준비를 보더니 흡족해했다.

"많이 해보셨나 봐요?"

"많이는 아니고요."

여자는 시키지 않았는데도 엎어둔 대야 위에 앉아서 욕조 뒤로 목을 젖혔다. 나이가 있었지만 아직 주름이 지지 않은 목선은 예뻤다. 목에서 어깨로 떨어지는 선도 훌륭했다. 솟아오른 가슴 때문에 다른 라인도 더 예뻐 보이는 모양이다. 뒤로 눕는 자세인데도 조금도 꺼지지 않는 가슴을 보면서 나는 다시 감탄했다. 그러나 언제까지나 감탄만 하고 있을 수는 없다. '일해야지!' 나는 나를 꾸짖고는 추석 차례상에 올라가는 배만큼이나 커다랗고 튼실한 가슴을 수건으로 살포시 덮었다. 여자가 감았던 눈을 뜨더니 푹 웃었다. 옷에 물이 튀지 않게 하려는 배려일 뿐인데 자기 가슴을 의식한다고 느낀 모양이다. 하긴 수술을 한 지 얼마 안 되었으니 자나 깨나 가슴 생각뿐일 것이다. 새 운동화를 신고 나간 날이면 다른 사람들이 내 운동화만 쳐다본다고 느끼는 것처럼.

샤워기를 이용해 부드럽게 머리를 적셨다. 샴푸를 짜내 머리카락에 거품을 내면서 친밀하고 자연스런 분위기를 만들어 서비스 만족도 점수를 올리려는 의도를 가지고 말을 걸었다.

"이 건물엔 개 키우는 집이 많은가 봐요."

"그러니까요. 계단 올라올 때마다 층층이 아주 난리예요. 어우, 개를 왜 키우나 몰라. 난 개털 날리는 거 싫던데. 개 냄새도 싫고. 짖는 소리는 또 어떻고요."

"건물에 방음이 잘 안 되는 것 같아요."

"맞아요. 옆집에서 샤워하는 소리도 다 들려요. 밤에는 변기 물 내리는 소리까지도 들린다니까요. 여긴 꼭대기 층이니까 괜찮긴 한데 아래층들은 층간소음 때문에 몇 번 싸움도 나고 그랬나 봐요."

"싸움으로 끝나서 다행이네요. 층간소음 때문에 살인사건도 많이 나는데."

여자가 깜짝 놀란 표정을 지으며 감았던 눈을 반짝 떴다.

"살인사건요?"

"아, 뉴스에 보면요."

여자의 반응 때문에 나까지 깜짝 놀랐다. 여자는 다시 눈을 감았다. 쓸데없이 필요 이상의 리액션을 하는 여자다. 남자는 리액션이 좋은 여자를 좋아한다는 연애 서적의 가르침을 충실히 따르는 모양이다.

층간소음으로 살인사건이 일어나는 건 이젠 놀라운 뉴스도 아니다. 살인사건 자체도 놀랍지 않거니와 그 이유가 소음 때문이라는 것도 식상하다. 돈과 치정, 원한뿐만이 아니라 사람들은 기분 나쁘게 쳐다봤다고, 지지 정당이 다르다고, 장기를 한 수 물러주지 않는다고 살인을 한다. 그에 비하면 소음은 매우 타당한 이유다. 그나저나 살인사건 얘기는 괜히 했다.

샴푸하고 트리트먼트까지 했다. 수건으로 물기를 닦는데 여자가 개운한 표정으로 말했다.

"드라이도 해주실 거죠?"

"드라이요? 드라이할 줄 모르는데."

"괜찮아요. 그냥 말려만 주세요. 오늘 밖에 나갈 일 없으니까."

여자를 화장대 거울 앞에 앉히고 드라이어를 들고 여자의 등 뒤에 가서 섰다. 볼 때마다 느끼지만 헤어드라이어는 총처럼 생겼다. 전문가용 큼지막한 메탈 소재 드라이어는 그 무게감 때문에라도 더 무기 같다. 드라이어 전원을 올리자 총알이 발사! ……되지는 물론 않았다. 뜨거운 바람에 여자의 긴 머리카락이 나부꼈다. 머리카락을 앞쪽으로 모두 넘겨 속부터 말렸다. 드디어 여자의 등이 보였다. 긴 머리카락으로 가려져 있었던 여자의 등.

사실은 아까부터 여자의 등을 보는 것을 피해왔다. 뒷모습이 보인다 싶으면 시선을 돌렸다. 그건 이미 습관이거나 버릇이다. 길을 걸을 때는 앞사람의 등을 보게 될까 봐 고개를 숙이고 발밑을 보며 걷는다. 얘기하던 상대가 내 앞에서 돌아설 때는 타이밍을 놓치지 않고 눈길을 돌린다. 그렇지만 이렇게 여자의 등 뒤에 서서 머리를 드라이해주는 상황에서는 등을 보지 않을 도리가 없다. 괜찮다. 보이면 보는 거다.

#

숫자가 보였다. 연한 녹색으로 약하게 발광하는 숫자. 18259라는 다섯 자리 숫자였다. 숫자에 신경 쓰지 않으려고 노력하지만 머리는 벌써 제멋대로 계산에 들어간다. 계산을 해볼 것도 없다. 다섯 자리 숫자면 일단 30년 이상이다. 1만8천까지 갔으니 50년? 젊다고는 해도 서른은 넘어 보이는데 앞으로 50년이면 여든 이상까지는 살 것이다. 그만하면 장수하는 편인가? 여자의 평균수명이 80세를 넘긴 지도 한참 되었으니 적어도 평균은 되는 셈이다. 넉넉한 숫자를 보고 나니 나까지 느긋해진다. 동시에 앞으로 50년 동안 저 가슴은 어떻게 되는 걸까 궁금해졌다. 세월이 가면서 눈꼬리도 처지고 엉덩이도 처지는데 가슴만 봉긋하게 살아 있는 건가? 가슴이 봉긋한 파파할머니를 상상하자 어쩐지 징그러웠다.

2

그녀의 등에 쓰인 숫자, 그녀의 '백넘버'는 그녀의 수명, 앞으로 그녀에게 남은 날이다. 그렇다. 나는 사람의 수명을 본다. 사람의 등에는 앞으로 살 수 있는 날이 쓰여 있고 내 눈에는 그 숫자가 보이는 것이다. 숫자는 희미한 녹색이다. 사실 쓰여 있다기보다는 등에 비쳐 보인다고 표현하는 것이 맞을 것이다. 숫자는 등에서 살짝 떠 있는 느낌이고 사람의 움직임에 따라 숫자도 일렁일렁 움직인다. 그렇지만 외부 어딘가에서 빛을 쏘아서 그 빛이 등에 닿은 것은 아니다. 등에 손을 대서 손으로 숫자를 가리면 가려진다. 의자에 등을 대고 앉아도 숫자는 보이지 않는다. 그렇지만 옷 위로는 드러난다. 물론 숫자는 맨몸일 때 가장 잘 보인다. 맨살에서 숫자는 연한 녹색으로 아름답게 빛난다. 옷을 입으면 빛은 조금 희미해진다. 얇은 흰

옷일 때는 잘 보이지만 두터운 겨울 코트 위에서는 빛이 약해지는 걸 보면 숫자를 나타내는 빛이 피부 밑에서부터 뚫고 나오는 것 같기도 하다. 숫자는 긴 머리카락으로 가려졌을 때가 가장 보기 힘들다. 머리카락은 검정색인 데다가 부피가 있고 출렁출렁 움직이기 때문이다. 밤에는? 숫자는 빛이기 때문에 당연히 밤에 더 잘 보인다. 아주 깜깜할 때는 사람은 안 보이고 둥둥 떠다니는 숫자들만 보일 때도 있다. 한밤의 도로에서 자동차는 잘 안 보여도 자동차의 미등 불빛은 꼬리에 꼬리를 물고 물결을 이루어 흐르는 것처럼.

사람은 누구나 죽는다. 인생에서 단 하나 확실한 것은 죽음뿐이다. 생명은 유한하고 사람들은 하루하루 죽어간다. 모두들 그것을 알고 있다. 그런데도 잘도 모르는 체하면서 살고 있다. 어째서일까? 그때가 불확실하기 때문이다. 인생에서 가장 확실한 것은 죽음이고 가장 불확실한 것은 죽는 때이다. 그런데 나는 바로 그때를 알고 있다. 나에게는 모든 것이 확실하다.

나는 사람이 많은 곳에 가는 것을 좋아하지 않는다. 출퇴근 시간의 지하철이라든가 야구장이라든가. 사람들이 모여 있는 곳에 가면 가슴이 답답해진다. 식은땀이 나고 숨이 막혀 금방이라도 죽을 것 같다. 전형적인 공황장애 증상이다. 죽을 것 같은 느낌이 드는 건 너무나 또렷하게 죽음이 보이기 때문이다. 눈앞의 사람들은 저마다 등에 백넘버를 매단 채, 죽음을 짊어진 채 먹고 마시고 움직인다. 야구장 관람석 뒷자리에 있으면 수만 명의 등이 보이고 그 등마다 백넘버가 반짝거리고 있다. 백넘버를 가진 사람들의 웃음과 몸짓, 삶의 기운이 충만한 흥분을 보면 무섭고 슬퍼진다. 어두운 극장에서 백넘버는 앞다투어 반짝인다. 햇빛 아래에서 보면 희미하게 빛나는 정도지만 어두운 극장에서는 비상구의 불빛보다 더 환하게 보인다. 한 사람의 등에 쓰인 숫자를 보는 것과 떼로 모인 숫자의 무리를 보는 것은 완전히 다르다. 시야 가득히 반짝거리는 숫자들은 인간이라는 유한한 종족의 무력함을 잔인하게 보여준다.

나는 극장에 가지 않고 야구장에도 가지 않고 휴일엔 백화점이나 대형마트에도 가지 않는다. 출퇴근 시간에는 대중교통도 피한다. 어쩌다 저녁 시간에 지하철 홍대입구역을 지나게 됐을 때 나는 그야말로 죽을 뻔했다. 인산인해라는 말이 딱 맞았다. 인도에 사람들이 빽빽이 모여 있어서 정상 속도로 걷는 것이 불가능했다. 대부분 20대 남녀였는데 모두들 스마트폰을 귀에 대고 있거나 들여다보거나 하고 있었다. 난 처음엔 휴대폰 들여다보기 플래시몹인가 생각했다. 그렇지만 그렇게 보기에는 일사불란함이 부족했다. 무슨 시위가 있나 싶기도 했다. 그렇지 않고서야 이렇게나 많은 사람들이 한 장소에 모여 서서 가지도 않고 오지도 않는 일이 있을 수가 있나 싶었던 것이다. 곧 그들에게는 아무런 공동의 목적이 없다는 것을 알았다. 모두 제각기 저마다 누군가를 기다리고 있었던 것이다. 사람이 그렇게 많은데도 지하철의 출구에서는 사람들이 꾸역꾸역 계속 몰려나왔다. 순대가 터져 안에 있는 내용물이 삐져나오는 것 같았다. 9번 출구의 계단은 정체를 빚어 사람들은 계단 한 칸 올라오기도 힘들어 보였다. 그 많은 사람들이 다 등에 숫자를 달고 있었다. 생긴 모습이 다르고 입은 옷이 다르고 만날 사람이 다르지만 그들이 가는 방향은 모두 같다. 모두들 죽음을 향해 가고 있는 것이다.

죽음을 향한 거대한 행진이었다.

심장이 빠르게 뛰기 시작하는 것이 느껴졌다. 손발에 땀이 나면서 숨이 막혀왔다. 나는 헐떡거리며 사람들을 헤치고 그 자리를 빠져나오려고 애썼다. 나에게 떠밀린 사람들이 조그맣게 비명을 지르거나 눈을 흘겼다. 그렇지만 숨 쉬기도 어려운 판이어서 사과를 할 수도 없었다.

"괜찮아요?"

내가 누군가의 발에 걸려 비틀거리자 그 누군가가 내 팔을 잡아주었다.

"네……."

나는 괜찮다. 사람들이 적은 곳으로 가면, 지금처럼 사람들에게 떠밀려 압사할 것 같은 곳만 아니라면 어디서라도 괜찮다. 그러는 당신은 괜찮은가? 괜찮다고 믿고 있나?

이런 증상 때문에 물론 병원 진료를 받았다.

"광장공포증이라고 볼 수 있습니다. 공황장애의 일종인데 주로 군중이 있는 상황에서 증상이 나타나죠."

의사는 벤조다이아제핀 계열의 항불안제를 처방했다. 인지행동치료로 노출훈련도 제안했다. 숙련된 전문가와 함께 내가 비합리적으로 공포를 느끼는 상황을 반복해 겪어보는 것이다.

"사람이 많은 곳에 의식적으로 자꾸 가보는 훈련을 하는 겁니다. 백화점에서 쇼핑하기. 지하철 타기. 그러면서 시간을 점점 늘려보는 거죠."

나는 인지행동치료 따위는 받을 마음이 없었다. 약도 먹지 않았다. 나는 군중을 피했다.

의사는 나에게서 강박증도 찾아냈다. 지나칠 정도로 죽음을 의식한다는 것이다. 그러나 다들 알다시피 도처에 죽음이 있다. 고층 빌딩은 추락 사고의 위험이 있고 가스는 폭발할 수도 있으며 어디에나 병균이 있다. 문이 열려 있으면 강도가 들 수도 있으며 층간소음이 심하면 칼부림이 날 수도 있다. 나는 백넘버를 본다. 늘 생명의 소멸을 보고 있다. 보이니까 보는 것이다. 보이는 것을 무시하기란 쉽지 않다.

그런데.

어째서 내게만 그것이 보이는 걸까?

사실은 '어째서?'가 가장 어이없는 물음이다. 어째서라니. 세상에 뚜렷한 이유가 있는 일이 몇 가지나 될까? 사람들은 대부분의 인간사가 원인과 결과가 있는 일이라고 믿지만 조금만 들여다보면 그게 얼마나 어처구니없는 생각인지 알게 될 것이다. 어째서 나는 이 나라에서 태어난 것일까? 좀 더 따뜻하고 평화로운 곳에서 태어났더라면 좋았을 텐데. 어째서 어떤 아이는 사랑 넘치는 부모에게서 태어나 유복하게 자라는데 또 다른 아이는 걸음마를 시작하기도 전부터 학대받으며 자라는 걸까? 어째서 누구는 태어나자마자 사고로 죽고 누구는 큰 사고 현장에서도 구사일생으로 살아남는 것일까?

살면서 겪는 중요하고 결정적인 일들에는 대부분 이유가 없다. 그냥 그렇게 되는 것이다. 나는 어쩌다 보니 그렇게 되었다. 어째서 그렇게 되었는지 수천 번 수만 번 생각하고 돌이켜보았지만 이유는 전혀 알 수 없다. 다만 언제부터 그렇게 되었는지는 기억할 수 있다.

3

그 일은 내가 대학에 입학한 해의 가을에 일어났다. 바람 좋고 햇살 좋은 어느 날이었다. 대학 1학년생이 으레 그렇듯이 해도 지지 않았는데 집에 들어가면 큰일 나는 줄 아는 때여서 나는 수업이 끝났지만 여전히 학교에 남아 있었다. 엄마에게서 전화가 걸려 왔다.

"너 뭐 입고 있니?"

"응?"

"아침에 뭐 입고 나갔어?"

"옷 사주게?"

"시끄러, 위에 재킷 입었지?"

나는 베이지색 면바지에 짙은 청색 재킷을 입고 있었다. 신발은 갈색 로퍼. 그거면 됐다는 합격 통보가 들렸다.

"고모할머니 돌아가셨대. 엄마 지금 출발한다. 학교로 가서 너 픽업해 갈 테니까 어디 가지 말고 있어."

고모할머니면 충청도까지 가야 한다. 다 저녁때 출발해서 언제 돌아오려고 그러나 한숨이 났다. 친척, 집안 어른과 관계된 일은 무조건 지루하다. 명절에 인사 다니는 일이 그렇고 누구의 결혼식, 돌잔치에 참석하는 일도 바보스럽게 느껴진다. 밥 한 끼 먹으려고 주말 하루를 중간에서 뎅강 잘라먹다니. 친척과 관련된 일이 지루한 이유는 거기를 '가족'과 함께 가야 하기 때문이다. '가족'은 집에서만 보면 되는 사이라고 생각한다. 왜 매일같이 얼굴 보는 가족을 밖에서까지 만나야 하지? 물론 우리 가족은 매우 화목하다. 엄마, 아빠 그리고 외아들인 나로 이루어진 우리 가족은 밥 먹을 때 도란도란 얘기를 나누고 TV를 볼 때는 거실에 다 같이 모여 앉아 보는 모범적인 가족이다. (밥도 다 따로 먹고 같은 프로그램을 보면서도 각자 자기 방에서 TV를 보는 가족도 많다.) 그렇지만 여름휴가를 가족과 함께 보낸 것은 중학교 때가 마지막이었다. 휴가철 고속도로 정체를 참을 수 없어서였다. 친구들과 함께라면 서너 시간씩 차 안에 갇혀 있어도 즐겁지만 가족과 함께 한 차에 앉아 있으면 한 시간도 지겹다.

그럼에도 불구하고 엄마가 나를 꼭 챙겨 데려가는 곳은 상가였다. '경사는 못 챙기더라도 애사는 반드시'라는 것이 엄마의 신념이었다. 큰일 당한 사람한테는 주변 사람이 얼굴 한 번 내밀어주는 것이 얼마나 힘이 되는 줄 아느냐, 사람이 그 정도 마음 씀씀이도 없다면 배우는 게 다 무슨 소용이냐는 엄마의 진지한 가르침 때문에 나는 싫은 얼굴을 감추고 따라갈 수밖에 없었다. 그런데 막상 상가에 가보면 이것이 과연 애사에 속하는 일인가 사뭇 의심스러울 때가 많았다. 빈소에서 고인의 영정에 절을 하고 상주에게 애도를 표할 때까지는 나름 엄숙한 분위기다. 그렇지만 조문객들에게 음식을 대접하는 곳으로 가보면 잔칫집 분위기인 경우도 허다했다.

엄마가 차를 몰고 와 교문 앞에서 나를 태우고 다시 아빠 회사 앞으로 가서 아빠를 태웠다. 퇴근 시간을 아슬아슬하게 피해 고속도로를 탈 수 있었다.

고모할머니 상은 호상이라고 했다. 아흔을 넘어 사셨고 자식들이 모두 임종을 했으므로 그렇다는 것이다. 조문객들 사이에서는 때가 되면 어서어서 돌아가시는 것도 복이라는 말이 스스럼없이 나왔고 상주가 끼어 있는 어느 자리에서는 호탕한 웃음소리가 터지기까지 했다. 오랜만에 만난 친지들은 반가운 마음을 감추지 않았고 대학을 잘 갔거나 결혼을 잘한 자식들을 자랑하는 데 망설임이 없었다. 빈소 앞에 늘어선 화환의 개수는 자식들의 성공 정도를 어림하는 척도였다. 사람들은 상주가 입은 검정 상복의 디자인을 평가하고 일회용 그릇에 담겨 나오는 육개장의 맛을 칭찬했다. 중형 호텔 외식부에서 맞추었다는 음식들의 차림은 다른 상갓집과 별다를 게 없었지만 맛은 깔끔했다. 내가 코다리찜을 잘 먹자 엄마가 한 접시를 더 청해서 주었다.

우리 식구는 11시가 넘어 일어났다. 아빠는 소주를 두어 잔 마신 상태였고 나도 또래들이랑 맥주를 한 잔씩 했다. 엄마는 밤 운전은 되도록 안 하려고 했지만 ("나이 먹으니까 밤엔 더 안 보여. 불빛이 다 퍼져 보인다니까?") 아빠와 나 둘 다 음주 상태여서 어쩔 수가 없었다.

사실 차도 엄마 차다. 아빠는 작년에 임원으로 승진하여 회사에서 자동차가 나왔다. 회사 주차장에 전용 주차구역도 생겼다. 엄마가 아빠의 사회적 성공을 피부로 느낀 때가 바로 이때가 아닌가 싶다. 기사도 딸렸으면 좋았겠지만 경기가 좋지 않아 인건비 절감 차원에서 '기사는 본부장까지만'이라고 했다. 엄마는 본인 명의의 새 차를 구입하기로 결정하고 집에 있던 아빠의 커다란 스포츠유틸리티 차량을 팔아버렸다. 차가 커서 마트에 장 보러 가려면 주차장 진입로를 올라가는 일이 스트레스라고 했다. 엄마가 원하는 차는 베엠베 미니쿠퍼였다. 예쁘고 앙증맞고 안전하고 편의사양이 많고 단점이라면 조그만 주제에 비싸다는 것뿐.

엄마가 신나게 차를 고르는 동안에도 아빠는 조금은 망설였다. 새로 사게 될 차의 사용연한까지 회사의 임원 자리를 유지할 수 있을까 하는 염려 때문이었다. 임원에서 떨려나고 회사 차를 반납하게 되면 아빠가 다시 미니쿠퍼를 몰아야 할 텐데 오십 넘은 남자의 차치고는 남우세스럽지 않겠느냐는 것이 아빠의 의견이었다.

"아니, 무슨 남자가 임원 되자마자 떨려날 걱정부터 해?"

"임원이라는 게 임시 직원이라는 뜻이야. 재계약 안 되면 그걸로 끝인 것 몰라?"

"아유, 그래도 난 죽기 전에 이런 차 한번 몰아보고 싶어."

"오십 갓 넘어서 죽는 타령은."

그래도 아빠는 엄마가 새 차 사는 걸 말리지는 않았다. 엄마는 크롬 장식이 달린 푸른색 미니쿠퍼를 샀다.

새 차는 내 마음에도 들었다. 난 엄마가 혹시 시뻘건 대형 세단을 사면 어쩌나 속으로 조마조마했다. 헬스클럽이나 백화점 주차장에서 흔히 보이는 강남 아줌마들 차 말이다. 그런 차는 내가 끌고 나가기는 아무래도 부담스러웠다. 주말 강남 번화가에 가보면 누가 봐도 '엄마 차 빌려 옴'이라고 쓰인 차를 몰고 나온 녀석들이 눈에 띄었다. (아빠 차로 보이는 것은 빌려 온 것이 아니라 훔쳐 온 것이다.) '누가 봐도 엄마 차'인 자동차는 주차시킬 때도 어쩐지 쑥스럽다. 작더라도 '누가 봐도 내 차'인 것 같은 차를 끌고 나가야 카페나 클럽 앞에서 발레파킹을 맡길 때 당당하다. 차가 본인 소유임을 나타내는 가장 확실한 방법은 뭐니 뭐니 해도 요란한 튜닝과 유치하고 컬러풀한 시트다. 땅에 착 달라붙는 디자인에 배기음 빵빵한 스포츠카라고 해도 넘버가 '허'로 시작하면 한 수 접고 들어가야 한다. 비싸지만 그리 크지 않으면서도 그리 흔하지 않은 예쁜 차. 그런 차가 먹어주는 차다. 누구한테 먹어주느냐 하면 당연히 여자들한테다.

나는 주말 외출에 엄마 차를 빌렸다. 주차장에 차를 대면 흘끔거리는 여자들의 시선이 느껴졌다. 볼일을 보고 돌아오면 내 차 사이드미러에 얼굴을 비춰보거나 창문에 이마를 대고 안을 들여다보는 여자들도 보였다. 내가 다가가면 여자들은 민망함을 감추며 흩어졌는데 그러면서도 나를 슬쩍 돌아보았다. 웃어주는 경우도 있었는데 호감의 표시였다고 생각한다.

차가 꼭 필요한 것은 아니었다. 주중에는 주택가 골목길에 납작 엎드려 소방차 진입조차 막던 자동차들이 주말이 되면 일제히 도로로 몰려나왔으므로 어딜 가나 차가 막히고 어딜 가나 차 댈 데가 없었다. 그래도 기를 쓰고 차를 빌려 나오는 이유는 윤지 때문이었다.

차를 가지고 나가면 윤지가 좋아했다. 윤지는 신입생 엠티에서 만나 사귀게 된 여학생이다. 일단 들어만 가면 연애는 질리게 할 거라고 어른들이 장담했던 대학이어서인지 과연 들어오자마자 이루어진 연애다. 따끈한 신입생일 때 맺어진 인연이라 서로 조금은 선부른 결정이 아니었을까 의심스러워하는 마음도 없지는 않았다. 그렇지만 윤지는 우리 학교에서 몇 손가락 안에 드는 미녀였다. 나는 윤지를 사랑했다.

차에 윤지를 태우고 강촌 유원지와 이천의 수영장에 다녀왔다. 고등학교 동창들을 만나 과음했다는 말에 강남의 클럽으로 윤지를 데리러 갔을 때도 차를 끌고 갔다. 취한 윤지와 윤지의 친구들을 태우고 한남동에서부터 연남동까지 서울을 종횡무진하며 두 시간 반에 걸쳐 모두를 집까지 데려다주었다. 그 일로 나는 윤지의 친구들에게 친절과 배려의 아이콘으로 떠올랐다. 윤지는 나를 사랑스러워함과 동시에 자랑스러워하기까지 했다. 그렇다고 이 차가 내 차라고 윤지에게 뻥을 친 것은 아니다. 그런 거짓말은 자존감을 해친다. 엄마 차라고 분명히 말했고 윤지도 데이트 약속을 잡을 때마다 "차 가지고 나올 수 있어?" 조심스럽게 물었지만 일단 가지고 나가면 아무 거나 만지고 차 안을 함부로 어지럽히며 서슴없이 즐겼다. 차를 타고 교외로 나가서 차 안에서 음악을 듣고 차 안에서 음식을 먹었다. 윤지는 차를 좋아하는 여자였다.

"난 이다음에 돈 모으면 미니박스를 살 거야. 하늘색으로. 차 안에는 시디하고 선글라스하고 플랫슈즈를 둘 거야. 아! 화장품 파우치도."

"화장품 파우치는 왜?"

"맘 내키면 휭 어디든 가서 하룻밤 지내고 오게. 잘 때 화장 지워야 하잖아."

우리는 수입 차 전시장에 박스나 피가로가 보이면 들어가서 구경하다 나오곤 했다. 윤지가 박스를 사기 전에 내가 먼저 차를 사야 할 텐데. 그러나 아직은 나의 드림카를 정하지 못한 상태였다.

어쨌든 그날 상가에서 돌아오는 길에 운전석에는 엄마가 앉았다. 나는 수능시험 끝나고 면허를 딴지라 운전 경력이 얼마 되지 않았지만 엄마는 20년 무사고였다. 엄마의 운전에는 관록이 묻어났고 동승자들은 안정감을 느꼈다. 겪어보면 대부분의 여성 운전자들은 신호를 잘 지키고 속도위반도 잘 하지 않으며 쓸데없는 차선 바꾸기도 하지 않는다. 여성 운전자는 운전이 미숙하다는 이유로 도로에서 부당한 대우를 받기 일쑤지만 대부분의 사고는 성질 급하고 무의미한 경쟁심에 사로잡힌 남성 운전자에 의해 일어난다. 인간사가 다 그렇듯 운전도 스킬보다는 매너의 문제다.

차가 출발하자 엄마가 뒷좌석의 나를 돌아봤다.

"벨트 매라."

나는 안전벨트를 당겨 맸다. 조수석에서 아빠는 금세 잠에 곯아떨어졌고 엄마는 카오디오를 켰고 나는 휴대폰에 연결된 이어폰을 귀에 꽂았다. 부모님과 같이 차를 타면 나는 늘 이어폰을 꽂는다. 드라이브하면서 음악 듣는 건 대부분의 사람들이 좋아하는 일이지만 그게 어떤 음악이냐는 성별과 나이에 따른 편차가 있다. 그 편차가 너무 크면 중간 지대에서 대충 합의를 보는 일도 불가능하다. 내가 듣는 음악은 힙합이었고 아버지가 듣는 것은 교통방송이었고 엄마는 발라드 가요나 클래식을 들었다.

한밤의 고속도로에는 화물차가 많았다. 화물차는 크기와 소리, 속도 면에서 다른 차들을 압도한다. 차체는 커다란데 약속이라도 한 듯이 먼지투성이에 라이트는 흐릿해서 더 위압감을 준다. 덜 막힐 것이라고 예상해서 선택한 중부고속도로는 유독 더 화물차가 많은 듯했다.

떠난 지 채 한 시간이 안 되었는데 엄마는 차를 몰고 휴게소로 들어갔다.

"왜?"

"아까 먹은 게 잘못 됐나 봐. 화장실 좀 다녀가자."

엄마가 급하게 차를 몰고 들어간 곳은 편의점과 커피전문점 하나만 달랑 있는 간이 휴게소였다. 그래도 화장실은 커 보였다.

주차장에는 우리 차 말고는 차가 한 대뿐이었다. 윤지의 드림카인 박스다. 고개를 꺾어서 유심히 쳐다봤다. 차 안은 비어 있었다.

조수석에서 잠든 아빠는 차가 멈춰도 깨어날 기미가 안 보였다. 엄마는 화장실로 뛰어가고 나는 설렁설렁 걸어 휴게소 건물 안으로 들어갔다. 상갓집에서 저녁 먹고 난 뒤 한 잔 마신 커피믹스의 텁텁한 맛이 입안에 남아 영 개운치가 않았다.

집에서는 커피를 마실 때마다 원두를 분쇄기로 갈고 에스프레소 기계로 내린다. 물론 귀찮다. 하지만 "우리 아들이 만든 커피 한 잔 마실까?" 하는 게 엄마가 내게 요구하는 효도 미션 중 하나기 때문에 거부할 수 없다. 엄마는 인스턴트커피는 마시지 않는다. 커피를 마시기 시작한 중학생 때부터 나도 엄마 따라 원두커피를 마셨다. 입맛이란 건 한번 수준을 높여놓으면 다시는 밑으로 내려가지 않는 것 중 하나다. 어쩔 수 없이 믹스커피나 자판기 커피를 마시게 되는 경우도 있지만 맛도 향도 비릿한 게 영 입맛에 안 맞았다.

향 좋은 커피로 입가심을 할까 했던 기대는 어그러졌다. 문이 열린 건 편의점뿐, 커피전문점은 이미 영업이 끝나 있었다. 나는 편의점 냉장 진열대의 커피 코너 앞에서 한참을 망설였다. 원두커피 그대로의 맛과 향을 표방하는 캔커피와 병커피들이 즐비했지만 이것저것 들어보아도 딱 이거다 싶은 게 없었다. 편의점 계산대의 직원이 나를 슬쩍 건너다보는 게 느껴졌다. 진열대 앞에서 너무 오래 서성대는 것이 수상하게 보이는 모양이었다. 이렇게 되면 아무것도 안 사고 돌아설 수도 없다. 사람이 많은 것도 아니어서 내 존재가 너무 눈에 띄는 데다 이미 시간을 너무 많이 지체했다. 나는 어쩔 수 없이 그중 가격이 싼 블랙 캔커피를 집어 들었다. 먹지는 않을 생각이었다. 엄마도 아마 안 드실 것이다. 잠에서 깨어나면 아빠가 드시려나?

밖으로 나오니 편의점 앞 테이블에 박스의 주인인 듯한 커플이 앉아 있었다. 누가 봐도 커플이지만 혹시 세상 사람 누구 하나라도 자신들이 커플임을 알아채지 못할까 봐 걱정이 되는지 유치한 커플 티셔츠를 입고 있었다. 'This is my Romeo' 'This is my Juliet'이라는 영문이 쓰이고 그 밑에 화살표가 그려진 빨강과 파랑 후드티셔츠가 그들의 차림이었다. 화살표는 로미오가 왼쪽, 줄리엣이 오른쪽 방향으로 아마도 서로를 가리키도록 되어 있는 모양이었다. 그렇지만 그들은 반대로 앉아 있어서 로미오의 화살표는 주차장의 텅 빈 공간을 가리켰고 줄리엣의 화살표는 남자화장실 쪽이었다. 방향을 맞춰 앉는 성의도 없었을 뿐 아니라 입고 있는 커플티가 무색하게 그들은 다투는 중이었다.

의도한 건 아니었지만 그들의 실랑이가 그대로 귀에 들어왔다. 줄리엣은 짜증이 나 있었다. 소리가 날카로웠다.

"아, 그냥 빨리 가."

로미오는 낮은 소리로 열심히 여자를 설득 중이었다.

"진짜 내가 졸려서 그런다니까."

"그렇다고 여기서 잘 수도 없잖아. 잘 거면 빨리 집에 가서 자!"

"진짜 잠깐만 쉬었다 가면 괜찮을 것 같아."

"벌써 30분이나 지났어! 아, 정말 잘 오다가 갑자기 왜 그러는 거야?"

나는 피식 나오는 웃음을 꾹 참고 얼른 그들을 지나쳤다. 시간은 이미 자정을 넘어서고 있었고 로미오는 아무래도 오늘 밤 줄리엣을 집에 들여보내기 싫은 모양이었다. 그래도 그렇지 이런 고속도로 간이 휴게소에 여자를 붙들어놓다니. 차라리 국도였다면 조금은 비빌 언덕이 있을 수도 있다. 우리나라 국도변에는 여자애가 혹할 만한 예쁜 모텔들이 많다. 북유럽의 목조주택 같은 아기자기하게 예쁜 모텔도 있고 그리스 산토리니에 있음직한 눈부신 하얀 모텔도 있다. (참으로 순결해 보이는 하얀 모텔!) 누가 저런 데 들어갈까 싶은, 뾰족 지붕에 커다란 색색의 풍선이 달려 놀이기구처럼 보이는 모텔도 보았다. 하긴 정말 급하면 모텔의 외관이야 뭐 중요하랴 싶지만.

그런데 로미오는 지금 여기 간이 휴게소에 여자를 붙들어두어서 어쩔 생각이지 싶었다. 졸려서 그렇다, 졸음운전하면 사고 날까 봐 그렇다 아무리 구슬려 봐야 여기서는 '쉬어 갈' 수가 없다. 아니, 여기서는 '진짜로 쉬는 것'밖에는 할 수가 없다. 애초 휴게소의 존재 이유가 그것이니까. 어쩌면 로미오는 정말로 잠깐 쉬어 가고 싶은 것뿐인데 줄리엣이 지레짐작으로 과민 반응하는지도 모른다. 저렇게 닦달할 일이 아니라 잠시만 눈을 붙이게 해주면 좋을 텐데.

차에 올라탔다. 아빠는 여전히 잠들어 있었다.

윤지에게 문자를 보냈다.

- 자니?

- 아니, 어디얌?

- 지금 올라가는 중. 휴게소. ㅋㅋ

- 길 막혀?

- 아니, 여기도 차 두 대뿐. 우리랑 박스 하나.

- 박스? 무슨 색?

나는 창밖으로 주차되어 있는 차를 살폈다. 어두워서 색이 확실히 보이진 않아도 흰색에 가까웠다. 윤지랑 같이 전시장에서 본 진주색 같았다. 나는 로미오의 눈치를 보았다. 여전히 줄리엣을 구슬리느라 진땀을 빼고 있었다. 로미오 몰래 박스를 찍었다. 플래시가 터졌지만 로미오는 눈치채지 못한 것 같았다. 윤지에게 사진을 보내자 답이 왔다.

– 꺄오! 이쁘당!

윤지는 전화기만 잡으면 말투가 변했다. 통화든 문자든 혀가 짧아지며 유아어를 썼다. '윤지는 이제 코~할 꼬얌.' '모해? 맘마 먹었어염?' 이런 식이었다. 갖가지 이모티콘에 하트 뿅뿅은 기본이었다. 그녀가 보낸 문자를 보면 글자가 아니라 그림이 오는 듯했다. 그래도 그녀가 평소에 '아잉, 몰랑, 까까 먹고 시포.' 이런 식으로 말하는 여자였다면 나는 윤지와 사귀지 않았을 것이다. 나는 그런 여자를 보면 귀엽기보다는 어이가 없어서 입이 헤벌어진다.

윤지는 우아한 스타일이다. 다리가 길었지만 미니스커트보다는 하늘하늘한 롱스커트를 더 많이 입었고 마른 어깨가 드러나는 니트 스웨터를 입고 긴 머리를 느슨하게 묶고 다녔다. 그녀의 그런 차림은 깨끗하고 흰 피부에 딱 어울렸다. 목소리도 크지 않았고 잘 웃었고 배려심이 있었고…… 다 그만두고 그녀는 예뻤다. 남자가 "나는 네가 상냥해서 좋아." 한다면 그건 '나는 네가 예쁘고 상냥해서 좋아'라는 뜻이다. 착해서 좋다고 해도 '예쁜데 착하기도 해서 좋다'는 뜻이다. 여자의 외모를 표현할 때 인상이 좋다, 성격이 좋을 것 같다, 매력적이다, 심지어 귀엽다에 이르기까지 '예쁘다' 외의 모든 말은 예쁘지는 않다는 듯이다. 남자들은 여자가 예쁘면 예쁘다고 하지 이러저러 구차한 긴말을 하지 않는다. 윤지는 기본적으로는 예쁘고 그리고 그 외에 이런저런 특징이 있었다. 특징 중 하나가 전화할 때의 버릇이다. 평소에는 혀 짧은 소리는 물론 비속어나 은어도 쓰지 않는 윤지지만 전화상에서는 완전히 달라졌다. 물론 나와 통화를 할 때만이었다. 그렇게 돌변하는 그녀의 말투는 나만 들을 수 있는 것이므로 나는 그것도 즐거웠다. 마주 보고 이야기할 때와 전화로 이야기할 때가 완전히 다른 것도 재미있고 좋았다. 두 명의 여자와 사귀고 있는 느낌이 든달까?

- 잘 자.
- 웅! 빠빠이~

윤지랑 한참을 문자질하다가 끊었는데도 엄마는 아직이었다. 배가 아프다더니 길어지네 싶었다. 혹시 가봐야 하는 건가? 귀찮은데. 조수석에 앉아 있던 아빠가 뒤척이며 웅얼대는 소리로 물었다.

"차 왜 안 가냐?"

"엄마 화장실 갔어요."

"빨리 가자."

아빠는 팔짱을 끼고 다시 잠들었다. 창문 밖을 기웃거려보니 엄마가 화장실을 나서 종종걸음으로 오는 모습이 보였다. 엄마가 아까의 셰익스피어 커플 뒤를 지나쳐 오는데 로미오가 고개를 돌려 엄마의 뒷모습을 주시하는 것이 보였다. 이상할 정도로 오래 쳐다보았다. 뭐야? 아줌마 뒤태라도 감상하는 거야? 하여튼 뭔가 마음에 안 드는 녀석이었다.

화장실에서의 볼일이 어지간히 힘들었던지 엄마가 운전석에 풀썩 몸을 던져 앉았다.

"엄마, 괜찮아?"

"응, 가자."

"내가 운전할까?"

"됐어. 너 고속도로 안 타봤잖아?"

엄마는 큰 숨을 한 번 내쉬고는 시동을 걸었다. 미니쿠퍼는 주차장을 빙 돌아 빠져나갔다. 자연스럽게 편의점 앞 커플에게 눈길이 갔다. 줄리엣은 볼이 퉁퉁 부어 외면하고 있었지만 로미오는 떠나는 우리 차를 유심히 바라보고 있었다. 나와 로미오의 눈이 마주쳤다. 길거리에서라면 시비라도 붙었을 정도로 빤히 쳐다보는 눈길이었다.

'뭐야, 저 녀석.'

로미오는 아마도 어서 우리가 떠나주길 간절히 바라고 있었던 모양이다. 우리 차 때문에 방해를 받았다고 생각하는 건가? 아무도 없으면 뭘 어쩌게? 별 찌질한 놈을 다 봤다고 생각하며 털어버렸다.

차가 출발하자마자 다시 이어폰을 귀에 꽂았다. 투팍의 '캘리포니아 러브'가 머릿속을 울렸다. 90년대 힙합음악의…… 뭐라 형언할 수 없는 투팍. 나는 힙합하는 누구를 가리켜 '거장'이라든가 '대부'라고 표현하는 것을 좋아하지 않는다. 투팍이나 비기 본인들이 그렇게 불리는 걸 좋아했는지 어쨌는지는 모르겠다. 어쨌든 그렇게 나이 들어 보이는 단어로 투팍을 부르고 싶지 않다. 스물다섯 꽃다운 나이에 (그 나이가 꽃다운지는 솔직히 모르겠고 이제껏 크느라고 고단하다가 이제 막 다 커서 자기 생을 살기 시작한 나이라는 건 알겠다.) 총격으로 죽음을 맞았기 때문에 투팍은 전설로 남았다. 총에 맞아 죽다니! 당뇨병이나 중풍으로 죽는 것보다야 얼마나 '앗쌀'한가. 이사

도라 덩컨이 드라이브를 즐기다 그녀의 긴 스카프가 바퀴에 감기는 바람에 목이 졸려 죽었다는 얘기를 들었을 때도 '오호라!' 싶었다. 죽음조차 섹시한 그들.

나는 투팍에 완전히 몰입했다. 그래서 그 일이 일어났을 때 위험을 예고하는 어떤 소리도 듣지 못했다. 사람은 시각보다는 청각에 더 자극받는다. 공포영화를 보면 알 수 있다. 아무리 끔찍한 장면이라도 소리를 빼버리면 그다지 무섭지 않다. 그렇지만 불안한 음악을 깔거나 음침한 효과음을 넣으면 평범한 장면에서도 무언가 튀어나올 것 같아 가슴이 조여든다.

내가 도로를 미끄러지는 날카로운 타이어 마찰음이나 엄마의 외마디 비명 소리를 들었다면 나는 내 가족에게 닥친 엄청난 사고를 현실로 와락 받아들였을 것이다. 그렇지만 나는 극장 스크린을 보듯이 그 장면을 보았다. 어느 순간 굉장한 충격이 가해졌다. 유리창으로 차들의 붉은 미등이 보이는가 싶더니 난데없이 거대한 트럭의 바퀴가 덮치듯 다가왔다. 가드레일과 하늘과 검은 도로가 골고루 모습을 드러내는 동안 내게 들린 소리는 반복되는 'shake it shake it baby'였다. 나는 현장에서 의식을 잃었다.

나중에 들은 이야기지만 이 모 씨 일가족이 당한 교통사고는 다음 날 아침 뉴스에 방송이 되었다. TV 화면에는 전소된 차량이 비쳐졌고 기자는 일가족 중 두 명이 현장에서 사망하고 나머지 한 명은 병원으로 옮겨졌으나 중태라고 전했다. 트럭 운전자는 경상이었다. 기자는 보다 더 중요한 소식도 전했는데, 그 사고로 인해 한밤의 고속도로가 세 시간 이상이나 정체를 빚었다는 내용이었다.

4

심장이 멈추었다.

빛이 있었다. 어디에서 뿜어져 나오는 빛인지는 알 수 없지만 눈을 뜰 수 없을 정도로 밝은 빛이 보였다. 나는 본능적으로 빛을 향해 걸었다. 아무리 가도 빛은 가까워지지 않았다. 주변에는 아무도 없었고 아무 소리도 들리지 않았고 아무것도 보이지 않았다. 그저 공간과 빛이 있었다.

'아하! 죽는다는 건 이런 거로군!'

마음이 편안했다. 아프고 불편한 곳도 없었다. 슬프거나 외롭지도 않았다. 다만 정처가 없었다. 어디로 가야 하는지 무얼 해야 하는지 모른 채 그야말로 정처 없이 걷고만 있었다.

'영원히 이렇게 떠도는 걸까?'

기다리면 누군가 마중 나와주지 않을까 싶었다. 누구라도 만나면 무엇을 어떻게 해야 하는지 물어볼 수도 있겠지.

희미하게 물소리가 들렸다. 콜콜 물이 흐르는 소리. 철벅철벅 물을 밟는 소리.

나는 주변을 휘둘러보았다. 그러자 멀리 누군가 서 있는 모습이 보였다. 실루엣만 보여 여자인지 남자인지 분간할 수 없었다. 아니 사람인지도 확실하지는 않았다. 그렇지만 나를 기다리고 있는 것만은 분명해 보였다. 그쪽으로 다가갔다. 그쪽에서 와주지는 않았다. 빛이 너무 밝아서 빛 때문에 점점 더 앞이 안 보였다. 그러다 어느 순간에 밝게 빛나던 빛이 꺼지고 나는 다시 까무룩 했다.

의식이 깨어난 건 일주일이 지난 뒤였다. 일주일이 지났다고 말해준 건 담당 간호사였다. 처음에는 소리가 들렸다.

- 쉭쉭 -

- 삐이삐이 -

- 지익지익 -

크지 않지만 신경에 거슬리고 반복적으로 계속되는 소리였다. 나는 눈을 감은 채 소리에 집중했다. 여전히 어떤 판단도 할 수 없었기 때문에 소리에서 단서를 잡으려 애를 썼다. 여기가 어딘지, 저건 무슨 소리인지, 나는 어떻게 된 건지. 아무리 오랫동안 소리를 듣고 있어도 감을 잡을 수 없었기 때문에 나는 가만히 눈을 떠보았다. 눈을 뜨기가 쉽지는 않았다. 천근만근으로 느껴지는 눈꺼풀을 들어올리고 보니 천장에 붙은 갓 없는 알형광등이 보였다. 건너편 침상에 보이는 주렁주렁 달린 수액과 줄에 연결된 기계들.

병원이었다. 병원이라고 깨닫자 뭐? 병원이라고? 그럼 죽지 않은 거야? 싶었다.

'그래, 죽지는 않았어.'라고 대답이라도 하듯 몸 전체에 통증이 해일처럼 덮쳐왔다. 내가 고개를 돌려 주변을 둘러보려 했기 때문이다. 목 전체를 커다란 보호대가 감싸고 있었다. 목구멍에도 튜브 같은 것이 박혀 있었다. 답답해서 비명이라도 지르고 싶었지만 소리가 나오지 않았다. 게다가 두 손도 침대에 묶인 상태였다.

내 발치에는 간호사가 서 있었다. 그녀는 차트에 뭔가 적어 넣다가 나를 힐끔 쳐다보았다. 그러고는 서둘러 의사를 부르러 갔다.

#

내가 소생한 것은 기적과도 같다고 했다. 이런 말을 한 것은 의사들이다. 가장 과학적이어야 할 현대의학에 종사하는 그들이 아무렇지도 않게 기적 운운해서 나는 좀 어이가 없었다. 큰아버지와 큰어머니, 이모는 연신 '하늘도 무심하시지'와 '하늘이 도우셨다'를 번갈아 되뇌었다. 무심했던 것과 도운 것은 정반대의 의미지만 어쨌든 불가항력적이었다는 뜻이다.

나는 사건의 당사자, 피해자, 생존자였지만 나에게 생긴 일에 대해 아무것도 아는 것이 없었다. 친척들과 경찰, 의료진과 보험회사 보상과 직원 그리고 윤지가 나에게 생긴 일에 대해 제각기 알고 있는 (목격자와 구조대원의 진술로 알게 된, 많은 사람을 통해 전해지고 전해진, 그래서 일부는 서로 다른 내용으로 알고 있기도 한) 것들을 알려주었다.

사고는 0시 30분경 일어났다. 우리가 휴게소에서 다시 출발한 지 얼마 안 된 때였다. 가해차량은 2.5톤 냉장트럭. 트럭 운전자는 냉장 짐칸에 실린 식료품을 대리점으로 배달하고 돌아오는 중이었다. 서둘러 가면 집에 가서 하루 자고 다음 날 새벽에 다시 나올 수도 있는 시간이었다. 더 늦어진다면 그냥 갓길에 차를 세워놓고 대충 눈을 붙였다가 다시 물건을 받으러 가는 것이 나았다. 그래서 그는 서둘렀다. 트럭 운송 일을 하는 사람은 누구나 그렇듯이 그는 피곤했고 시간과 잠이 모자랐다. 트럭 운전자는 멍한 표정으로 졸음운전을 인정했다. (자기도 정말 어떻게 된 건지 모르겠다며 엉엉 울었다고 한다.) 트럭의 스키드 마크는 사고 순간의 속력이 시속 140km 이상이었음을 말해주었다. 수마가 잠시 트럭 운전자의 시야를 덮었을 때 트럭 옆에는 1600cc 외제 차량이 트럭과 나란히 달리고 있었다. 핸들을 쥔 그의 손에 힘이 풀리고 그의 발이 액셀러레이터 위에 무심히 놓이는 순간 트럭은 미니쿠퍼가 달리던 차선으로 난데없이 휘어 들어갔다. 갑자기 측면을 받힌 작고 통통한 미니쿠퍼는 옆으로 쓰러졌고 그 탄력으로 몇 바퀴나 굴렀다. 완전히 전복된 차량에 불이 붙었다. 냉장트럭은 앞부분이 반파되었다. 평일 한밤이라 차량 통행이 많지 않아 다른 차량의 이차 사고는 없었다.

물리 시간에 배운 뉴턴의 운동 제1법칙은 관성의 법칙이다. 움직이고 있는 물체는 등속 직선운동을 하려고 한다. 직선운동을 하고 있던 자동차와 그 안에 담겨 같은 속도로 움직이고 있던 세 사람은 다른 자동차의 충격이라는 저항을 받고 나서도 계속 움직이려 했다. 3점식 안전벨트에 묶여 있던 운전석과 조수석의 두 사람은 전복

되는 차량 안에서 차량과 같이 굴렀다. 에어백이 터졌지만 그들은 충격으로 의식을 잃었다. 문제는 차량 화재였다. 혼자 힘으로는 차량을 빠져나올 수 없는 상태에서 빠르게 번진 화재로 운전석과 조수석에 있던 50대 남녀는 현장에서 사망했다. 관성의 법칙은 뒷자리에 앉아 있던 20대 남자에게도 충실히 작용했다. 안전벨트를 매고 있지 않았던 뒷자리 탑승자는 차량의 전복 과정에서 밖으로 튕겨나가 사고 현장에서 10m나 떨어진 곳에서 발견되었다. 고속도로 갓길 옆의 풀밭 위였다. 주변에 나무나 바위, 여타의 구조물은 없었다. 물리법칙에는 에너지 보존의 법칙도 있다. 자동차가 달리다가 갑자기 멈추면 운동 에너지는 사라지는 것이 아니라 다른 것으로 변형된다. 달리던 힘은 어딘가로 가야 하는 것이다. 그 힘은 그대로 자동차와 탑승자에게로 전달된다. 에너지는 변형을 초래한다. 자동차는 우그러지고 탑승자 역시 우그러진다.

구급대원이 나를 발견했을 때 나는 글래스고 혼수척도 점수가 바닥이었다. 눈뜨기 반응, 언어 반응, 운동 반응이 모두 없었다. 이미 많은 피를 흘렸고 오른쪽 다리가 반대로 돌아가 있었다. 대퇴골 골절이 분명했고 비골, 즉 종아리뼈는 부러져서 살갗을 뚫고 밖으로 튀어나와 있었다.

나는 즉시 구급차에 실려 병원으로 이송되었는데 차 안에서 1차 심정지가 왔다. 출혈성 쇼크로 인해 심장이 멎은 것이다. 사람이 2ℓ 가량의 혈액을 잃으면 호흡이 멈추고 심장이 정지한다. 구급대원은 차 안에서 심폐소생술을 시행했다. 다행히 심장이 다시 뛰기 시작했지만 응급실에서 다시 2차 심정지가 왔다. 응급의학과와 마취과,

과로 이루어진 외상성 혼수팀이 기관 튜브를 삽관한 후 앰부백으로 호흡을 도와주며 심장마사지를 실시했다. 심장 기능이 다시 돌아왔다. 그 상태에서 전신 CT 스캔을 하고 응급수술에 들어갔다.

교통사고의 결과로 내가 받은 타격은 엄청나서 현실감이 없었다. 심정지를 일으킨 대량 출혈 외에도 우측 대퇴골 분쇄골절, 비골 개방성골절, 발목과 왼쪽 어깨 탈구, 간 열상, 양쪽 허파의 좌상, 갈비뼈 골절, 목 디스크 손상이 있었다. 그야말로 뼈가 부러지고 내장이 터진 상태였다. 내 몸은 찢어지고 깨지고 뒤틀리고 으깨지고 망가졌다.

나는 생각했다.

'어째서 죽지 않았지?'

죽지 않아서 다행이라는 생각은 없었다. 그다지 잘된 일이라는 생각이 안 들었던 것이다. 그만큼 육체의 고통이 대단했고 정신적인 고통은 더 대단했다. 부모님이 돌아가신 것이다. 한꺼번에, 갑작스럽게, 가족이 사라져버렸다. 나는 법적 성인이다. 술 담배를 살 수 있고 투표권도 있다. 그렇지만 미혼이고 학비와 용돈을 받아 생활하는 학생이며 이제껏 엄마가 차려주는 밥을 먹고 살았다. 아이냐 어른이냐를 가르는 데 그깟 술 담배는 아무 기준이 안 된다. 나는 아직 아이다. 나는 졸지에 천애 고아가 되었다.

나까지 죽어버렸으면 여러모로 간단했을 것이다. 살아남고 보니 너무나 복잡한 일이 많이 남아 있었다. 부모님은 상주인 내가 의식이 없는 고로 장례도 치르지 못한 상태였다. 인생사 관혼상제로 요약되는데 그중 하나인 '상' 문제가 발등에 떨어져 있었던 것이다. 또 경찰 조사, 자동차 보험 문제, 병원 치료와 그에 따른 치료비 문제로 나는 사건 당사자의 입장에서 모든 걸 결정하고 판단하고 사인해야 했다. 죽음에서 겨우 돌아와 너무나 피곤한 판에 살아났으면 살아난 책임을 지라는 듯 여러 형식과 절차들이 나를 괴롭혔다. 사람들은 이걸 결정하라고 여기에 동의하라고 이 부분을 선택하라고 백오십사만 가지 서류를 들고 나타났다. 나는 앞으로 어떻게 살아가야 할지 내가 다시 내 손으로 숟가락질을 해서 밥을 먹고 내 발로 화장실에 가서 볼일을 보고 뒤처리를 할 수 있을지 걱정하느라 머리가 터질 것 같았다. 머리는 걱정으로 터질 것 같았고 가슴은 슬픔으로 터질 것 같았다. 보험회사 직원이 집요하게 요구하는 진료 기록 열람에 동의하는 서류 따위에 사인할 여력은 없었다.

나를 괴롭히는 것은 서류만이 아니었다. 사람들은 내게 '살아남'을 기뻐하도록 강요했다. 이모가, 언니 부부의 죽음을 '하늘도 무심한 것'으로 나의 살아남은 '하늘이 도운 것'으로 명명하는 데에는 여러 가지 요소가 작용했다.

부모님의 사망은 차량 화재가 직접사인이었다. 안전벨트를 하고 에어백도 제대로 터진 경우에는 사망 확률이 현저히 떨어진다. 그렇지만 부모님은 안전벨트 때문에 차량에서 빠져나오지 못해 사망했다. 나는 안전벨트를 매고 있지 않았다. 출발할 때는 분명 벨트를 맸지만 휴게소에 들렀다 오며 깜빡 잊은 것이다. 안전벨트를 매지 않으면 사망률이 높아진다. 그렇지만 나는 차량 밖으로 튕겨나갔기 때문에 화마에서 벗어날 수 있었다. 내가 튕겨나가 떨어진 곳이 도로 위였다면 나는 후속 차량에 의한 이차 사고를 면하지 못했을 것이다. 나는 도로 밖 풀밭으로 떨어졌다. 풀밭은 도로보다 부드러웠고 전날 내린 비로 땅도 푹신한 편이었다. 주변에 바위나 구조물이 없었던 것도, 가로수나 가로등에 부딪히지 않은 것도 천운이었다. 사고 조사를 하는 사람에게 백번도 더 말했듯이 나는 사고 상황에 대해 기억나는 것이 없다. 첫 번째 충격에서 바로 기절해버렸던 것이다. 의식을 잃으면서 나의 몸은 힘이 빠져 저항력을 잃고 부드러워졌다. 사고 순간 긴장해 무언가 붙들거나 버티는 경우, 더 많이 다치게 된다. 의식 없는 내 몸은 던지면 던져지고, 밀면 밀리며 순응했다. 그래서 10*m*가 넘게 날아가 떨어졌음에도 죽지는 않을 수 있었다.

사고 장소는 S시로 빠지는 나들목 근처였는데 S시에는 우리나라에서 가장 체계가 잘 잡혀 있다는 중증외상센터를 가진 대학병원이 있다. 사고가 일어나자 바로 119 구급대가 왔고 관록 있는 구급대원은 이동하는 차량 안에서 심폐소생을 하며 병원으로 17분 만에 달려갔다. 평일 자정이 넘은 시간이어서 도로는 뻥 뚫렸다. 병원에서는 연락을 받은 중증외상팀이 대기 중이었고 나는 생사를 가르는 데 결정적인 시간이라는 골든타임 안에 수술대 위에 누울 수 있었다.

병원에 워낙 오래 있는 바람에 친해진 응급실 인턴은 그날 자신의 활약상을 무용담처럼 몇 번이고 들려주었다.

"심정지가 발생하면 5분 내에 응급 소생팀이 조치를 해야 하거든요. 안 그러면 그대로 죽는 거예요. 살아난다고 해도 뇌에 산소 공급이 안 된 지 5분이 넘어가면 뇌가 손상을 입죠. 그러면 후유증이 커요. 사지 마비가 될 수도 있고 언어장애가 올 수도 있고 그대로 식물인간이 되기도 하죠."

"선생님이 했나요?"

"그렇죠. 제가 마사지했죠. 어우, 나중에 밥 먹으려고 보니까 숟가락 든 팔이 올라가지를 않더라고요. 얼마나 힘을 썼는지. 그때는 정신이 없어서 팔 아프고 그런 건 몰랐지만요."

이 인턴은 실제로 심정지가 온 환자를 마사지해 본 건 내 경우가 처음이 아니었을까? 마네킹에 대고 실습은 많이 해보았겠지만.

"말이 마사지지 엄청난 힘으로 눌러야 하거든요. 1분에 100회 이상. 하는 사람은 전력 질주하는 것보다 힘들고 받는 사람은 갈비뼈 다 부러지죠."

그렇다면 나의 늑골 골절은 심폐소생 때문이었나? 내 갈비뼈가 사고 당시에 부러졌는지 심폐소생술 덕분에 부러졌는지는 누구도 관심이 없었다. 그렇지만 당사자인 나는 심정지의 원인이 된 허벅지 골절보다도 갈비뼈 골절이 더 고통스러웠다. 그야말로 숨 쉴 때마다 아팠기 때문이다. 숨을 들이쉬면 폐가 팽창하고 팽창한 폐는 안에서 갈비뼈를 압박한다. 부러진 뼈는 아주 작은 자극에도 아우성을 쳐댔다. 기침을 한다든가 웃는 일은 상상할 수도 없었다. 기침을 하지 못해 가래가 차고 그때마다 석션으로 가래를 뽑아냈는데 그 고통도 상상을 초월했다. 갈비뼈 골절 때문에 나는 마약중독자처럼 진통제를 찾았다. 진통제! 진통제 좀 놔주세요! 그렇지만 심폐소생술을 한 (그래서 갈비뼈를 부러뜨린) 인턴은 미안한 마음 같은 건 전혀 없어 보였다. 살았으면 됐잖아? 뭘 더 바래? 하듯 당당했다.

내가 장 선생님이라고 부르던 그 인턴은 나중에 내가 중환자실을 나가게 되었을 때 같이 사진을 찍자고 했다. 장 선생은 쑥스럽게 웃으며 말했다.

"그냥 기념으로요."

나는 자기 손으로 직접 마사지해 목숨을 살린 첫 환자다. 기념하고 싶겠지. 심장마사지 도중에 '김치—' 하며 셀카를 찍지 않은 게 어디냐.

한참 지난 후에 나는 병실에 들른 그에게 물은 적이 있다.

"심폐소생은 누구에게나 다 하나요?"

"음…… 글쎄, 뭐 조건이 되면 하죠. 사전에 DNR이라고 소생술 금지를 원한 경우에는 안 하고요. 갑자기 실려 온 응급 환자 경우에는 의사가 판단하겠죠? 적극적으로 살려봐야겠다, 아니면 그래 봐야 별 소용없겠다……."

"제 경우에는 적극적으로 살려봐야겠다 쪽이었나요?"

장 선생이 웃었다.

"당연하죠. 젊은데 아깝잖아요."

젊은 사람이 죽으면 아깝다. 더 오래 살 수도 있는데, 살면서 일도 하고 돈도 벌고 사회에 도움이 될 수도 있는데 죽어버리면 아깝다. 늙은 사람의 경우엔? 퇴직했고 돈 쓸 일만 남았고 연금과 실버 복지로 사회적 비용만 들어가는 경우엔 죽어버리는 것이 나을까? 그럴 땐 소생을 시키지 않아도 별 아까운 것이 없을까? 본인이 선택할 수 있는 경우라면 스스로 선택하면 된다. 아까우니 더 살자. 아니다, 아까울 것도 없다. 그만하자. 그렇지만 다른 사람이 선택해주는 경우라면 그 기준은 뭘까. 어떤 환자를 끝까지 최선을 다해보는 쪽에 넣을 것인지 아니면 그냥 편안하게 보내주는 쪽에 넣을 것인지. 그는 연령이 그의 기준이라고 말하고 있다. 어리니까, 젊으니까 살려준다. 어쩔 수 없이 부모님 생각을 할 수밖에 없었다. 무사히 병원까지 실려 왔더라면 우리 부모님은 심폐소생을 받을 수 있었을까? 50대의 나이는 아까운가 그렇지 않은가. 우리 아빠는 아직 퇴직도 안 했는데. 이제 막 임원으로 승진해서 회사에서 자동차를 받았는데. 그래서 엄마가 참 좋아했는데.

장 선생은 나를 볼 때마다 뿌듯한 미소를 지었다. 살려주었으니 닥치고 기뻐하라는 거냐 싶어 일부러 외면했다. 이모도 나를 볼 때마다 하늘이 도왔다고 되뇌었다. 천만다행이니 그래서 춤이라고 추라는 거냐고 나는 속으로 불퉁거렸다.

두 번의 심정지. 그야말로 죽었다가 살아난 나.

'혼수상태'라고 표현되는 그 시기에 나는 죽음을 느꼈다. '내가 죽었구나.' 하고 생각했다. 그리고 빛을 보았다. 내가 기억하는 그 밝은 빛은 아마도 수술실의 무영등이 아니었을까? 나는 의식이 없는 동안 여덟 시간에 걸쳐 터진 장기를 꿰매고 혈관들을 봉합하는 수술을 받았는데 그 시간 내내 10만 럭스의 무영등이 내내 나를 비추고 있었을 것이다. 나는 그 빛을 쫓아서, 그 빛 덕분에 다시 이승으로 돌아올 수 있었을까? 물소리는 뭐였을까? 분명 물소리가 들렸는데. 한동안 궁금하게 생각하고 있었는데 어느 날 우연히 한 의학드라마를 보면서 약간은 의문이 풀렸다. TV 화면에는 응급외과수술 장면이 방송되고 있었다. 개복수술이었는데 배 안에 고인 피를 씻어내기 위해 의료진은 수술 부위에 바가지같이 생긴 스테인리스 의료기구로 물을 퍼붓고 있었다. 한 바가지, 두 바가지, 수술실 바닥이 피와 피가 섞인 물로 홍수라도 난 듯이 철벅철벅했다. 내가 들은 물소리는 수술 도중에 들렸던 소리일까?

그렇다면 그 사람은 누구였을까? 분명 누가 서 있었는데……. 그 사람은 그저 수술실 안에 서 있던 의료진이었을까?

#

윤지가 중환자실로 나를 면회 왔다. 그녀는 울어서 부은 눈, 못 먹어서 야윈 뺨을 하고, 감염 방지 가운과 멸균캡 차림을 한 채 걱정스러운 표정으로 나를 보았다. 내가 의식이 돌아오고 어쨌든 죽지는 않았다는 것을 알고 그녀는 울음을 터뜨렸다. 그녀가 중환자실의 의사와 간호사들이 다 돌아보도록 서럽게 흐느꼈기 때문에 나는 부모님이 모두 돌아가시고 내 몸이 박살이 난 처지였지만 울 수도 없었다. 여자가 울 때 남자는 품에 여자를 꼭 안아주거나 여자의 어깨에 가만히 손을 올리거나 해야 한다. 늑골 골절 때문에 품에 안아주는 건 불가능했지만 어깨에 손을 올려줄 수는 있었다. 하지만 막상 힘겹게 손을 올리자 온몸에 통증이 와락 몰려왔다. 내 손의 따뜻한 온기로 그녀를 위로해주고 싶었지만 다시 슬며시 손을 내릴 수밖에 없었다.

윤지는 매일 찾아왔다. 중환자실은 하루에 두 번만 면회가 된다. 윤지는 학교 다니는 학생이라 오전 면회에는 오지 못했지만 오후 4시의 면회 시간에는 매일 왔다.

대부분의 면회객은 아주머니들이다. 아주머니들이 중환자실의 시어머니나 친정아버지 또는 남편들을 보러 와서 눈물 바람을 하고 갔다. 친지들이 우르르 한꺼번에 들어올 때도 있었다. 중환자실 에 있는 환자와 도란도란 대화를 나누기는 불가능했기 때문에 면회 객들은 그저 멀거니 환자를 들여다보거나 손을 만져보거나 다리를 주물러주곤 했다. 그러다 간호사에게 함부로 만지면 안 된다는 타박을 듣기 일쑤였다.

중환자실 보호자는 있을 곳이 없었다. 문밖에 있는 몇 개의 기다란 소파가 보호자를 위한 시설의 전부였다. 그들은 그곳에서 먹고 잤다. 담요와 치약 칫솔과 비누, 수건 등을 비닐가방에 넣어 꽁꽁 싸매두었다가 밤에는 그것들을 펴놓고 소파에서 웅크리고 잤다. 흡사 전쟁이나 재해를 피해 온 피난민들 같았다. 여기에도 엄격한 서열과 규칙이 있다. 서열은 무조건 짬밥으로 정해진다. 누가 이곳에 오래 머물렀느냐가 기준이다. 하루라도 오래된 사람이 조금이라도 외풍이 없는 따뜻한 곳, 지나다니는 사람들로 거치적거릴 일이 없는 안쪽의 깊숙하고 안정적인 곳을 차지했다. 오래된 사람일수록 살림살이도 많았는데 소형 전기난로까지 가지고 있는 사람도 있었다. 중환자실 보호자는 환자를 간호하지 않는다. 일반 병실이라면 보호자가 환자의 이동도 돕고 밥 먹을 때, 화장실 갈 때, 검사받으러 갈 때 일일이 수족이 되어주지만 중환자실에서는 그 모든 일을 중환자실 간호사가 한다. 환자를 간호하지 않을 뿐 아니라 환자 얼굴을 보는 것도 어렵다. 하루 두 번 면회 시간에만 몇 십 분 보고 나가는 것이 전부다. 의식이 없는 환자들에겐 면회라는 것도 아무 의미가 없다. 따지고 보면 보호자가 중환자실 앞을 종일 지키고 있을 아무런 이유가 없다. 그런데도 대부분의 보호자가 그저 의자 하나만을 차지

한 채 낮이고 밤이고 자리를 지켰다.

그들은 기다리고 있는 것이었다. 무엇을? 물론 환자의 회복을 기다린다. 얼른 회복되어 일반 병실로 옮기기를 기다리며 기도하는 마음으로 자리를 지킨다. 그런데 그들이 기다리는 또 하나. 그것은 바로 죽음이었다. 마지막을 함께하기 위하여, 혼자서 죽음을 맞이하지 않도록, 임종을 해야 할 가족들에게 급히 연락할 임무를 가지고 그들은 기다린다.

피난민 같은 중환자실 보호자들 중에서 윤지는 단연 눈에 띄는 존재였다. 그녀는 젊었고 예뻤고 청초한 긴 생머리를 가지고 있었다. 사람들은 동정을 담아 물었다.

"누가 많이 아픈가?"

"남자친구가 사고를 당했어요."

"저런, 많이 다쳤나 보네."

"네."

"쯧쯧, 젊은 나이에 안됐네. 하지만 젊으니까 곧 회복될 거야. 힘내요. 응?"

"네, 고맙습니다."

가냘픈 몸매와 흰 피부를 가지고 있는 윤지는 비련의 여주인공에 어울렸다. 지고지순한 사랑과도 어울렸다. 사람들은 하루도 빠짐없이 병원을 찾는 그녀를 찬탄의 표정으로 바라보았고 그것이 그녀에게 에너지가 되었다.

종일 중환자실 밖에서 대기하고 있는 것은 이모였지만 이모는 윤지에게 면회 순위에서 밀렸다. 윤지가 면회를 들어오면 이모는 쭈뼛 쭈뼛 따라 들어왔고 윤지가 울거나 이런저런 이야기를 하는 동안 멀거니 뒤에 서 있기만 했다. 그러다 이야기할 기회가 주어지면 '하늘이 도왔다'와 '하늘이 무심했다'는 이야기 와중에 '너는 아무 걱정 말고 거뜬히 일어날 생각만 하라'는 말을 반복했다. 마치 내가 단지 걱정이 많아 툴툴 털고 일어서지 못하고 있는 것처럼 느껴졌다. 이모와 윤지는 잘 사귀지 못한 것 같았다.

중환자실에서 무려 두 달을 살았다. 사실 '살았다'고 말하기도 뭣한 생활이었다. 애벌레처럼, 아니 그보다 번데기처럼 살았다.

나는 누워서 전혀 움직일 수 없었다. 손가락 발가락을 까딱까딱하고 팔을 살짝 들어 올리는 정도가 고작이었다. 고개도 돌리지 못했다. 물론 혼자 움직일 수 있는 몸이라고 하더라도 중환자실에 있으면 혼자서는 절대 침상 밑으로 내려갈 수 없다. 몸에는 주렁주렁 수액줄과 배액관이 꽂혀 있고 각종 전자장비가 부착되어 있으며 그것들은 제각기 커다란 모니터에 연결되어 있다. 그것들을 다 달고 움직이는 것은 불가능하다.

눈을 굴려 침상 발치를 내려다보면 나를 담당하는 간호사는 늘 뭔가를 적어 넣고 있었다. 중환자실 입구에는 간호 스테이션이 있는데 그곳은 24시간 비어 있는 적이 없다. 중환자실 문 앞은 무슨 비밀요원처럼 귀에 리시버를 꽂고 단정한 수트 차림을 한 남자들이 지키고 있었다. 그들이 하는 일은 면회 시간이 아닌데 면회하려는 사람을 제지하는 일과 면회 시간에 신분을 확인하고 면회객에게 '면회'라고 쓰인 명찰을 나누어주는 일 그리고 면회가 끝나면 목에 걸었던 그 명찰을 회수하는 일이었는데 그들은 매우 진지한 태도로 그 일에 임하고 있었다.

나는 완전히 고립되었다. 할 수 있는 게 아무것도 없었고 아무에게도 연락할 수 없었다. 휴대폰도 없었고 내 지갑, 내 옷, 내 물건들이 어디 있는지 알 수조차 없었다. 사적인 영역은 전혀 없었다. 담당 간호사가 항상 나를 지켜보았고 먹는 일과 싸는 일, 몸을 씻는 일, 옷을 갈아입는 일 모두를 그녀가 결정하고 대행했다.

완전한 감금, 완전한 고립. 이곳에서 탈출할 방법은 없을까? 나는 탈출을 계획했다. 진지한 건 아니었다. 그저 정말로 아무것도 할 일이 없었기 때문에 생각이라도 해야 했다. 계획이라도 세우고 만화 같은 상상이라도 해야 했다. 나는 알 수 없는 세력들에게 납치되어 여기 갇혀 있는 처지다. 이유는 모르지만 어떤 위험한 실험을 위한 마루타로 선정되었다. 그들은 나를 묶고 갖가지 전자기기에 연결하고 알 수 없는 약물을 주입하고 매시간 변화를 기록한다. 이 실험은 허가받지 않은 것이고 만일 이 실험이 성공한다면 인류가 어떤 위험에 처하게 될지는 아무도 모른다. 그러니 나는 여기서 나가야 한다! 우선은 전원을 차단해야 한다. 배전판을 찾아야지. 불이 꺼지면 잽싸게 침대 밑으로…… 아니야, 시트와 환의를 수거하는 큰 통 속에 숨어야 할까? 배식 카트는? 병원 배식 카트는 엄청나게 커서 그 안에 숨으면 자연스럽게 실려 나갈 수도 있는데. 청소 아주머니나 의사로 변장하는 건 어떨까. 당수로 목을 한 번 쳐서 쓰러뜨린 다음 옷을 벗기고……. 나는 주변을 꼼꼼히 살피고 머리를 짜내었지만 아무리 디테일하게 계획을 세워도 결론은 항상 같았다. 여기서 나가는 것은 불가능하다.

5

내가 처음 어떤 사람의 숫자를 본 것은 바로 그 중환자실에서였다.

마른 낙엽처럼 쪼그라든 한 할머니가 중환자실로 실려 들어왔다. 할머니는 초등학생처럼 작았다. 작은 몸을 잔뜩 웅크린 채 옆으로 누워 있어 보자기 한 장이면 다 싸맬 수 있을 정도였다. 할머니의 몸에는 이미 어떤 생기도 남아 있지 않아서 정형외과의 무릎반사 해머로 톡 쳐도 파삭 깨지고 부스러질 듯이 보였다.

옆으로 누운 몸에는 각종 장치를 연결하기가 불편해서 간호사들은 할머니를 똑바로 눕히려고 노력했으나 할머니는 가느다랗고 고통스런 비명을 지르며 거부했다. 그래서 할머니는 옆으로 누운 채 동그랗게 몸을 구부린 애벌레 자세로 지내게 되었다. 내 맞은편 라인의 오른쪽 구석 침대가 할머니 자리였다.

고개를 맘대로 돌릴 수 없어서 나의 시야는 한정되어 있었다. 욕창을 방지하기 위해 간호사가 가끔 바꾸어주는 자세에 따라 시야가 달라졌다. 할머니가 들어온 날 오후에 간호사는 나를 약간 오른쪽으로 비스듬한 자세로 바꾸어주었는데 그 자세에서 할머니의 등이 똑바로 보였다.

할머니의 등에 6이라는 숫자가 있었다. 처음에는 그것이 환자복에 쓰인 글씨라고 생각했다. 할머니의 숫자는 희미하게 빛을 냈다. 아마도 야광도료가 섞인 모양이었다. 크기는 운동선수들의 유니폼에 쓰인 백넘버보다는 좀 작은 정도. 이상한 일이라고 생각했다. 다른 환자들의 환자복에는 없는 숫자가 그 할머니에게만 있었기 때문이다. 저 숫자는 병원 등록번호인가? 왜 저 할머니만 등록번호가 적힌 옷을 입고 있지? 등록번호치고는 너무 짧은데 특별 관리 대상인가? 혹시 무슨 희귀병일까? 아직 병명도 생기지 않은 희귀병이어서 우선 저렇게 표시해두는 건가?

사람을 숫자로 표시하는 것은 익숙한 일이다. 관공서에서나 금융기관에서, 학교에서, 여타의 공적이고 사회적인 영역에서 나를 나타내는 것은 숫자다. 우선 주민등록번호가 있다. 신원을 확인받으려면 내가 아니라 내 주민번호가 필요하다. 학번도 있다. 또 핸드폰 번호가 있고 병원 등록번호가 있다. 그러니 옷에 숫자가 좀 적혀 있다고 해서 이상할 것도 없는 일이다.

그게 환자복에 쓰인 숫자가 아니라는 것을 깨닫는 데는 그리 오랜 시간이 걸리지 않았다. 환자복은 혈액이나 약물로 젖었을 때는 아무 때고 갈아입을 수 있다. 그런 일이 없으면 매주 화요일과 금요

일에 옷을 갈아입는다. 간호조무사가 할머니의 새 환자복을 가지고 들어왔을 때 조무사의 손에 들린 새 환자복에는 아무 숫자도 보이지 않았다. 침대들을 구획 짓는 커튼이 둘러쳐지고 할머니의 고통스런 신음이 잠시 들리고 부스럭대는 소리가 들리더니 커튼은 다시 젖혀졌다. 나는 괜히 조마조마해서 할머니를 쳐다보았다. 할머니는 여전히 몸을 둥그렇게 말고 있었지만 위치가 반대로 바뀌어 등은 보이지 않았다.

다시 등 뒤의 숫자를 본 건 그날 밤이었다.

할머니는 내게 등을 보이는 애벌레 자세로 돌아가 있었는데 등 뒤에 다시 숫자가 보였다. 이상한 건 숫자가 변했다는 것이다. 숫자는 아까의 6에서 5로 변해 있었다. 나는 눈을 부릅뜨고 숫자를 쳐다보았다. 숫자는 여전히 살짝 발광하고 있었는데 아무리 봐도 숫자가 옷에 쓰인 건 아닌 것 같았다. 숫자는 분명히 살짝 공중에 떠 있었다. 숫자가 쓰여 있는 것이 아니라 숫자가 할머니의 등으로 비쳐지고 있는 것이었다. 저건 무슨 장치일까? 왜 저런 숫자를 사람 몸에 비추고 있는 걸까? 저 빛은 어디서 쏘는 걸까? 나는 궁금했지만 물을 수가 없었다. 돌아올 답이 왠지 두려웠다.

하루가 더 지나자 할머니의 숫자는 4로 바뀌었다. 4로 바뀌지 않았을까? 하며 보았더니 정말로 4로 바뀌어 있어서 나는 가슴이 철렁 내려앉았다. 할머니는 심전도 모니터와 맥박산소계측기, 수액 주입기를 온몸에 주렁주렁 매단 채로 나날이 숫자를 줄여갔다.

나는 어떤 집요한 기대감을 가지고 할머니를 관찰했다. 그때쯤 나는 어떤 예감을 가지고 있었다. 24시간 할머니의 등을 관찰할 수는 없었다. 간호사가 계속 할머니의 체위를 바꾸어주어서 할머니의 등은 보였다 안 보였다 했다. 나 또한 자세가 계속 바뀌어서 할머니를 볼 수 있는 때도 있지만 멀거니 텅 빈 벽만 바라보고 있을 때도 있었다. 나는 기회가 닿을 때마다 집중해서 할머니를 관찰했다.

마침내 숫자가 1이 되었을 때 나는 숫자의 색이 변하는 것을 보았다. 옅은 녹색이었던 숫자는 붉은색으로 바뀌었다. 그리고 시간이 지나자 점멸하기 시작했다. 꺼졌다가 다시 희미하게 빛을 냈다가 스르르 꺼졌다가…… 완전히 꺼지는가 싶더니 다시 희미하게 빛을 냈다. 심장이 뛰었다. 이봐요! 여기…… 여기 좀 봐줘요. 여기 무슨 일이 생기려는 참인데…… 무슨 일인지 몰라도 분명 무슨 일이…….

그들 역시 알아차렸다. 내가 알고 있는 것을 의료진들도 알아차린 듯했다.

중환자실이 조용히 분주해졌다. 말을 하는 사람은 없었지만 왔다 갔다 하는 발소리가 빨라지고 무언가 살짝 부딪치는 소리, 종이를 넘기는 소리, 자판을 두들기는 소리들이 들렸다. 사물이 수런수런 수근수근 소리를 내는 것 같았다. 의사가 급하게 와서 할머니를 보고 갔다. 곧 더 나이 든 의사가 할머니를 보고 갔다. 그리고 면회시간이 아닌데도 밖에 있던 할머니의 가족들이 불려 들어왔다. 의사, 간호사들도 여러 명 할머니의 침상을 둘러쌌다. 간호사가 의사에게 낮은 목소리로 말했다.

"DNR 신청하셨어요."

DNR은 심폐소생술을 거부한다는 의미다. 모두가 집중해서 모니터를 들여다보았다. 맥박이 느려지고 삐삐 하는 소리도 점점 느려졌다. 심장이 과연 뛰고는 있을까 싶을 만큼 모니터 상의 곡선이 완만했다. 의료진이 모니터를 보고 있으니 보호자들도 덩달아 모니터를 바라보고 있었다. 이런 순간에 왜 모니터를 보고 있는 걸까? 얼굴을 한 번 더 보고 숨소리를 한 번 더 들어보고 아직 따뜻할 때 손을 한 번 잡아보고 그래야 하지 않을까? 모두 멀거니 서서 어쩔 줄 모르고 기계를 바라보고 있는 것, 그것이 중환자실 죽음의 풍경이었다.

드디어 심전도 그래프가 일직선을 그리자 의사가 사망선언을 했다. 할머니의 가족들은 울음을 터뜨렸다. 그렇지만 대성통곡이 허용되는 것은 아니었다. 중환자실이 너무 조용했던 탓인지 가족들은 주먹으로 입을 틀어막고 스스로 진정했다.

의료진이 일사불란하게 움직였다. 보호자들을 서둘러 내보내고 할머니의 몸에 가득 붙어 있던 각종 관과 바늘을 뽑아냈다. 커튼이 쳐졌다. 옷을 갈아입히는 모양이었다. 나는 커튼이 쳐지기 전 할머니의 등이 텅 비어 있는 것을 보았다. 아무 숫자도 쓰여 있지 않았다. 할머니의 죽음과 동시에 숫자도 소멸했다.

간호사가 다시 가족들을 불러들였다. 마지막 인사를 하라는 배려인 모양이었다. 다시 들어온 가족들은 아까보다도 더 침착했다. 이미 각오하고 있던 일이어서인지, 지금 닥친 일이 아직 현실 같지 않아서인지 아니면 중환자실의 다른 환자들을 배려해서인지 가족들은 할머니를 쓰다듬고 다리를 곧게 펴주면서도 조용했다. 그들은 피붙이의 죽음 앞에서 슬퍼하기보다는 아연하고 어리둥절해했다.

#

어리둥절한 것은 나도 마찬가지였다. 뭐지? 하는 생각밖에는 들지 않았다. 생각하려고 노력해도 자꾸 머리가 텅 비었다.

죽음을 보았다. 마치 촛불이 꺼지듯이 가물가물하다가 훅 꺼져버리는 죽음. 나는 수많은 죽음을 '들었다'. 바로 얼마 전 부모님의 죽음을 겪었지만 나는 그저 전해 들었을 뿐이다. 믿을 수도 없고 아무 현실감도 없는 '소식'으로서의 죽음이다. 초등학생 때, 키우던 햄스터가 죽은 적이 있다. 햄스터뿐 아니다. 어항에서 키우던 구피는 떼죽음을 맞았고 다른 물고기들도 하루에 한 마리씩 줄초상이 났다. 그렇지만 그것 역시 죽음이라는 상태를 목격한 것이지 소멸의 과정을 지켜본 것은 아니었다.

할머니의 소멸은 무섭도록 조용하고 희미했다. 약하게 빛을 내던 초록 숫자는 붉은색의 점멸하는 1로 변하고 깜빡깜빡하다가 까암빡…… 하더니 그대로 끝이었다.

나는 소리를 들었다. 그 순간의 소리. 숨을 멈추는 순간의 호흡소리. 한숨 소리. 떠날 때 남기는 것은 깊은 한숨이다. 휴우, 참 고단했어. 하아, 이제 좀 쉬자. 생명을 유지하는 동안 평생을 함께했던 그 숨결을 마지막으로 내뿜는 소리. 사람은 울며 태어나서 한숨으로 생을 마감한다. 그리고 등에서 점멸하던 숫자도 사라진다.

처음 보는 죽음은 내 예상보다 훨씬 자연스러웠다. 죽음 후의 과정도 일사불란했다. 그러나 나는 몸에서 혼이 빠져나간 느낌이었다. 몸은 붕 뜨거나 혹은 땅 밑으로 꺼져버린 듯했고 내 의식은 다른 곳 어디를 헤매 다니는 듯했다.

숫자 때문이었다. 죽음 때문이 아니다. 숫자가 있었다. 숫자가 보였다. 할머니의 죽음이 임박했음을 알리는 숫자. 디데이를 알려주는 숫자. 하루하루 줄어드는 숫자. 나는 예상하고 있었다. 저 숫자는 남은 날을 보여주는 것이라고, 1에서 0이 되는 순간 죽음을 맞게 되는 것이라고.

죽음이 보이다니…… 죽음을 미리 알게 되다니. 내가 어떻게 된 거지? 내게 귀신이 들린 건가? 부모님이 한꺼번에 돌아가셔 졸지에 고아가 되고 젊은 육체가 엉망으로 깨지고 부서진 것도 모자라서 또 내게 무슨 일이 생긴 거지?

그날 내내, 눈을 감고 잤다. 잠들지 않은 순간에도 눈을 뜨기가 두려웠다. 또 다른 죽음이 보일까 봐 겁났다. 자고 일어나면 없던 일이 되는 것처럼 나는 자고 또 잤다. 면회 시간에 들어온 윤지와 이모는 자는 척하는 내 얼굴만 들여다보다 갔다. 눈을 감은 채로 나는 생각했다. 착각일 거야. 몸이 허하면 헛것이 보인다고들 하잖아. 몸이 이보다 더 허할 수는 없는 상태이니 당연히 헛것이 보일 수도 있겠지. 사고의 후유증으로 환각이 나타난다면 그것도 역시 치료해야 하겠지. 형언할 수 없는 우울이 온몸을 지배했다.

다음 날, 윤지가 분홍 스웨터에 나풀나풀한 꽃무늬 치마, 빨강 플랫슈즈를 신고 면회를 왔다. 온통 흰색과 빛바랜 푸른색뿐인 병원에서 그녀만이 총천연색을 가지고 있었다. 윤지는 휴대폰에 저장한 사진을 보여주었다. 한쪽 가지에만 꽃이 핀 나무를 찍은 사진이었다. 다른 쪽 가지는 죽어 있었다.

"원영아, 이것 봐. 죽은 나무인 줄 알았는데 꽃이 피었어. 예쁘지?"

윤지는 희망 없어 보이던 나무에서 피어난 꽃을 보면서 내가 새 삶의 희망을 가지기를 바랐다. 내 병실 창으로 담쟁이 넝쿨이라도 보였다면 그녀는 아마 거기에 잎새라도 그려 넣었을 것이다. 아쉽게도 중환자실에 창문이라곤 없었다.

나는 시간을 내어 나를 보러 와준 그녀에게 짜증을 냈다. 내가 짜증을 내는 이유는 백만 가지쯤은 되었다. 나는 불시에 고아가 되었고 다발성골절과 장기 손상으로 언제까지 병원 생활을 하게 될지 알 수 없었으며 제대로 씻지 못해서 머리카락은 딱 달라붙고 몸에서는 심한 냄새가 났다. 이상한 숫자를 본 일로 뇌도 다친 게 아닐까 의심스러웠고 견디기 힘들 만큼 우울했다. 꽃 같은 건 개나 줘라 하는 상태였다.

윤지는 슬퍼했지만 화를 내지는 않았다. 온몸에 붕대를 감고 번데기처럼 누워 있는 남자와 초봄의 새싹처럼 싱그러운 여자. 여자는 짜증을 받아주고 투정을 감내했다. 내가 그녀의 얼굴을 외면하고 이제 오지 말라고 귀찮게 일부러 올 필요 없다고 시비를 걸어도 인내심을 가지고 나를 달랬다. 그녀는 아무 짓도 안 했지만 나는 나 좀 가만 내버려두라고 억지를 부렸다.

마음 착한 간호사가 그녀를 위로했다. 윤지의 어깨를 다독거려주며 환자가 아직 정신적으로도 힘든 상태이니 너무 신경 쓰지 말라고 했다. 내가 뻔히 듣고 있는데 내 앞에서 그런 말을 한다. 나는 객관적으로 보아도 형편없고 한심한 놈이었다.

윤지는 눈에 눈물이 가득 고여 애처롭게 고개를 끄덕였다. 그러면서도 나에게는 웃어 보였다. 그녀는 희생 봉사 헌신의 화신이었다.

"잘 있어. 내일 또 올게."

윤지가 돌아섰다. 돌아서 나가는 윤지……!

벌떡 일어날 수 있었다면 아마 벌떡 일어났을 것이다. 벌떡 일어날 만큼 놀랐지만 그저 움찔했을 뿐이다. 그녀의 등, 분홍 스웨터 위에 아주 선명한 푸른 숫자가 떠 있었다. 2만이 넘는 다섯 자리의 숫자다. 그녀에게도 숫자가 있었다. 어제도 있었나? 알 수 없다. 윤지의 등을 본 기억이 없다. 그럼 다른 사람은? 필사적으로 눈을 굴렸다. 고개를 맘대로 돌릴 수 없는 처지에서는 보는 것도 자유롭지 않다. 제일 잘 보이는 것이 천장이다. 환자들의 등을 보는 일이 제일 어렵다. 대부분 등을 바닥에 대고 누운 상태이기 때문이다.

윤지가 가고 난 후 나는 시야에 들어오는 사람은 누구든 끈질긴 시선으로 따라가다가 돌아서는 순간을 놓치지 않고 재빨리 등을 살폈다. 주로 의료진들이었다. 있었다. 누구에게나. 누구나 자신의 백넘버를 가지고 있었다. 숫자는 사람마다 다 달랐다. 아주 밝게 빛나는 사람도 있었고 흐릿해서 잘 보이지 않는 사람도 있었다. 어쨌든 있었다. 누구나. 누구나. 누구나…….

다음 면회에는 이모가 멸균캡을 쓰고 들어왔다.

"이모."

"그래, 원영아 나아지고 있단다. 하늘이 도와서 나아지고 있대. 일반 병실로만 나가도 이모가 뼈 붙는 데 좋은 사골이라도 좀 고아서 먹일 텐데. 여기는 뭘 들여와서 먹이는 건 절대로 안 된다고 하더라."

"이모."

"그래 원영아, 이모 요기 있다. 어이구, 이 얼굴 안된 것 좀 봐. 탈렌트 저리 가랄 얼굴이 반쪽이 됐네. 병실로 올라가면 이모가 잘 해 먹여서 도로 멀끔하게 만들어놓을게. 간호사들이 다 뿅 갈 거다."

"이모, 좀 돌아서보실래요?"

"응?"

"이모 등 좀 보게. 돌아서보세요."

"등? 등은 뭐할라고?"

이모는 뜨악한 표정으로 뒤돌았다.

"왜? 등에 뭐가 묻었니?"

이모는 손을 뒤로 돌려 등을 탁탁 쳐냈다.

"가만 계셔보세요."

나는 이모의 등을 살폈다. 살피고 말고 할 것도 없이 이모의 등에도 숫자가 있었다. 1만이 넘는 숫자였다. 나는 유심히 숫자를 들여다보았다. 역시 옷에 쓰인 숫자는 아니었다. 옷의 주름에 따라 굴곡이 져 있기는 했지만 살펴보니 옷 위에 약간 떠 있는 느낌이었다. 나는 그나마 움직일 수 있는 오른손을 들어 이모의 등에 대보았다. 숫자가 가려졌다. 손을 살짝 치워보니 엷은 녹색의 빛이 보였다. 반만 가리면 반만 보였다. 외부에서 조사되는 빛이라면 내 손등 위로도 드러나야 했다. 그건 아닌 모양이었다.

"이모."

"그래, 원영아. 이모야. 이모가 다 알아서 한다. 넌 그냥 아무 걱정

말고 맘 편히 먹고 그저 몸 나을 생각만 해. 하루하루 시간 보내다 보면 다 지나간다."

"이모, 저쪽에 간호사 있잖아요?"

이모가 중환자실 스테이션에 서 있는 간호사를 쳐다봤다. 마침 이쪽으로 등을 돌리고 있었다.

"등에 뭐가 쓰여 있지 않아요?

이모는 자세히 보려고 인상을 찌푸렸다. 간호사의 등에도 역시 다섯 자리 숫자가 떠 있었지만 내 눈에 선명하게 보이는 숫자를 이모는 알아보지 못했다.

"뭐가 써 있다고? 안 보이는데. 아이구, 나이 먹으면 눈도 늙는다니까. 돋보기 없으면 신문도 못 읽는 거 한참 됐다. 그래도 먼 거는 잘 보이는데."

이모는 부탁하지 않았는데도 간호사에게 가까이 다가갔다. 그리고 등을 들여다보았다. 간호사가 돌아서며 이상하게 쳐다보자 이모는 괜히 간호사의 등을 탁탁 털어주었다.

"아니, 뭐가 묻은 거 같아가지고. 아유, 간호사 선생님도 수고가 많죠?"

이모는 내 침상 곁으로 돌아왔다.

"원영아, 다른 사람 신경 쓰지 말고 그냥 네 몸 생각만 해. 아니다. 네 몸도 넌 신경 쓸 거 없고 그냥 병원에서 시키는 대로만 하고 있어라. 다른 건 이모가 알아서 한다니까. 사람들이 그러는데 뼈에는 홍화씨가 좋다더라. 가시오가피도 좋고. 이모가 다 구해놨다. 병실에만 올라가면 달여다 주려고 다 해놨어."

"이모, 겉옷 좀 벗어보실래요?"

"원영아, 이모가 있잖니?"

이모는 계속 떠들면서도 보랏빛 재킷을 벗었다. 그리고 부탁하지도 않았는데 뒤돌아서 등을 보여주었다. 영문은 모르겠지만 그까짓 것 보고 싶으면 맘껏 보려무나 하는 쿨한 이모였다. 재킷을 벗고 난 뒤 드러난 남색 셔츠 위에도 여전히 숫자가 있었다.

이모는 집이 지방인데 짐을 싸 들고 와서 중환자실 앞 의자에서 먹고 자며 나를 지켰다. 나를 보는 시간은 하루에 두 번 각각 20분뿐이었다. 윤지가 한 번 면회 시간을 차지하고 나면 이모에게 남은 면회는 한 번인데 그 20분 동안 이모는 10분은 내게 위안이 될 만한 말을 쏟아놓고 또 10분은 대체 어떻게 돼가는 거냐고 나아지고는 있는 거냐고 의료진을 닦달하느라 정신없이 바빴다. 이모는 원래 바쁜 사람이었다. 쾌활하고 활동적인 이모는 일주일 스케줄이 꽉 찰 정도로 모임이 많았는데 그 모임에서 만나는 사람들은 당최 모르는 것이 없었다. 내 사고 처리에 관한 그들의 조언은 백만 가지쯤 되었다. 얘, 사람들이 그러는데……. 원영아, 이모 아는 사람이 그러는데……. 그들은 교통사고 환자가 먹어야만 하는 음식 외에도 보험사 직원은 어떻게 대해야 하는지 (돈에 쪼들린다는 분위기를 풍기지 마라, 최대한 합의를 질질 끌어라, 소송할 것 같은 분위기를 풍겨라.) 가해자하고는 어떻게 합의해야 하는지 (형사 합의금과 보험금은 별도다. 둘 다 받아야 한다.) 조언했다. 이모 주변에는 변호사와 손해사정사가 득시글거렸고 (직접 아는 사람은 아니고 아는 사람의 친구의 제부인 식이었다.) 교통사고 경험이 있어 선배로서 조언해줄 수 있는 사람은 '천지

삐까리'였다.

이모는 수술 자리가 빨리 아무는 음식, 뼈가 잘 붙게 해주는 음식, 환자의 원기 회복에 좋은 음식을 줄줄 읊어대다가 돌아갔다.

나는 이모에게 잘 가시라는 인사도 못 했다. 확실하다. 숫자는 다른 사람 눈에는 보이지 않는다. 백넘버는 내 눈에만 보이는 것이다.

#

백넘버는 수명이다. 백넘버가 수명을 나타낸다는 증거는 하루하루 착실히 숫자가 줄어든다는 데 있다. 생각해보면 간단하다. 하루가 지나면 하나 줄어드는 것은? 정답은 당연히 'Day'. 바로 '날'이다. 그날이 무슨 날이든. 수능시험 날이든 결혼식 날이든, 죽을 날이든…… 하루가 지나면 틀림없이 하루가 줄어든다.

모든 사람의 등에서 매일매일 숫자가 하나씩 줄어들었다. 그러나 숫자 1에서 과연 모든 사람이 임종을 맞게 되는지는 확신할 수 없었다. 물론 중환자실에서 보았던 할머니의 사례가 있다. 그러나 한 개로는 부족했다. 우연일 수도 있다. 확신을 위해서는 증례가 더 필요했다.

침상에 누워 있으면서 다른 환자들의 백넘버를 보는 일은 쉽지 않았다. 그들도 대부분 누워 있었기 때문이다. 내 시야에 들어오는 사람은 보호자거나 의료진이었다. 그들은 다 건강해서 대부분 다섯 자리의 숫자를 가지고 있었다. 어쩌다 네 자리나 세 자리의 숫자를 보기도 했지만 그 숫자가 다하도록 기다리기만 할 수는 없었다. 나는 두 자리 숫자, 되도록 한 자릿수의 백넘버를 찾아야만 했다.

사례를 관찰하기에 중환자실처럼 좋은 곳도 없다. 이곳에는 그야말로 살지 죽을지 모르는 중환자들이 누워 있다. 스스로의 힘으로는 숨조차 쉬지 못하는 환자들도 많다. 숫자가 한 자리인 사람이 분명 또 있을 것이다.

그러나 적당한 사례자를 찾기 전에 나는 중환자실을 나와 일반 병실로 올라가게 되었다.

이모는 뛸 듯이 기뻐했다. 몸에 좋은 먹을 것을 만들어서 병실로 나를 수 있게 되었으니 그걸 먹고 나면 내 상처가 싹 나을 거라고 믿었다. 나를 만나러 올 때 더 이상 멸균캡을 쓰지 않아도 되는 것도 기뻐했다. 머리숱이 없는 편인 이모는 항상 정수리 부분을 부풀리는 헤어스타일을 했고 부풀린 머리가 죽을까 봐 모자는 절대 쓰지 않았다. 그래서 중환자실에 들어갈 때마다 멸균캡을 써야 하는 일이 퍽 신경 쓰였다고 했다. 잠깐 얼굴만 보고 가는 것이 아니라 곁에서 간병할 수 있게 되었으니 얼마나 다행이냐는 이모에게 나는 정색을 했다.

"이모, 간병인 구해주세요."

"원영아, 이모가 있으면 돼. 이모도 잘해."

"싫어요, 이모."

이모라서 싫은 것이 아니라 엄마였어도 싫었을 것이다. 나는 내가 갑자기 모두의 걱정거리가 된 것이 싫었다. 객관적으로 보아도 더할 나위 없이 불쌍한 처지가 된 것이 싫었다. 혈연 간의 사랑과 정이라는 이름으로 포장되는 착취가 싫었다. 그 관계에서 감정이 소모될 것이 싫었다. 다행히 우리에겐 돈과 서비스의 맞교환이라는 산뜻한 대안이 있다. 간호사에게 말하니 간병인을 보내주는 용역업체 전화번호를 세 개나 주었다.

#

일반 병실로 윤지가 면회를 왔다. 나는 윤지에게 내 침상 주변의 커튼을 모두 치게 했다.

"왜?"

윤지가 불안해했다. 애인은 엄마나 아내와는 다르다. 우리는 이미 깊은 관계였지만 (여름방학을 맞아 함께 여행을 갔었다.) 방귀도 트지 않은 사이다. 나의 성기가 성적 도구일 뿐 아니라 배설하는 데 쓰이기도 한다는 것을 그녀는 꿈에라도 상상하고 싶지 않을 것이다. 우리는 애인 사이였고 다시 말해 아직은 자신의 로맨스 판타지를 투영하는 대상으로서만 서로의 존재를 인식했다. 민소매 셔츠의 암홀 사이로 어쩌다 그녀의 매끈한 겨드랑이만 얼핏 보여도 마치 전기가 오는 것처럼 찌릿했다. 그렇지만 그녀가 겨드랑이 털을 족집게로 뽑거나 면도기로 밀고 착색되지 않도록 겨드랑이 전용 크림을 바르는 모습을 보고 싶지는 않았다. 당연히 그녀 역시 마찬가지일 것이다.

그녀는 '상처 입은 남자와 하는 연애'에 대한 환상이 있을 것이다. 병상의 파리한 남자와 그를 돌보는 가녀린 여인. 뜨거운 물수건으로 가느다란 손가락을 하나하나 닦아주거나 남자의 머리를 품에 안고 마른 입술을 젖은 거즈로 적셔주는 그런 장면 말이다. 죽을 한 숟가락 떠서 혹시 뜨거울까 입으로 후후 불어서 먹여주고 남자가 그만 먹겠다고 도리질을 하면 안타까운 눈빛으로 딱 한 숟가락만 더 먹으라고 조르는 장면도 괜찮다. 그렇지만 힘겹게 엉덩이를 들어 올려 바지와 팬티를 내리고 엉덩이 밑으로 환자용 스테인리스 변기를 밀어 넣어준다거나 손가락에 소독 거즈를 감아 어금니 구석구석까지 닦아주는 일 따위는 애인 사이에 어울리지 않는다. 하필이면 윤지가 있을 때 관장을 하러 온 적이 있었다. 윤지는 병실 밖 복도로 나가서 한참 있다 들어왔고 나도 하필 그녀가 있을 때 관장이라는 아름답지 못한 처치를 받게 된 것이 속상했다. 그녀는 병실에 와서 내 이마에 흐트러진 머리카락을 넘겨주거나 다치지 않은 오른쪽 손을 꼭꼭 주무르거나 했는데 사실 그런 일은 간병과는 아무런 상관도 없는 일이었다.

커튼을 치라고 하자 윤지는 긴장했다. 나는 윤지 등의 맨살을 보고 싶었다. 숫자가 옷에 쓰여 있는 것이 아니라는 점은 명백했지만 맨살 위에서도 그 숫자가 보이는지 꼭 확인하고 싶었다.

병실에서는 커튼을 친다고 해도 사적인 공간이 보장되는 것은 아니다. 보이지는 않더라도 바짝 붙어 있는 옆 침대 환자는 내 침상에서 나는 작은 소리도 들을 수 있었다.

윤지는 엷은 하늘색 니트를 입고 있었다. 안에 입은 흰색 속옷이 은근하게 비쳐 보였다. 나는 소리를 낮추었다.

"윗옷 좀 벗어봐."

"뭐?"

"좀 벗어봐."

윤지가 목소리를 더 낮추었다.

"왜? 미쳤나 봐."

"보고 싶은 게 있어서 그래."

윤지의 얼굴이 시뻘게졌다. 나 참, 그게 아니다.

"아니, 등 좀 보려고 그래. 등 좀 보여줘."

"정말 왜 그래?"

"좀!"

내가 경우 없이 짜증을 내자 윤지의 얼굴이 굳어졌다. 나는 기가 팍 꺾여서 들릴 듯 말 듯하게 중얼거렸다.

"미안해."

윤지는 작게 한숨을 쉬고 몸을 최소한으로만 움직이며 스웨터를 벗었다. 내 앞에서 옷을 벗는 것이 처음은 아니지만 캐노피가 드리워진 고급 모텔 침대 위에서 옷을 벗는 것과 커튼을 쳤다고는 하나 숨소리까지 다 들리는 6인실의 병실에서 옷을 벗는 것이 같을 수는 없다. 이유를 모르는 윤지로서는 모멸감을 느낄 만도 할 것이다. 윤지가 옷을 벗는 것을 보자 죄책감이 느껴졌다.

윤지는 살며시 옷을 벗고는 가슴을 감싸 안고 등을 보이며 돌아섰다. 가느다란 브래지어 끈이 등 가운데를 가로지르고 있었다. 그리고 예상한 대로지만 딱 그 브래지어 후크가 있는 부분을 중심으로 해서 커다란 녹색 숫자가 윤지의 등에서 빛나고 있었다. 며칠 전보다 줄어든 숫자. 맨살 위에서 숫자는 그 어느 때보다도 밝았다.

나도 모르게 한숨을 쉬었나 보다. 그게 신호이기라도 한 것처럼 윤지는 서둘러 옷을 입었다. 돌아선 윤지의 얼굴은 딱딱하게 굳어 있었다. 혹시라도 나를 변태로 오해하는 건 아닐까? 그런 오해가 무서워서가 아니라 어쨌든 윤지에게는 얘기를 해야 한다고 생각했다. 너의 백넘버는 23654라고. 너는 앞으로 23,654일을 살게 된다고.

그러나 당연한 말이지만 입이 떨어지지 않았다. 우선 나부터도 이게 무슨 말도 안 되는 상황인가 싶었다. 다른 사람이 나를 믿어주지 않을 때도 답답하지만 내가 나를 믿을 수 없을 때는 더 답답하다.

#

한 자릿수의 백넘버를 본 것은 병실로 올라오고도 한참이나 지나서였다.

검사실에 가는 도중이었다. 나는 이동침대에 누워 엘리베이터 앞으로 실려 갔다. 병원 엘리베이터는 항상 만원이다. 아픈 사람도 많고 아픈 사람을 찾아온 사람도 많아서였다.

이미 다른 이동침대 하나가 내 앞에서 엘리베이터를 기다리는 중이었다. 그 위에 환자복을 입은 40대 남자가 앉아 있었다. 수액줄을 꽂고 있었지만 겉으로 보기에는 멀쩡해 보였다. 부인으로 보이는 여자가 곁에 서 있었다. 잘 세팅된 머리에 비싸 보이는 자주색 트렌치코트를 입고 있는 것으로 보아 남자는 어제나 오늘 입원했을 것이다. 환자가 병원에 오래 있었는지 아닌지는 환자보다는 보호자를 보면 알 수 있다. 입원 기간이 길어질수록 보호자의 차림은 고시촌의 고시생처럼 변한다. 화장기 없는 얼굴에 질끈 묶은 머리, 편한 트레이닝복에 슬리퍼.

침대에 올라앉은 남자는 딸을 찾는 모양이었다. 여자가 퉁명스럽게 대꾸했다.

"걔가 병원 올 시간이 어딨어? 학원은 어쩌고."

"그래도 아빠가 수술한다는데 와보지도 않아?"

"위험한 수술도 아닌데 뭐. 걔 이번 주 진단평가라서 정신없어. 주말에 오라고 할 테니까 그때 봐."

엘리베이터가 도착하고 실려 들어가는 남자의 등을 본 순간 숨이 턱 막혔다. 남자의 등에서 1이라는 붉은 숫자가 깜빡이고 있었다. 지금은 멀쩡히 앉아서 아내와 툭탁거리며 수술실로 가고 있는 저 남자는 살아서 오늘 밤을 넘기지 못하는 것이다. 수술 중에 문제가 생기는 것이 분명했다. 나는 엉겁결에 소리쳤다.

"잠깐만요!"

침대를 밀고 가던 이동 보조인이 퉁명스럽게 대답했다.

"다음 거 타세요. 침대 두 개는 못 들어가요."

침대 위에 앉아 있던 남자와 그의 아내도 나를 못마땅하게 쳐다봤다.

그게 아니란 말이다! 그렇지만 나는 입이 떨어지지 않았다. 뭐라고 말해야 할지 알 수 없었다. 문제가 생길 테니 지금이라도 수술을 취소하라고? 지금이라도 딸을 부르라고? 이게 마지막이니 불러서 얼굴이라도 한 번 보라고 말해야 하지 않을까? 내가 입만 벌리고 있는 사이 엘리베이터 문이 닫혔다.

검사실에서 돌아온 후 나는 긴장으로 정신을 차릴 수가 없었다. 수술실에서 분명 어떤 일이 생겼을 것이다. 혹은 아무 일도 아니었을까? 그 숫자가 수명을 나타낸다는 것은 그냥 나만의 상상일 뿐일까? 수술실 앞으로 가보고 싶었다. 하지만 혼자서는 움직일 수 없었다. 한번 움직이려면 많은 사람에게 수고를 끼쳐야 했다.

오후에 이모가 오자마자 나는 이모를 채근했다.

"이모, 수술실 앞에 좀 가볼래요? 3층에 있어요."

"왜?"

"그냥 가서 무슨 일 없는지만 보고 오세요."

"누구 아는 사람 수술하냐?"

"아니에요. 그냥…… 내려가서…… 하여튼 그냥 갔다 오세요."

이모는 깐깐한 사람이 아니다. 귀가 얇고 잔소리가 심하지만 품이 넓고 푸근하고 사랑이 많은 사람이다. 이모는 연신 당최 뭔 무슨 일인지 알 수가 없다고 중얼거리면서도 내 심부름을 하러 내려갔다.

초조하게 이모를 기다렸다. 이모는 내려갔다가 한참 만에야 돌아왔다.

"이모!"

"응, 그래, 에효!"

이모는 심란한 표정이었다.

"무슨 일 있었어요?"

"응? 아니다. 저녁밥 아직 안 왔니? 아유, 사람들하고 얘기하다 보니까 시간이 이렇게 된 줄도 몰랐네."

"무슨 일 있었죠?"

"무슨 일?"

이모는 시치미를 떼며 외면했다. 이모는 나를 임신한 여자처럼 대한다. 좋은 말만 듣고 좋은 것만 보라는 것이다. 병원에서는 불가능한 미션이다.

"수술실에서 사고 났어요?"

이모는 고개를 돌리고 바짝 다가앉았다.

"너도 벌써 들었냐? 사곤지 아닌지는 아직 모르지만 그 사람이 들어갈 땐 멀쩡했다더라. 사람들이 그러는데 무슨 관광 가는 것처럼 손 흔들면서 들어갔대. 에효, 사람이란 게 당장 오늘을 장담 못하는 거다. 한 치 앞을 모르는 게 사람인 거라. 그러니 기가 막히지. 부인인지 어떤 여자가 아주 넋이 나가서 신발 한 짝도 어디 내던지고 우는데……. 에고, 그런 게 다 남 일 같지가 않고……."

"자주색 코트 입은 여자예요?"

이모가 눈물을 찍어내다 말고 나를 뚱하니 쳐다봤다.

"어떻게 알았냐?"

나는 몸에서 기운이 쑥 빠져나가는 느낌이었다. "그것 봐……."라고 중얼거린 것도 같다. 모든 사람이, 복도에 왔다 갔다 하는 모든 사람, 환자들, 보호자들, 의사와 간호사들, 밥차를 밀고 다니는 아주머니들이 모두 다 등에 숫자를 달고 있었다. 녹색으로 은은하게 빛나는 백넘버. 한 사람도 예외가 없었다.

단 한 사람도?

그렇다면.

나는?

나의 등을 봐야 했다. 나의 백넘버를 확인해야 했다. 나는 살 수 있나? 살아서 이 병원을 나갈 수 있나? 살 수 있다면 그건 언제까지인가.

#

휠체어에 앉는 것도 쉬운 일은 아니었다. 간병인과 이모 둘이서 나를 들어 올려 앉혀주어야 했다. 병원 생활을 하는 동안 체중이 10*kg* 이상 줄어들었지만 그래도 혼자 움직이지 못하는 성인 남자는 버거운 짐덩어리다.

휠체어 바퀴를 사력을 다해 굴렸다. 매끈한 복도에서도 휠체어는 답답한 속도로 굴러갔다. 병원에는 휠체어가 들어가는 장애인용 화장실이 있다. 그리고 거울이 달려 있다. 등을 비춰볼 수 있는 큰 거울. 하지만 막상 들어가보니 거울의 위치가 너무 높았다. 휠체어에 앉은 채로는 목 위로만 조금 보일 뿐이다. 나는 앉은자리에서 목을 돌려보았다. 그렇지만 등은 보이지 않았다. 몸이 멀쩡한 사람도 등을 보는 것은 불편할 것이다. 나는 다발성골절 환자다. 교통사고로 목뼈를 다쳤다. 늑골 골절까지 되었다. 늑골에는 깁스를 할 수도 없어서 저절로 붙기만을 바라는 중이다. 목이나 허리를 비틀어 뒤를 본다는 것은 거의 고문에 가까운 일이다. 그렇지만 봐야 했다. 내 백넘버를. 나의 수명을. 내가 죽을지 살지를. 고통을 삼키며 등을 보려고 노력했지만 거울이 높아서 보이지 않았다. 나는 무의식중에 일어서려 했다. 파쇄골절이 일어난 다리 쪽에 엄청난 고통이 오며 무너지듯 휠체어에 도로 주저앉았다. 하지만 포기할 수 없었다. 머리 밖으로 혼이 빠져나가는 것 같았다. 나는 세면대 가장가리를 짚고 일어서려고 시도했다. 말 그대로 생사가 걸린 일이다. 보지 않을 수 없었다. 세면대에 손을 짚고 체중을 실어 일어서려고 하는 순간 뒤로 휠체어가 밀렸다. 나는 중심을 잃었다. 온몸이 부서지는 통증이 머리끝을 쭈뼛하게 만들었다. 휠체어는 우당탕하는 소리를 내며 쓰러졌다. 복합골절 치료 중이던 나는 1차로 세면대에 턱을 부딪치고 2차로 온몸을 타일 바닥에 골고루 부딪치며 쓰러졌다. 3차로 나는 기절했다.

그때의 일로 입원 기간이 더 길어졌다. 병원에서 살다 보면 시간 개념이 없어진다. 오늘도 어제와 같기 때문에 어떤 일이 생겨도 그게 어제 있었던 일인지 오늘 아침의 일인지 헷갈린다. 하루에도 몇 번씩 잠을 자기 때문에 오늘이 계속 오늘인지 벌써 그다음 날이 된 건지도 알 수 없다. 시간이 질리도록 천천히 간다고 느끼지만 어쩌다 보니 한 달이 훌쩍 지나 있기도 했다.

아주 오랫동안 나는 내 백넘버에 집착했다. 분명히 내게도 숫자가 있을 것이다. 그러나 그것을 볼 수 있는 사람은 나뿐이다.

혼자 일어나 앉을 수 있게 되자 윤지에게 부탁했다.

"거울 좀 가져다줄 수 있어?"

"거울?

윤지는 가방을 뒤적거렸다. 손거울 정도는 가지고 다니는 모양이다.

"아니, 그런 거울 말고. 벽에 걸린 큰 거울 있잖아. 두 개 필요해."

"벽거울을 떼 오라고?"

"응, 부탁해."

"그건 뭐하게? 벽거울을 어디 가서 떼어 와?"

윤지는 짜증을 냈다. 짜증 내지 않으려 노력하며 짜증을 냈다.

애인이 짜증을 내도 나는 이상한 요구를 할 수밖에 없었다. 내게 이상한 일이 일어났으니까.

윤지가 가게에서 사 온 거울은 길이가 50㎝쯤 했다. 내가 가운데 앉고 나의 앞과 뒤에 거울 두 개를 세웠다. 윤지에게 거울을 잡아달라고 부탁했다.

"조금만 왼쪽으로. 아니야, 거울을 살짝 돌려봐. 방향을 틀어보라고."

"뭣 땜에 그러는데?"

"등이 보이게 해줘봐."

"그러니까 뭣 땜에?"

"뭐가 쓰여 있지 않아?"

"뭐가 쓰여 있어야 돼? 대체 왜 그러는 거야?"

두 개의 거울로 각도를 맞추어 내 등이 비치도록 했다. 예상했지만 아무것도 보이지 않았다. 구겨진 환자복의 넓은 등판만 보일 뿐이었다. 나는 윤지를 거울 앞에 돌려세웠다. 윤지의 등을 거울에 비춰보았다. 내 눈으로는 보이는 숫자가 거울에는 비치지 않았다. 휴대폰으로 윤지의 뒷모습 사진을 찍었다. 눈으로는 훤히 보이던 것이 사진으로는 찍혀 나오지 않았다. 디지털카메라 말고 필름 카메라로 찍어볼까 하는 생각도 했다. 물론 당연히 안 찍힐 거라는 건 안다. 필름 카메라, 즉석카메라 다 안 될 것이다. 거울도 오목거울, 볼록거울, 백설공주 새엄마 거울, 어떤 거울을 갖다놔도 안 될 것이다. 백넘버는 내 눈으로만 보이는 것이다.

#

나는 한동안 패닉에 빠졌다. 모든 사람이 유령처럼 보였다. 백넘버를 달고 돌아다니는 사람들. 죽음을 향해 하루하루 숫자를 지워나가는 사람들. 그들의 밝고 활기찬 모습을 보면 공포스러웠다. 무엇보다 나를 괴롭힌 것은 아무에게도 이 이야기를 할 수 없다는 점이었다. 차라리 유령이 보인다고 말하는 편이 쉬웠다.

"나는 죽은 사람이 보여요."는 크게 놀라울 것도 없는 말이다. 영화에서는 흔한 설정이다. '내가 볼 수 있다'는 아니어도 건너건너 누구의 친구는, 누구의 외할머니는 죽은 사람이 보인대, 죽은 사람과 이야기할 수 있대 하고 가볍게 말한다. 그런 말을 듣는 사람도 그럴 수도 있겠지 하며 심각하지 않게 받아들인다. 사람이 죽고 나면 어떻게 되는지는 아무도 모른다. 유령이 되어 산 사람 근처를 배회하는 것도 여러 가능성 중의 하나다. 그러니 이 많은 사람들 중 몇몇은 유령을 볼 수도 있지 않을까?

어쨌든 유령이 보이고 안 보이고는 그 사람의 문제다. 내가 유령이 보인다고 하면 사람들은 나를 거짓말쟁이라고 생각할 수도, 나를 두려워할 수도, 나를 불쌍히 여길 수도 있다. 나에게 닥친 내 문제이므로 객관성을 유지할 수 있다. 그렇지만.

"나는 네가 죽는 날을 알고 있어."라고 말한다면?

그것은 매우 위험하고 공격적인 발언이다. 사람들은 나를 두려워하거나 불쌍하게 여기는 대신 불편하고 불쾌하게 느낄 것이다. 싸움을 거는 것으로 여길 수도 있다. 그것이 바로 자신의 일이기 때문이다. 내가 보는 것이 유령이라는 타인일 때는 그 문제에서 한 발자국 떨어져 있을 수 있지만 내가 보는 것이 자신의 종말일 때는 아무래도 평상심을 유지할 수 없는 것이다.

이모에게 말한다면 어떨까? 이모는 당장에 굿이라도 할 것이다. 병실까지 무당을 불러들일지도 모른다. 윤지에게 말한다면? 윤지는 내가 몸뿐 아니라 머리도 망가졌다며 슬퍼할 것이다. 아니다. 상대가 어떻게 반응하느냐에 관계없이 나는 내가 사랑하는 사람들, 이모나 윤지에게 '당신들은 언제 죽게 될 것'이라는 말 따위는 하고 싶지 않았다.

알고 싶지 않은 것을 안다는 것은 고통스러운 일이다. 다른 사람과 내가 아주 많이 다르다는 것은 저주에 가까운 일이다. 설사 내가 밝고 긍정적인 성격이라고 하더라도 '우왓! 나에게 이런 능력이 있다니. 〈세상에 이런 일이〉에라도 나가볼까?' 하며 좋아할 수는 없었다. 그리고 결정적으로 나는 절대 밝고 긍정적인 성격이 아니었다.

밝고 긍정적이지는 않다 하더라도 나는 나름 합리적이고 이성적인 인간이라고 자부한다. 가장 합리적인 선택은 '나를 의심하기'였다. 나를 믿지 말자고 생각했다. 내게 보이는 것을 믿지 말자. 보인다는 것 자체를 믿지 말자. 머리가 어떻게 된 거라고 생각했다. 사고의 충격으로 혹시 뇌를 다쳤나? 뇌를 다치면 환청 환시가 생길 수도 있겠지? 진통제를 과용해서 그 부작용이 생기진 않았나? 의사에게 물어봐야겠지. 약은 약사에게 진료는 의사에게.

#

응급실에서 나에게 심폐소생술을 한 인턴 이름은 장석환이다.

응급실에서 이제 정형외과로 이동한 모양으로 정형외과 의사가 회진을 왔을 때 줄레줄레 따라와서는 나에게 눈인사를 했다. 인턴은 단독으로 볼 때는 입고 있는 의사 가운이 주는 신뢰감이 있지만 회진하는 교수 뒤를 따라왔을 때는 바보도 그런 바보가 없어 보인다. 어쨌든 그 장 선생은 나에게 특별한 감정을 가지고 있는 듯했다. '내가 살려준'이라는 자부심을 가지고 있으니 누구보다도 나의 회복을 간절히 바라고 있을 것이다.

장 선생은 침상에 누워 꼼짝 못 하는 나보다도 더 심하게 기름이 줄줄 흐르는 머리카락을 하고 돌아다녔다. 나는 간병인 아주머니가 사흘에 한 번꼴로 머리를 감겨주었다. 커다란 대야에 물을 담아 오고 머리카락을 침대 바깥으로 늘어뜨리도록 나를 옮기는 일부터가 만만치가 않은 일이었지만 나는 어쨌든 머리를 감고는 있었다. 그렇지만 종합병원 인턴이란 머리를 감는 시간 따위는 없는 처지인지도 모른다. 그렇게 바쁜 와중에도 장 선생은 잠시라도 짬이 나면 지나는 길이었다며 내 입원실에 들르곤 했다. 피곤한 표정으로 들어왔다가도 나를 보면 표정이 밝아졌다. 나를 보면 없던 기운도 생기는 모양이었다. 농사꾼이 제 논에 물 들어가는 것만 봐도 배부르다는 것처럼 의사는 제가 살려준 환자만 봐도 기운이 나는, 뭐 그런 건가?

장 선생이 문밖에서 고개를 들이밀었다.

"점심 먹었어?"

(언제부터인가 말도 놓는다.)

"네."

"잘 먹어야 빼 붙는다."

(그러니까 점심 먹었다고.)

장 선생의 얼굴이 문간에서 사라졌다. 할 말이 있던 참이라 움찔했다. 부른 것도 아니고 살짝 팔을 들어 올렸을 뿐인데 장 선생은 그 제스처를 알아차리고 다시 얼굴을 들이밀었다.

"왜?"

"뭐 좀 물어보려고요."

"뭔데?"

장 선생은 가운 주머니에 두 손을 집어넣은 채 여전히 얼굴만 들이밀고 있다.

"바쁘시면 다음에요."

장 선생은 잠시 망설이다가 병실 안으로 들어왔다.

"안 바빠. 밥 먹으러 가는 중이었어."

나는 조금 망설였다. 밥 먹으러 가는 사람한테 할 얘기는 아니었다. 그렇지만 이왕 꺼낸 얘기니 어쩔 수가 없었다.

"다른 검사도 좀 해봤으면 해서요."

"무슨 검사?"

"음…… 뇌 검사?"

"처음 실려 왔을 때 뇌 씨티랑 다 찍었을걸? 티에이는 뇌를 다치는 게 젤 큰일이니까 혹시 머리 다쳤는지 꼼꼼하게 봤을 거야. 왜, 머리 아파?"

"그게 아니라 좀 이상해서요. 뭐라고 해야 하지? 좀 이상한 게 보여요."

장 선생이 심각한 표정을 했다.

"두 개로 보이거나 흐릿하게 보이거나 그런 거야?"

"그게 아니라……."

장 선생은 가운 주머니에 있던 플래시를 꺼내 켜고는 내 눈을 들여다보았다. 나는 플래시를 손으로 살짝 밀어냈다.

내 심각한 표정을 본 장 선생은 침대에 털썩 엉덩이를 내려놓았다. 그리고 어서 이야기해보라는 듯 매우 너그러운 표정으로 나를 바라보았다. '좋은 의사야.'라고 생각했다. 밥 먹으러 가야 할 시간을 쪼개주다니.

나는 중환자실에서 보았던 할머니의 이야기를 했다. 물론 다른 사람들의 숫자에 대해서도 이야기했다. 수술실에서 사고를 당한 남자의 이야기도 했다. 표정을 바꾸지 않고 듣던 장 선생은 몸을 돌려 등을 보여주었다. 당연한 반응이다.

"나는?"

장 선생의 백넘버는 12912다. 의사치고는 짧은 편?

숫자를 말해주었더니 눈동자가 빠르게 굴러갔다. 365로 나누고 있는 것이다. 금방 계산이 안 나오니까 대충 300이나 350 정도로 나누고 있을 것이다. 당연하지. 나도 숫자를 보면 나누기부터 한다.

계산은 내가 빨랐다.

"앞으로 35년쯤?"

계산 중인 걸 들킨 게 무안했는지 아니면 너무 진지하게 받아들였다 싶었는지 장 선생은 함박웃음을 지었다.

“뭐 그 정도면 나쁘지 않네.”

“평균수명에는 훨씬 못 미쳐요.”

“그래? 학교 다닐 땐 평균 깎아먹은 적은 한 번도 없었는데. 넌 어때?”

“성적이요?”

“아니, 네 숫자.”

“제 건 안 보이죠.”

“왜?”

“선생님은 선생님 뒤통수 보실 수 있으세요?”

“아아…….” 하며 장 선생은 고개를 끄덕였다. 그러다 표정에 반짝 뭔가 떠올랐다. 다음 말이 이어지기 전에 내가 말했다.

“거울에는 안 비쳐요. 카메라에도 안 찍히고.”

장 선생은 다시 고개를 끄덕였다. ‘암, 그래야 말이 되지.’ 하는 표정이었다.

“좋아, 그럼 이걸 어디다 트랜스퍼해줘야 되나? 안과?”

농담이었지만 나는 웃지 않았다.

“아무튼 알았어.”

장 선생이 복도로 나가며 문 입구에 있는 거울에 자신의 등을 슬쩍 비춰보았다.

괜히 얘기했다는 후회가 물밀 듯 밀려왔다. 그래서 어쩌란 말인가 싶었기 때문이다. 수명이 보인다? 그래서? 정말 안과에라도 가볼 참이냐? 정신과 진단을 받아볼 수는 있을 것이다. 어쩌면 환각이 보이는 건지도 모른다. 큰 사고를 당한 후이니 외상 후 스트레스 장애라는 것이 생겼을 것이다. 불면증이나 집중력 저하, 식욕부진 등의 증세. 당연히 그런 증세가 있다. 사고가 없었더라도 오로지 침대에 누워 있는 것이 생활의 전부라면 누구라도 그런 증세가 생길 것이다. 외상 후 스트레스 장애 이상의 아주 심각한 정신질환일 수도 있다. 정신병이라고 해도 놀랄 일은 아니다. 누구라도 병에 걸릴 수 있으며 정신병도 예외는 아니다.

장 선생은 그 후 며칠 동안이나 별다른 얘기가 없었다. 회진에 줄레줄레 따라 들어오면 한사코 내 시선을 피하곤 했다. 내가 하는 말을 진지하게 들어준 것 자체를 후회하고 있는지도 모른다. 그럼 다행이라고, 그냥 안 들은 걸로 하고 잊어주는 편이 낫다고 생각하고 있을 때 신경외과 닥터가 찾아왔다.

신경외과에서 의심하는 것은 경막하혈종이었다. 경막하혈종이란 경질막 아래와 뇌의 바깥쪽 공간에 혈액이 축적되어 혈종이 생기는 것이란다. 경막 아래 공간에 출혈이 생기는 이유는 경질막과 대뇌 겉질을 연결하는 정맥이 파열되었기 때문인데 머리를 크게 부딪혔을 때 흔히 생긴다고 했다. 그런데 출혈이 서서히 생기기 때문에 증상도 서서히 나타난다. 의식 수준이 오락가락하고 말이 어눌해지고 몸의 한쪽이 마비되는 등의 증상이 나타나는 것이다. 처음에는 괜찮았지만 사고가 나고 몇 주일이 지나서 경막하혈종이 발견되는 경우도 흔하다고 했다. 그렇지만 신경외과에서 하는 여러 가지 비싼 검사를 하고도 내 머리 안에서 발견된 것은 아무것도 없었다.

다음으로는 신경정신과 의사와의 면담이 있었다. 면담에 앞서 무려 500문항 이상 되는 질문지가 주어졌다. 그 질문지에 '나는 다른 사람에게는 보이지 않는 것이 보인다.'라는 항목이 있었다. 그래, 바로 이게 문제지. 다른 사람에게 보이는 것만 보이고 다른 사람에게 들리는 것만 들려야 정상이다. 그런데 정말로 그럴까? 실제로 존재하지만 사람이 보거나 들을 수 없는 것도 얼마든지 있다. 사람은 20 *Hz*에서 20,000*Hz* 사이의 소리만 들을 수 있다. 박쥐나 돌고래는 초음파를 이용하지만 사람은 들을 수 없다. 그렇다고 해서 그 소리가 존재하지 않는 것은 아니다.

그렇다면 백넘버는 어떨까? 사람에게는 수명이 존재한다. 누구든 하루하루 죽어가고 있는 것이다. 명백히 실재하지만 보이지 않는다. 그래서 그 명백한 실재를 잊고 사는 것이다. 나도 잊고 살고 싶다. 초음파든 백넘버든 다른 이들에게 들리지 않고 보이지 않는다면 나 역시 들리지 않고 보이지 않는 편이 백번 낫다.

신경외과 의사는 내게 우울증이라는 진단을 내려주었다. 그 외 유의미한 이상 징후는 발견되지 않는다고 했다. 우울증이라…… 이 상황에서 우울하지 않다면 그게 정신병일 것이다.

나는 경막하혈종도 아니었고 환청 환시를 동반하는 정신질환도 아니었다. 환자가 호소하는 증상이 있는데 아무 처치도 안 해주기는 좀 그랬는지 의사는 프로작을 처방해주었다. 이미 먹고 있는 약이 엄청나게 많았으므로 프로작 한두 알 더 먹는다고 해도 안 될 건 없겠지 싶어서 나는 주는 대로 먹었다. 약 때문에 배불러서 밥양이 줄었다.

6

그 병원에서 1년을 있었다.

나는 몸이 힘든 것을 즐기는 스타일은 아니다. 친구들 중에는 스트레스가 쌓이면 일부러 몸을 혹사시키는 부류들도 있다. 근육을 늘리려고 삶은 닭가슴살과 바나나를 갈아서 (색깔과 냄새와 질감으로만 본다면 토사물이라고 해도 무방하다.) 먹으며 자기 몸무게보다 무거운 쇳덩어리를 들었다 놨다 하는 녀석들도 많다. 나는 자전거도 타고 농구도 가끔 했지만 운동이 아니라 어디까지나 놀이로 즐겼다. 잔병치레는 안 했지만 쇠도 씹어 삼키는 지경은 아니었고 적당히 게으르고 적당히 무질서한 생활을 했다.

그렇지만 나는 우리나라에서 올림픽을 치른 후에 태어난 팔팔한 청년이다. 다음 중 20대의 청년에게 가장 힘든 일은 무엇일까요? (1)

에베레스트 등반 (2) 철인3종경기 (3) UDT 수중폭파 훈련 (4) 몇 달 동안 침대에서 번데기로 지내기.

나는 아침마다 5분만 더 누워 있고 싶어서 엄마 잔소리를 들었고, TV를 볼 때는 소파에 길게 누워 역시 소파에 누워 있는 아빠와 자리싸움을 해서 엄마 잔소리를 들었고, 몸의 80퍼센트 이상은 의자에 누운 채 가슴 위로만 앉아 있는 자세로 컴퓨터 게임을 해서 엄마 잔소리를 들었다.

모든 게 변했다. 몇 달을 누워 있어도 잔소리하는 엄마는 없다.

누워 있으면 온몸으로 중력을 받는다. 침대 바닥에 닿은 어깨와 엉덩이와 다리에는 짓눌리는 통증이 있다. 살짝 떠 있는 목과 허리는 더 아프다. 중력의 힘이란 얼마나 대단하냐 하면, 오랜 시간이 지나면 침대에 닿아 있는 부위 살이 썩는 정도다.

욕창을 예방하기 위해 다른 사람 손에 의해 좌우로 굴려질 때면 침대에서 확 떨어져버려라 스스로에게 악담을 퍼부었다. 누워 있는데도 몸이 너무 힘들어서, 누워 있다고 잔소리하는 엄마도 없어서 나는 누워서 울었다.

친구들이 돌아가며 찾아왔다. 처음에는 우르르 찾아왔었는데 한두 주일 뒤에는 요일마다 당번을 정해 병문안을 오는 듯했다. 혹시 저희들끼리 회의도 한 건 아닐까? '불행한 일을 당한 친구를 위해 우리가 무슨 일을 할 수 있을까요 동참하고 싶으신 분은……' 운운하는 단체 문자가 돌았을지도 모른다. 같은 과이긴 하지만 말도 한 번 나눠보지 않은 녀석이 찾아오기도 했다. 나름 봉사활동이라고 해야 하나? 이왕 하는 봉사활동이라면 가난한 사람을 위한 사랑의 집을 짓거나 온기를 나누는 연탄 배달을 하는 쪽이 쉬웠을 것이다. 친구 병문안 봉사는 스펙 쌓기에도 아무 도움이 안 될뿐더러 돈 주고도 못 산다는 젊은 날의 경험도 아니고 뭐 아무것도 아니다.

내 쪽에서도 친구들의 병문안은 난감했다.

나는 침대 붙박이였다. 친구가 와도 같이 당구나 한 게임 칠 수도 없었고 술 한잔하러 나갈 수도 없었기 때문에 할 수 있는 일은 마주 보고 도란도란 이야기를 나누는 것뿐이었다. 녀석들은 학교 이야기, 학교에서 만난 여자 이야기, 알바 이야기, 알바에서 만난 여자 이야기, 클럽 이야기, 클럽에서 만난 여자 이야기를 했다. 병실에 드나드는 간호사들의 몸을 부위별로 순위 매기기까지 하고 나면 할 말이 없었다. 남아 있는 말은 하나뿐이다.

"몸조리 잘해라. 또 올게."

친구가 가고 나면 외로움이 사무쳤다. 누구라도 찾아오면 옳다구나 하고 사라져서 저녁 먹을 때가 다 되도록 나타나지 않는 간병인 덕분에 나는 오줌을 참으며 외로움을 견뎠다.

친구들 중에서 가장 자주 온 것은 재수다. 재수는 중학교 때 친구다. 재수 있냐? 아니, 재수 없다. 에이 참, 재수 없네. 그러면서 많이도 놀려먹은 친구다. 그리고 안타깝게도 대입에 실패해 재수 중이었다. 재수가 재수 중인 것은 남들에게는 웃고 즐길 일이지만 본인에게는 매우 심각한 시련이었다.

재수는 지난 수능 성적보다 지금 모의고사 성적이 오히려 더 떨어지고 있다면서 한숨을 들이쉬고 내쉬었다. 나의 처지보다도 자신의 처지를 훨씬 더 비관하고 걱정했다. 나는 그나마 움직여지는 오른팔을 들어 재수의 등을 두들기며 위로하느라고 바빴다. 왜 병문안을 오는지 모를 일이었다.

나는 장기 입원 환자로 창가 자리 붙박이였다. 6인실 병실에 창가는 누구나 탐내는 자리다. 가장 밝고 가장 넓고 창턱에 이런저런 물건들을 올려둘 수 있어 수납공간도 넉넉하다.

오래 병원 생활을 하는 사람의 침상은 병원에서 지낸 만큼의 세월이 주변에 고여 있다. 우선 눈에 띄는 것은 빨랫줄이다. 몇 주가 아니라 몇 달 또는 몇 년 단위로 입원해 있는 사람의 침상에는 반드시 빨랫줄이 있고 거기에 수건이 널려 있다. 수건은 움직이지 못하는 환자의 몸을 닦아줄 때도 필요하지만 식사할 때 턱 밑에 둘러주는 용도로도 쓰이고 으슬으슬할 때 목에 감아주는 목도리로도 쓰인다. 물에 적시면 건조한 병실의 가습기 역할까지 한다. 크고 두툼한 고급 수건보다는 찜질방이나 모텔의 상호가 적힌 얇고 작은 수건이 훨씬 쓰기에 편하다. 재경 동문회나 고희연 기념 수건들도 애용되었다. 다음으로 눈에 띄는 것은 푹신한 베개다. 보호자들은 좁은 침상에서 제대로 된 침구도 없이 새우잠을 자기 마련이다. 처음에는 베개 대신 입고 온 점퍼를 둘둘 말거나 간호조무사를 살살 구슬려 얻은 담요를 둘둘 말아 베고 잤다. 정 없으면 두루마리 휴지를 찌그러뜨려 베고 자기도 한다. 하지만 하루 이틀이 지나면 그런 베개로는 견디지 못한다. 병실 온도는 무척 높은 편이라 간호사들은 겨울에도 반팔 차림으로 지내니 이불은 없어도 그만이다. 좀 추우면 겉옷을 대충 덮고 자도 되지만 베개만큼은 그게 아니었다. 입원이 길어진다 싶으면 보호자는 베개부터 마련한다. 크고 푹신한 베개가 보호자 침상에 놓여 있으면 그건 장기 입원 환자라고 봐도 된다. 베개로 시작한 살림살이는 담요와 보온병, 쟁반, 과도, 그릇, 수저 등의 부엌살림으로 늘어나고, 이어 1~2인용 전기밥솥이 등장하게 된다. 갈아입을 속옷들과 자질구레한 소품을 보관하는 플라스틱 서랍장이 들어와 있는 경우도 있었다. 책과 잡지가 쌓여 있는 건 당연했다.

병원에서 스물한 살이 되었다. 나는 간호사들이 한 번이라도 더 눈을 맞추고 한 마디라도 더 말을 시켜보려는 환자였다. 단도직입적으로 말해 인기 폭발이었다는 이야기다. 한꺼번에 온 가족을 잃었다는 것에서 오는 동정심, 그렇지만 보험금과 유산이 든든해 병원비 때문에 천덕꾸러기가 될 일은 없는 경제적 배경, 끔찍한 사고에도 불구하고 요행히 아무 흉터도 남지 않은 귀공자풍의 얼굴. 그리고 붕대와 석고깁스 안에 갇혀 있기는 하나 감출 수 없는 찬란한 젊음이 인기의 요인이었다. 나이 든 간호사들은 나를 귀여워했고 나이 들지 않은 간호사들은 나를 보면 수줍어했다. 두 달이 채 되지 않아 나는 내가 있던 7층 모든 간호사들의 이름과 얼굴을 익히게 되었고 몇 달 더 지나자 직급과 나이에 따른 상하 관계와 근무 시간과 비번 날짜를 알게 되었다. 순환 근무 중인 새 간호사가 오면 금세 알아차렸다. 고참 간호사들이 나에게 새로 온 간호사를 소개해주었다.

여러 차례에 걸쳐 나를 수술해준, 말하자면 내 생명의 은인인 선생님, 과장님, 박사님, 교수님들은 얼굴을 볼 수가 없었다. 정말로 그런 사람들이 존재하는지조차 의심스러웠다. 나는 응급의학과, 정형외과, 성형외과, 재활의학과에 두루 다리를 걸쳐놓은 환자였기 때문에 모두의 책임인 동시에 누구의 책임도 아니었다. 어떤 날은 각 과 선생님들의 회진이 겹치는 바람에 줄줄이 달고 온 졸개들까지 합쳐 수십 명의 사람들이 내 침대를 둘러싸고 버글거렸던 적도 있다. 그 사람들은 다 내가 특별히 선택해서 진료를 의뢰한 특진 선생님들이라는데 물론 나는 특별한 진료를 신청한 기억이 없다. 어쨌든 특진 의사들은 특별히 더 얼굴 보기가 어려웠다. 그들은 모여 앉아서 나에 대해 토의하고 내 차트와 필름을 보며 분석하고 의견 조율을 통해 최선의 치료 방법을 찾아내느라 나를 보러 오지 못하는 모양이었다.

의사들은 나를 흘깃 보고는 차트에 뭔가 휘갈겨 쓴다. 환자의 호소를 듣고 검사 결과를 보고 종합적으로 전문적으로 판단해 오더를 내리는 것이다. 문자라기보다는 그저 벌레 기어간 자국처럼 보이는 그것들은 범접할 수 없는 의사의 권위와 전문성을 상징한다. 그들이 나의 운명과 미래를 틀어쥐고 있다. 볼펜이 잔뜩 꽂힌 흰 가운을 입은 것만으로, 바쁘게 뛰어다니는 것만으로, 모르는 글자를 쓰는 것만으로 그들은 신처럼 보인다. 나약한 인간은 침대에 똥오줌을 싸며 벌레처럼 누워 있고 전능한 그들은 인간을 살리려고 동분서주한다. 그렇지만 병원에 누워 있은 지 몇 달 만에 나는 의사들이 차트에 쓰는 글씨도 어지간히는 알아볼 수 있게 되었다. 굉장한 처방인 것 같은 그것들은 알고 보니 '붕대를 갈아주세요.' '항생제를 주세요.' 뭐 그런 거였다.

그 특진 의사들이 수술을 잘했는지 못했는지 치료를 잘하고 있는지 아닌지 나는 전혀 알 방법이 없었다. 수술 후 의사들은 "수술은 잘되었지만 경과를 지켜봐야겠습니다."라고 말한다. 내 생각엔 잘됐든 망쳤든 무조건 그렇게 말하는 것 같다. 죽고 사는 일은 특진 의사가 하는 큰 수술에 달려 있을지도 모르지만 환자 입장에서는 그건 중요한 게 아니었다. 죽고 사는 일에 앞서서 나는 다만 아프지 않기를 원했다.

나는 종일 그야말로 온몸 곳곳이 아팠다. 이제까지 별 관심이 없었던 내 몸의 구석구석, 각종 내장과 뼈와 피부와 혈관이 저마다 필사적으로 자기 존재를 증명하는 바람에 깜짝 놀랄 지경이었다. 크게 다쳤으니 아픈 것이 당연하다 싶기도 하지만 그보다 다친 곳을 낫게 해주려는 일련의 과정이 더 아픈 경우도 많았다. 나를 아프지 않게 도와주려는 일들, 카테터를 꽂고 척수강에 주삿바늘을 삽입하고 첨자를 하고 조직을 떼어내는 그 모든 처치들은 통증을 일으켰다.

의료진은 처치에 앞서 "따끔합니다." 내지는 "조금 불편할 거예요."라고 말해준다. 얼토당토않은 소리다. "머리카락이 쭈뼛 설 겁니다."라든가 "숨이 턱 막힐 거예요."라고 말해주는 경우는 없는데 당하고 보면 대부분 후자의 상황이다. 얘기를 확실히 해주면 좋겠다.

목숨을 살려준 것은 그 분야의 권위자인 누구였을 테지만 나에게 의미 있는 사람은 이틀에 한 번 정맥 라인을 잡으러 오는 인턴과 침대 시트를 갈아줄 때 주름을 손바닥으로 판판히 펴주는 간호조무사였다. 움직일 수 없는 환자에게 구겨진 침대시트는 참기 힘든 고통이다. 시트가 구겨진 부분에 피부가 오래 닿아 있으면 욕창이 생길 수도 있다. 한 번의 시도만으로 정맥 라인을 잡는 것, 부드럽지만 단호하게 오줌 구멍에 폴리카테터를 꽂는 것, 스트레처카에 옮길 때 침대 난간에 부딪히지 않게 하는 것, 수술의 성공 여부보다 나에겐 그런 것이 중요했다. 삶의 질을 결정하는 것은 디테일이다.

다수의 의사들이 내 담당이었기 때문에 동시에 그 다수의 의사들 모두 내게 일차적인 책임이 없었다. 내가 열이 나면 간호사는 누구를 콜해야 할지 고민했다. 모두들 바빴고 수술장에 들어가 있거나 다른 급한 환자를 보고 있었다. 결국 불려 오는 사람은 온종일 꼬박 굶었다가 이제 막 짬뽕 국물이라도 한 술 뜨려는 레지던트거나 자지도 못하고 씻지도 못해서 머리카락에서 기름이 줄줄 흐르는 인턴이었다. 고만고만한 사람들 중에서 비교적 마음 약한 사람이 불려 오는 것이다.

나는 총체적인 인간으로 취급되지 않았다. 나는 사람이라기보다는 206개의 뼈였고 혈종이었고 세균의 먹이일 뿐이었다.

수술장에서 국소마취를 하는 시술을 할 때 의사들은 간이 커튼을 쳐서 내 시야를 가렸다. 내 상처지만 내가 보지 못하도록 했다. 내 육체의 처참한 상처를 보고 내가 받을 마음의 상처를 염려해서일까? 그들은 시술 부위에 초록색 방포를 덮었다. 방포에는 동그랗게 구멍이 뚫려 있어 처치해야 하는 병소 부분만 드러났다. 그러면 나는 개별 인간 이원영이 아니라 궤양이 생긴 허벅지나 부서진 뼈, 깨진 간이 되었다. 의료진은 내 허벅지 궤양을 도려내면서 어제 야식으로 먹은 족발에 대한 불만을 토로했다. 다리 위로 붙어 있는 허리, 가슴, 목과 머리의 존재에 대해서는 잊었다. 나는 얼마 전까지만 해도 이 다리를 가지고 걷고 뛰고 공을 찼다. 스키니 진으로 감싼

쭉 뻗은 다리는 또래 여자애들에게 매력을 발산하는 도구로도 쓰였다. 내 다리의 모양새나 쓰임은 그들의 관심사가 아니었으며 그들은 오로지 썩은 살만 보았다. 나는 간이 커튼 뒤에서 내 상처를 보지 못했고 그들은 내가 한 인간으로서 고통으로 찡그리거나 슬픔으로 일그러지는 것을 보지 못했다.

간이나 뼈나 궤양으로 치환된 인간이 사실은 감정을 가진 총체적인 인간이라는 것을 알리는 방법은 그가 맺고 있는 관계를 보여주는 것이다.

한동안 내 옆 침대에는 나처럼 교통사고로 들어온 30대의 남자가 누워 있었다. 남자의 간병은 부인이 했는데 그들에게는 세 살 된 사내아이도 있었다. 세 가족은 좁은 병실에서 몇 달을 살았다. 아이가 재롱을 피울 때는 모두 한번 안아보고 싶어 하고 말을 시켜보느라 시끌시끌했지만 좁고 답답한 병실에서 아이가 투정을 부리면 아이 엄마는 한밤중에라도 아이를 업고 나가 휴게실과 복도를 서성거려야 했다. 병실에 있는 모두가 한마디씩 했다. '애를 봐서라도 어서 나아야겠네.' 집안의 가장이라는 것, 먹여 살려야 할 아내와 아이가 있다는 것을 보여주는 것만큼 인간의 존엄을 분명하게 나타내주는 것이 있을까?

한 어머니의 아들이라는 것을 보여주는 방법도 있다. 그 어머니는 아들을 씻기고 변을 받아내고 숟가락으로 밥을 먹이며 헌신적으로 돌보아준다. 또한 이 아들이 어릴 때부터 얼마나 영특했는지 얼마나 효자였는지를 되풀이해 말하고 또 말한다. 누워서 어머니의 돌봄을 받고 있는 남자에 대한 무한한 신뢰와 애정이 용솟음칠 수밖에 없다. 어서 나아서 어머니께 효도하시라는 덕담이 만발한다.

병실 사람들에게 나는 '아는 게 많고 손도 큰' 이모의 조카이고 '인사 잘하는 총각' 재수의 친구이고 '참하고 예쁜 아가씨' 윤지의 애인이었다.

내가 중환자실에 있어서 20분밖에 면회가 안 될 때는 매일 와서 중환자실 앞을 지키던 윤지는 내가 일반 병실로 올라가 오래 볼 수 있게 되자 찾아오는 일이 점점 뜸해졌다. 나를 못 볼 때는 매일 슬픈 얼굴로 대기실 의자에 앉아 있었는데 이제 내 곁에 앉아 있을 수 있게 되자 가끔 견디기 어려운 표정을 했다. 간호사가 24시간 돌보는 중환자실에 있을 때는 멀리서 기도하는 심정으로 바라보았지만 가까이서 바라볼 수 있게 되자 나를 현실로 느끼게 된 것 같았다.

사실 병실은 윤지에게 어울리는 곳이 아니었다. 윤지에게 병실이란 눈부시게 흰 시트 위에 파리하게 여윈 꽃 같은 청년이 누워 있는 곳이었다. 그렇지만 현실의 병실은 생의 비루함과 구차함이 고루 모여 있는 곳이었다. 우선 냄새부터가 그랬다.

병실에서는 냄새가 난다. 뭐라 말할 수 없는 야릇하게 불쾌한 냄새. 사람은 체액을 분비하는 존재다. 먹을 때는 여럿이 같이 먹고 다른 사람들 보는 데서 먹지만 배출은 개인적인 은밀한 행위이기 때문에 잘 눈에 띄지 않을 뿐이다. 사람이 내보내는 것들은 오줌과 똥만이 아니다. 교감신경이 흥분되는 환자들은 환자복이 흥건히 젖을 정도로 땀을 흘린다. 수술 후 굵은 배액관을 가슴에 또는 옆구리에 꽂고 있는 환자도 한 병실에 몇 명이나 된다. 관을 타고 몸속에서 흘러나오는 누런 체액이 플라스틱 통에 모인다. 카테터를 꽂고 비닐

백에 소변을 모으는 환자도 많다. 사람들은 누워서 진득하고 누렇고 냄새나고 탁한 액체를 끊임없이 내보내고 있었다. 병실에는 밥과 약, 오줌, 똥이 한꺼번에 있었다. 침대 위 테이블에서 밥을 먹는데 침대 밑에 오줌똥을 받는 변기가 놓여 있는 식이다.

그즈음의 내 소원이라면 벌떡 일어나 욕실에 가서 시원하게 소변을 보고 뜨거운 물로 샤워를 하는 것이었다. 내 생각엔 윤지의 소원도 아마 그것이었으리라.

그녀는 젊은 여자다. 가만히 침대에 누워 있는 남자와 나풀나풀한 치마를 입은 여자가 같이 할 수 있는 일이라는 건 아무것도 없었다. 그녀는 침대 곁에 앉아서 멀거니 텔레비전을 보거나 먹지도 않을 사과를 잔뜩 깎아놓고 돌아갔다. 윤지가 오면 간병인 아주머니는 휴게실이나 탕비실에 가서 다른 간병인 아주머니들과 수다를 떨다 오곤 했다. 그렇지만 몇 번인가 간병인 아주머니가 없을 때 소변이 마려운 난감한 일이 생긴 뒤로는 윤지도 나도 간병인 아주머니가 멀리 가지 않기를 바랐다. 연애란 한사코 둘만 있기를 바라는 것이다. 둘만 있기보다 누군가 다른 사람이 같이 있기를 바라는 건 더 이상 연애라고 볼 수 없다.

연애는 또한 활동이다. 감정만으로는 연애가 안 된다. 연애하는 남녀는 뭔가 같이 해야 하는 것이다. 같이 영화를 보고 좋은 곳에서 맛있는 밥을 먹고 차를 타고 음악을 들으며 바다를 보러 가거나 밤길을 산책하며 아이스크림을 나눠 먹고 그러다 어둑한 골목을 만나면 키스도 하고 조건이 맞아떨어지면 섹스도 하는 것이 연애다. 연애의 개별성이란 워낙 강력해서 무엇이 그 커플을 연인답게 하는 가는 모두 다를 것이다. 그렇지만 둘이서 같이 무언가를 하는 것이 연애의 기초라는 점은 변하지 않는다.

사랑은 행위다. 짝사랑이라면 행위 없는 감정뿐일까? 아니다. 짝사랑도 짝사랑에 어울리는 행위가 있다. 상대를 먼발치서 바라보거나 이름을 밝히지 않고 꽃을 보내거나 한 번이라도 더 눈에 띄도록 주변에서 얼쩡거린다. 그 사람이 어디에 있는지 어디로 가는지 스케줄을 파악해야 하고 그 사람의 소식을 듣기 위해 신경을 곤두세워야 한다. 상대가 알든 모르든 짝사랑하는 당사자는 할 일이 많다. 짝사랑도 바쁘다.

아무 행위도 활동도 할 수 없는 연애는 시들했다. 매일 오던 윤지는 하루나 이틀 걸러 오더니 시험이어서, 바쁜 과제가 생겨서 오지 못하는 날이 잦아졌다. 윤지가 오지 않는 것은 나보다 간병인 아주머니와 내 주변 침상의 아저씨들이 더 잘 알았다. "오늘은 그 아가씨 안 오나?"라고 물었다. 내가 대답하지 않으면 그들은 윤지의 불성실에 대해 내가 무척이나 상심하고 있는 것으로 간주하고 더 묻지 않았다.

#

어느 정도 회복된 후, 다시 말하면 먹고 배설하는 일에 다른 사람 손을 빌리지 않게 된 후에도 나에게는 여전히 문제가 남아 있었다. 대퇴골 분쇄골절을 당한 나는 부러진 다리뼈에 철 구조물을 대고 그 구조물과 조각난 뼈들을 마흔여덟 개의 나사로 연결하는 수술을 한 상태였다. 수술을 하면서 뼛조각들을 샅샅이 찾아 이어 붙였지만 '분쇄' 골절이라는 이름에 걸맞게 가루처럼 부서진 조각도 있었다. 뼈가 가루처럼 부서지면 뼛가루들이 조직 속으로 스며들어 찾을 수가 없다고 한다. 뼛가루들이 사라져버렸기 때문에 왼쪽과 오른쪽의 다리 길이가 달라졌다. 다리를 절지 않도록 엉덩이뼈 부분에서 뼈를 조금 갈아내어 다리뼈로 이식하는 수술을 하기로 했다. 하지만 엉덩이뼈 이식까지는 많은 시간이 남아 있었다. 이미 수술해둔 다른 뼈들이 붙기를 기다려야 했기 때문이다.

종합병원 입원실을 언제까지나 차지하고 있을 수는 없었다. 그렇지만 나는 갈 곳이 없었다. 집도 절도 없는 신세는 물론 아니었다. 나는 성인이었고 법적인 상속권자였다. 아버지에게는 넓은 아파트와 적지 않은 퇴직금이 있었고 부모님 모두 자동차 보험은 물론 큰 금액의 사망보험금을 갖고 계셨다. 모든 것을 외아들인 내가 물려받았다. 물려받지 못한 것은 어머니의 자동차뿐이었다. 형체를 알 수 없이 찌그러지고 불탄 자동차는 폐차되었다.

퇴원 무렵에도 난 여전히 휠체어와 목발을 이용하고 있었고 여전히 도와줄 사람이 필요했다. 혼자 살 수 있는 상태가 아니었고 또 앞으로도 몇 번의 재수술을 앞두고 있었다.

"이모 집으로 와라 원영아. 당연히 이모 집으로 와야지."

나는 그게 어째서 당연하냐는 대답으로 이모를 서운하게 했다.

누구의 집이든 집으로 갈 수 없다면 갈 곳은 또다시 병원이었다. 나는 재활병원으로 옮기기로 했다. 이모가 오가기 편하도록 이모의 집과 가까운 곳으로 골랐다. 소규모 재활병원은 말이 재활병원이지 요양원과의 구분이 모호했다. 정말로 재활을 바라고 있는 것일까 싶은 분위기의 병원이었던 것이다. 환자들은 모두 노인들뿐이었고 재활을 위한 물리치료실이나 작업치료실에도 별다른 활기가 없었다. 그렇지만 그런 곳이었기 때문에 나는 그곳에서 단연 눈에 띄는 존재였다.

이모와 함께 재활병원에 입원 수속을 하러 갔을 때는 신촌에 거리 인터뷰를 나간 아이돌 같은 대우를 받았다. 병원 행정 직원과 간호사들은 이모가 수속을 하는 동안 내내 싱글벙글했다. 휠체어에 탄 채 얌전히 기다리고 있는 내 곁으로 병원의 환자들이 하나둘 모여들었다. 대부분 할머니들이었다. 사방에서 질문이 날아들었다.

"총각이 여기 들올라고?"

"솔찬이 다쳤나베. 워치게 다친겨?"

"월메나 있을라나?"

"멫 살이여?"

"젊은 사람이 안되았네. 집에는 봐줄 사람이 없능가?"

주방 아주머니까지 소문을 듣고 나와보셨다.

"뭐 좋아하는 거 있으면 말해. 주말에는 특식도 나가니까."

예상치 못한 환대에 어리둥절해졌다. 이모는 어깨를 펴고 괜스레 도도해진 음성으로 물었다.

"있을 만하겠니?"

있을 만하든 안 하든 벌써 있기로 한 병원이다. 입원 수속까지 다 하고 왔으면서 이모는 주변의 할머니들을 의식하며 여차하면 다른 데로 갈 수도 있을 것처럼 말했다.

간호사가 안내해준 방은 복도 제일 끝에 있었다. 방은 네모반듯하지 않고 비뚤어진 사다리꼴 모양이었다. 4인실이었는데 남아 있는 침상은 창가에서는 제일 멀고 화장실, 세면대와는 제일 가까운 자리였다. 냉장고 위에 놓인 TV에서는 배구 경기가 한창이었지만 TV를 보는 사람은 아무도 없었다.

뭇 이성의 (좀 연로한 이성이긴 해도) 지나친 환대를 받고 온 후라 피곤했지만 아무 말도 없이 구경하듯 쳐다보는 동성의 눈길도 피곤하긴 마찬가지였다. 이모는 방 안의 할아버지들에게 호들갑스럽게 인사를 하고 짐을 푸는 것과 동시에 내 사고 히스토리를 풀어놓았다.

자리에 앉아보니 방의 이상한 생김새와 일정한 방향 없이 이렇게 저렇게 놓인 침대 때문에 내 자리는 지나치게 개방된 느낌이었다. 구석 자리에 있는 나를, 나머지 세 개의 침대가 둥그렇게 감싸며 구경하는 모양새였다. 내 자리에서는 TV가 전혀 보이지 않는 것은 물론 (내 머리 위에 TV가 있다고 보면 된다.) 창문도 보이지 않았다. 그 대신 내 일거수일투족은 다른 사람들에게 낱낱이 보였다. 지난번 병원에서 장기 입원자로서 누리던 내 특혜는 모두 사라지고 여기서 신입의 신분으로 모든 걸 다시 시작해야 하는 처지였다.

새 병원이 마음에 들고 안 들고를 떠나 장거리 이동에 어지간히 지쳤던 나는 우선 자고 싶었다.

"이모, 이제 가세요."

"오자마자 가니?"

"자고 싶어요. 갔다가 또 오세요. 이제 집도 가깝잖아요."

"그래, 내가 좀 살펴보고 필요한 것 챙겨서 다시 올 테니 자라."

침대를 빙 둘러 커튼을 치고 이불을 둘러썼다. 자려고 애썼다. 애를 써도 잠이 들락 말락 했다. 그럴 수밖에 없는 것이 사람들이 계속 내 곁을 들락거렸다. 내 옆에 있는 냉장고에서 뭔가를 꺼내고 (얼른 꺼내 가면 좋을 텐데 한참이나 뒤적거렸다.) 화장실을 들락거리고 세면대에서 손을 씻고 리모컨이 있을 텐데도 굳이 TV 앞으로 다가와 버튼을 꾹꾹 눌러 채널을 바꾸었다. 슬리퍼 끄는 소리, 부스럭대는 소리가 들렸다. 룸메이트들이 오며 가며 내 커튼을 툭툭 건드려 펄럭이게 했다. 정말 너무나 신경이 쓰였다. 일부러 내 근처를 얼쩡거린다는 의심이 들었다. 심지어 다른 방에 있는 할아버지까지 나를 구경 왔다.

"서울서 새로 애기가 왔담서?"

"그려, 시방 잔다."

눈을 꾹 감고 있는데 누군가 커튼을 들추고 나를 구경하는 것이 느껴졌다. 으아! 짜증이 폭발했다.

나는 그날 저녁에 원무과로 가서 1인실로 방을 바꿔달라고 요구했다. 그리고 1인실에서 일주일을 보내고는 다시 그 사다리꼴 방으로 돌아왔다. 일주일 동안 나는 교도소의 독방이 왜 징벌의 의미인지 알게 되었다. 나는 외로웠다.

#

남자들이 말이 없다고 생각하는 것은 편견이다. 노인들이 뭘 모를 거라고 생각하는 것도 편견이다. 남자 노인들은 수다스럽다. 도

무지 모르는 것이 없다. 그야말로 듣도 보도 못한 일, 역사책에서나 봤던 일을 어제 일처럼 생생하게 이야기했다. 군대 수송기를 타고 제주도에 갔던 이야기, '왜정' 시대 순사가 저녁 짓고 있던 밥솥을 떼어 갔던 이야기. 전쟁이 터지던 바로 그날, 분명 포 소리가 들리는데도 골목에서 딱지치기 하고 놀았던 이야기를 했다. 나는 입을 벌린 채 그 이야기들을 들었다. 세 자릿수의 백넘버를 가지고 있는 내 룸메이트들은 백넘버가 세 자리만 남은 대신, 이미 살아온 날들이 다섯 자리를 넘어섰다. 그 숫자를 하루에 하나씩 착실히 줄여오는 동안, 보고 듣고 겪은 일이 태산과도 같을 것이다. 은은한 초록빛의 백넘버들 속에서 나는 저절로 말수 적은 젊은이가 되었다.

할아버지들이랑 방을 썼지만 TV는 할머니들 방으로 가서 보았다. 드라마는 할머니들이랑 보는 게 재미있다. 할머니들은 영 엉뚱한 방향으로 스토리를 해석하기는 했지만 장면마다 대사마다 쯧쯧 에구 불쌍해. 저런 죽일 년, 그렇지 옳지! 등의 반응으로 폭풍 공감을 표현했다. 드라마를 보기 시작하면 우선 누가 나쁜 년인가를 오랜 토론을 통해 결정한 다음 그 나쁜 년을 욕하는 데 열정을 바쳤다.

할아버지 룸메이트들은 내가 드라마 시간에 없어지는 것이 불만인 모양이었다.

"방에서 테레비 보지 어디 가는겨?"

"할머니들 방에요. 같이 가실래요?" 해도 할아버지들은 할머니들이 모여 있는 곳에는 감히 접근하지 못했다. 휴게실 자판기 앞에 할머니들 셋만 모여 있어도 음료수 한 잔 뽑아 가는 데 온갖 눈치를 다 보았다. 그도 그럴 것이 할아버지 하나가 왔다 가면 그다음

두어 시간은 그 할아버지의 '신상 털기' 시간이었다. 과거 이력부터 가족관계, 평소의 성정에 대한 각종 정보가 공유되었다. 팩트와 추측 사이에 때로 모략이 끼어들었다.

내가 드라마를 보러 자주 가던 방은 포항 할머니 방이었다.

포항 할머니는 골절 때문에 이 병원에 입원했다. 겨울에 빙판이 된 내리막을 난간을 붙잡고 조심조심 내려가다가 그만 발이 살짝 미끄러졌단다. 넘어지지 않으려고 난간을 잡았던 손에 힘을 콱 주었는데 넘어지지는 않았으되 힘을 콱 주었던 그쪽의 어깨가 그만 부러지고 말았다는 것이다. 어깨에 강한 통증이 오자 포항 할머니는 그 자리에 털썩 주저앉았다. 그러자 이번에는 엉덩이뼈가 부러졌다. 미끈! 콱! 털썩! 우지끈! 이렇게 된 것이다.

노인들에게 골절이란 죽음에 이르는 큰 병이다. 포항 할머니도 오랜 시간 병원 생활을 했지만 낫는 기미는 없이 그날이 그날이었다. 하지만 포항 할머니는 크게 좌절하지도 절망하지도 않고 나와 함께 매일 드라마를 보았다.

#

재활병원에서 몇 번의 봄을 맞았다.

다른 계절을 보내는 동안에는 그저 나무였던 것들은 봄이 되자 비로소 제 이름이 생겼다. 병원 진입로에는 벚꽃이 피었다. 병원 뒤 비탈에 쏟아질 듯이 서 있던 잡목은 개나리였고 앞마당 화단에 몇 그루 서 있는 어린 나무는 알고 보니 목련이었다.

사람들은 창가에 서서 밖을 내다봤다. 병실에서도 휴게실에서도 창가에는 늘 누군가 서 있었다. 특히 포항 할머니는 휠체어를 창턱에 바싹 붙여놓고 이마를 창문 유리에 붙인 채 한 시간이고 두 시간이고 밖을 내다보았다. 안전 때문에 병원에는 유리창이 높이 달려 있다. 의자에 편안히 앉아서는 하늘밖에 보이지 않는다. 꽃을 보려면 포항 할머니처럼 매달리듯 창턱을 두 손으로 부여잡고 상체를 길게 내밀어야 한다. 참으로 피곤한 꽃구경이다.

나는 봄에 꽃구경, 가을에 단풍구경 나서는 사람들을 이해할 수 없었다. 벚꽃축제 기간이거나 단풍철이 되면 주말 고속도로는 주차장이 되어버린다. 신문 방송에서는 마치 그게 엄청나게 새롭고 놀라운 소식이라도 되는 양, 뉴스 첫머리, 신문 1면에 꽃이 피었다는, 단풍이 들었다는 소식을 내보냈다. 그리고 꽃과 단풍보다 더 많은 행락객들을 반복해서 보여주었다. 꽃 보고 단풍 보러 왜 저 멀리까지 저 고생을 하며 가야 하지? 꽃 피고 단풍 드는 건 눈만 뜨고 있으면 알 수 있는 일이다. 자유로 도로변에도 개나리는 엄청나게 피고 아파트 화단에도 철따라 꽃 피고 지고 잎이 물든다. 몰려가서 봐야만 꽃이 피는 게 아닌데 꼭 그걸 거기까지 가서 봐야 하나? 남들이야 꽃구경을 가거나 말거나 상관할 바가 아니었지만 내가 못마땅해한 이유는 어느 핸가 벚꽃철인 줄 모르고 여의도에 갔다가 엄청 고생한 경험이 있어서였다. 갈 때는 그냥 생각 없이 갔는데 저녁 무렵이 되자 도무지 그 섬에서 나올 수가 없었다. 국회의사당 근처의 인도는 사람으로 가득 차서 제대로 걸을 수도 없었고 도로도 차들로 가득 찼는데 버스는 30분이 넘도록 오지도 않았고 그나마 온 버스는 사람이 꽉 차서 문도 못 열 지경이었다. 그때 다 포기하고 서울교를 걸어 여의도를 빠져나오면서 벚꽃을 저주했다. 봄이란 평균기온의 상승과 일조량 증가에 불과하다. 그런데도 드디어, 진짜, 완연한 봄이 왔다며 봄이라고는 생전 처음 겪어보는 사람들처럼 수선을 피우는 그런 호들갑이 싫었다.

사고 이후 병원에서 몇 번의 계절이 지나갔지만 나는 계절을 느낄 수 없었다. 병원의 온도는 계절에 관계없이 이십 몇 도 쯤이었고 나는 사계절을 헐렁한 환자복 차림으로 지냈다.

아침을 먹고 커피를 내려 휴게실로 가보니 포항 할머니가 벌써부터 창가를 차지하고 있었다. 포항 할머니는 나에게 희미하게 웃어 보였다. 할머니들치고는 말수가 적어서 나는 포항 할머니가 편했다.

"뭐 보세요?"

"봄 구경한다."

아하! 봄 구경하시는구나. 나는 대충 끄덕거렸지만 봄을 구경한다는 말에 피식했다. 봄이 서커스도 아닌데 뭘 구경씩이나.

창밖을 슬쩍 넘겨다보니 밖은 어디나 햇살투성이였다. 봄 햇살은 마구 남아돈다. 그렇지만 병원 휴게실은 을씨년스러웠다. 이쪽으로는 오후나 되어야 햇빛이 조금 들어왔다. 포항 할머니도 차림으로만 보면 한겨울이었다. 환자복 위에 굵은 진회색 털실로 짠 스웨터를 입고 모자까지 쓰고 있었다.

포항 할머니는 창턱을 두 손으로 붙들고 열심히 창밖을 내다보았다. 보기에도 퍽 불편한 자세였다. 참 그렇게 기를 쓰고 구경할 건 뭐 있나 싶은데 포항 할머니가 혼잣말처럼 중얼대는 소리가 들렸다.

"지금 보믄 봄도 이자 끝이다……."

"네?"

할머니가 유리창에 이마를 댄 채 아득한 목소리로 말했다.

"내사 내년 봄을 또 보겠나……?"

음…… 그러려나? 그럴 수가 있으려나? 자연스럽게 포항 할머니의 웅크린 등, 회색 스웨터 위의 숫자로 눈이 갔다. 할머니의 숫자는 백을 겨우 넘겼다. 앞으로 석 달 남짓. 할머니는 내년 봄을 보지 못할 것이다. 쏟아져 내릴 듯한 개나리도 눈처럼 휘날리는 벚꽃도 지금 보는 것이 마지막이다. 팔십 몇 번을 반복한 할머니의 봄 구경은 이제 끝났다. 그런 거였군. 지금 보는 것이 마지막일지도 몰라서, 이 계절을 내년에도 후년에도 또 보리라는 확신이 없어서 노인들은 그렇게 색색으로 차려입고 고속도로를 꽉 채워 꽃구경, 단풍구경을 떠나는구나.

나는 망설이다가 할머니랑 눈이 마주치는 바람에 엉겁결에 말해 버렸다.

"저랑 꽃구경 가실래요?"

#

포항 할머니가 말수가 적다고 했던 건 취소다. 얼마 지나지 않아서 내가 포항 할머니와 봄 소풍을 나가기로 했다는 소식이 온 병원에 퍼졌다. 지원자가 줄을 이었다. 간호사들에게 들키면 못 나가게 할 것이 뻔했으므로 할머니들은 수군수군 은밀히 움직였다. 서로 눈짓을 해가며 점심으로 나온 밥과 반찬을 밀폐 용기에 꼼꼼하게 눌러 담았다. 병원 매점에 가서 주스와 빵을 사 왔다. 깔고 앉을 용도로 보자기와 신문지를 챙겼다. 나는 보온병에 뜨거운 물을 담았다. 조심조심 눈치 보며 정수기물을 담느라 엄지손가락을 조금 데었다. 나로 인해 생긴 그 소란에 괜히 마음이 조였다. 그러면서 내가 왜 그런 쓸데없는 소리를 했는지 몇 번이고 자책했다. 망설이는 건 망설일 만하니까 망설이는 것이다. 다음부터는 할까 말까 망설여지는 일은 안 하는 쪽으로 결정하겠다고 굳게 다짐했다.

소풍 인원은 나까지 열 명이나 되었다. 휠체어가 없으면 움직일 수 없는 할머니가 포항 할머니 포함 셋이었다. 이 인원을 통솔할 생각에 골치가 아파졌다. 할머니들은 사물함에 가지고 있던 옷 중에 제일 밝은색 겉옷을 챙겨 입고 모자를 쓰고 스카프를 맸다. 립스틱을 바른 할머니도 있었다. 아, 머리 아파.

소풍 장소는 병원 뒤 산기슭이었다. 거리로만 따지면 병원 울타리에서 겨우 몇십 미터 떨어진 곳이다. 그렇지만 어쨌든 병원 밖이다. 정문으로 나가면 경비아저씨의 눈에 띌 염려가 있기 때문에 병원 뒤편의 울타리 개구멍으로 나가기로 했다. 병원 뒤편은 사철나무로 생울타리가 쳐져 있고 중간중간 사람이 드나들 만한 틈이 있다.

한꺼번에 움직이면 간호사들이 수상하게 여길까 봐 두셋씩 짝을 지어 건물 밖으로 나가게 했다. 도시락은 휠체어에 앉은 할머니들의 엉덩이 옆으로 구겨 넣고 옷자락으로 덮었다. 신문지 등도 옷 속에 감추었다. 할머니들은 여중생처럼 키득거렸다.

할머니들이 하나둘 빠져나가고 내가 마지막으로 건물을 나와 뒤편으로 빙 돌아가자 할머니들은 사철나무 울타리 앞에 모여서 떠들썩하게 탈출 무용담을 떠벌리고 있었다.

"내가 복도 끝을 이렇게 돌아가는데 말여, 그 키 크고 비쩍 마른 간호사 있잖여? 갸랑 딱 마주쳤잖여. 아이고 그냥 가슴이 철렁하는 것이. 오줌이 찔끔 나왔다니께."

할머니들이 깔깔거렸다.

"할머니, 어디 가세요 혀서 응, 요 앞에 산책 간다 허는디 손이 벌벌 떨리더라니께? 그러니께 사람이 죄지면 못 사는겨."

"어메! 죄는 무슨 죄여? 이게 죄가니?"

"하따! 죄지. 할마씨들이 국으로 처백혀 있지 왜 나댕겨싸? 성가시럽게."

할머니들의 웃음소리는 드높았다. 이제 이 생울타리의 틈새로 나가면 된다. 그런데 아무도 나갈 생각을 않고 있었다. 보니 울타리 틈새는 사람은 얼마든지 빠져나갈 수 있었지만 휠체어가 나가기에는 좁았다. 방법이 없지는 않다. 휠체어에 앉은 할머니를 답싹 안아 올리고 휠체어는 접어서 내보내면 간단하다. 문제는 그렇게 할 만큼 멀쩡한 사람이 없다는 데 있다. 다들 자기 한 몸 간수하기 힘든 노인인 데다 병자였다. 모두들 날 쳐다보았다. 어쩌라고? 나도 병자다. 병자니까 병원에 있지. 나도 목발에 의지해 움직이는 처지라 할머니를 답싹 안아서 밖으로 옮겨주는 건 꿈도 못 꿀 일이었다. 난감해졌는데 한 할머니가 바닥을 가리키며 말했다.

"여기 이 돌멩이만 치우면 바퀴가 나가겄네."

할머니가 돌멩이라고 표현한 그것은 거의 바위에 가까웠다. 모두들 또 나를 바라보았다. 나의 처지에는 아랑곳없이 젊은 남자라는 이유만으로 나를 아이언맨이라고 생각하는 모양이었다. 다친 데 없이 멀쩡한 사지였다고 해도 들어 옮기기에는 무리인 그 돌을 나는 다리를 뻗치고 서서 허리와 팔 힘만으로 굴려서 20cm쯤 옮겨놓는 데 성공했다. 땀이 삐질 났다. 내 생각인데 이 재활병원에 오래 있는 한 내 재활은 물 건너갔다.

풀밭에 보자기를 깔고 앉아 싸 온 점심을 먹었다. 할머니들은 풀밭에서 쑥을 뜯었다. 그리고 예전 못 먹었던 시절 이야기를 했다. 봄이면 쌀도 고구마도 동나고 보리는 익지 않아 아무것도 먹을 것이 없던 그야말로 보릿고개 시절 이야기였다.

"쑥도 뜯어다 먹고 냉이, 달래, 취나물, 참나물, 또 돌미나리, 고사리 새순도 따고 옻 순도 먹었제. 그놈에다 옥시기 가리 있으믄 좀 섞고 밀가리 있으믄 좀 섞고 해서 죽을 쑤는 거라."

"하이고, 푸르딩딩하니 맛없다."

"어데 맛을 따지노? 못 먹어 똥구멍이 찢어질 판인데."

"풀죽만 먹었나? 아까시꽃도 먹고 감꽃도 주워다 먹고."

"찔레 순도 먹고 삘기도 먹었다. 니 삘기 아나?"

할머니 하나가 나에게 물었다.

"삘기요?"

"씹으면 달착지근한 물 나는 거 있다. 학교 가믄서도 뽑아 묵고 오믄서도 뽑아 묵고."

"그기 무덤가에 많이 난다. 그자?"

"그래그래."

할머니들은 옛 생각에 잠겨 눈빛이 아득해졌다. 해마다 봄이 오면 그때 배고팠던 생각이 난다고 했다. 마당에 가득한 햇살을 보면 떠오르는 건 허기의 기억.

"그때는 해도 어이 그리 길든지. 해라도 져야 잠이라도 잘 건데. 해거름쯤 되면 눈앞이 노오란 게 해 넘어가기 전에 내가 먼저 넘어가겠드라."

"차암 옛날이다. 먹을 게 이리 지천인 세상이 되는 줄 알았으모 쪼매 늦게 태어날걸 그랬다."

다들 그래, 그렇지 끄덕였다. 배곯는 어린것들은 안쓰럽다. 배곯았던 어린 시절의 기억을 가진 사람도 안쓰럽다. 봄을 허기와 함께 기억하는 사람들, 그나마 그런 봄도 몇 번 남지 않은 사람들은 안쓰럽다.

봄은 봄이었다. 햇살은 모두의 등허리에 공평하게 내렸다. 밖에서 우리가 빠져나온 병원을 쳐다보니 거인의 정원처럼 느껴졌다. 봄이 왔는데도 영원히 겨울이었던 거인의 정원. 봄이 온몸을 감쌌다. 나에게는 몇 번의 봄이 남아 있을까 생각했다. 이 봄이 마지막 봄인 것처럼 모자 쓰고 새 옷 입고 꽃놀이를 가볼까. 이 봄이 마지막 봄인 것처럼. 이 햇살이 마지막 햇살인 것처럼. 이 바람이 마지막 바람인 것처럼. 자울자울 잠이 왔다.

#

봄 소풍을 다녀온 지 얼마 안 되어 포항 할머니는 병원을 떠났다. 요양원 같은 분위기이긴 했지만 재활병원은 진짜로 요양원인 것은 아니었다. 재활의 가능성이 없는 환자는 병원을 떠나야 했다. 이 병원에는 물리치료실 작업치료실은 있었지만 호스피스 병동은 없었다. 재활 가능성이라……. 사실은 대부분 재활의 가능성이 없었다. 휠체어 신세를 지고 있는 환자가 여기서 치료를 받아 휠체어에서 벌떡 일어서게 되는 경우는 거의 없었다. 여기서는 더 나빠지지 않도록 관리해주는 역할을 했다. 더 나빠지면 방법이 없었다. 큰 수술을 할 수도 없고 위급한 환자를 케어할 시스템도 없기 때문에 더 나빠지면, 한마디로 돌아가실 것 같으면 보호자들이 상의해서 집으로 모시고 가거나 다른 병원으로 옮겼다.

재활병원에서 임종을 본 적은 없다. 다들 적당한 때 병원을 떠났기 때문이다. 적당한 때. 누군가의 백넘버가 세 자리에서 두 자리로 떨어지면 나는 조금 초조해졌다. 두 자릿수로 떨어졌는데도 그 사람에게서 활력이 보이면 불안감이 더했다. 다들 모르고 지나가면 어쩌나 싶었던 것이다. 얼마 안 남았는데, 준비를 해야 할 텐데, 정리도 해야 할 텐데. 그렇지만 오래 지나지 않아 의료진과 보호자들은 내가 알고 있는 그것을 알아차렸다. 정확한 날짜는 모르더라도 이제 병원을 떠날 때라는 것을, 그리고 곧이어 모든 것을 떠나는 때가 오리라는 것을 자연스럽게 알았다.

포항 할머니는 퇴원하면서 내게 몰래 5만 원을 쥐여주었다.

"뭐예요 할머니?"

"접때 꽃구경 값이다."

할머니는 웃으며 떠났다.

#

그 병원에서 제대로 재활이라는 과정을 거친 환자는 아마도 내가 유일하지 싶다. 그럭저럭 휠체어를 타고 다닐 수 있게 되고 그다음엔 다리에 보조기를 차고 일어서고 보조기를 떼어내고 목발에 의지했다가 목발까지 필요 없어지면 치료가 완료되었다고 볼 수 있다. 과연 그런 날이 올까 싶을 만큼 아득한 치료 과정이었다.

다리 재활치료의 핵은 무릎 펴기다. 무릎을 구부렸다 폈다 하는 단순한 동작을 위해 그와 같은 사투를 벌여야 한다는 것을 안 겪어본 사람은 모를 것이다. 병원 물리치료실에는 CPM이라는 운동기구가 있다. 다리를 여기에 묶으면 기구가 인공적으로 무릎을 펴준다. 통증으로만 본다면 운동기구라기보다는 고문기구에 가깝다. 처음이 기구에 다리를 묶었을 때는 차라리 걷지 못하는 것이 낫겠다 싶을 정도였다. 진통제를 맞고서야 치료를 받을 수 있었다.

종합병원과 재활병원을 오가며 입·퇴원을 반복하고 수술과 재수술을 반복했다.

그렇게 해서 병원을 나오자 무려 5년이 지나 있었다.

7

나와보니 세상은 무척 각박해져 있었다. 아니면 원래 각박했던 세상을 내가 느끼지 못하고 있었던가? 나는 있는 집 자식이었고 대학생이었고 아직은 취업을 걱정할 나이도 아니었다. 사고 전 나에게 세상은 따뜻한 곳이었다.

그렇지만 이제 모든 것이 변했다. 나는 혼자였고 혼자 살아나가야 했다.

생전 처음 엄마 없이 살게 되었다. 엄마가 있을 때는 엄마를 생각하는 일이 없었지만 안 계시고 보니 마마보이처럼 매일같이 엄마 생각이 났다. 엄마의 존재란 생활에 미세하게 스며 있다. 내가 매일 먹던 밥, 매일 갈아입던 속옷과 양말이 하늘에서 뚝 떨어진 것이 아니었다.

어느 날인가 외출하려고 1층 현관으로 내려왔는데 밖으로 나서려다 보니 비가 내리고 있었다. 소리 없는 보슬비여서 집 안에 있을 때는 전혀 몰랐다. 우산을 가지러 도로 올라가야 하나 망설였다. 잠깐 올라갔다 오면 될 일이지만 어쩐지 굉장히 귀찮았다. 전에는 한 번도 이런 일이 없었던 것 같은 느낌이 들었다. 비 오는 날 아침에 집을 나섰는데 손에 우산이 없었던 적은 없다. 엄마가 "밖에 비 온다. 우산 가져가라." 말해주었기 때문이다. 엄마는 언제나 말해주었다. "오늘 춥단다. 단단히 입어라." "황사란다. 마스크 챙겨라." "오후에 눈 온단다. 운동화 말고 다른 신발 신어라."

이제 엄마가 없으니 나는 비도 맞고 눈도 맞았다. 칼바람에 몸이 꽁꽁 얼었다. 엄마는 일상에 스며 있었다. 엄마가 없으면 일상이 덜컥거린다.

윤지와는 헤어졌다. 특별히 이별의 과정을 거치지는 않았다. 이별은 서서히 자연스럽고 당연하게 이루어졌다. 마음이 아프지는 않았다. 아픈 몸 때문에 마음이 아픈지 어떤지 돌볼 겨를이 없기도 했다.

휴학 중이었지만 나는 학교로 돌아가지 않았다. 지금 새삼스레 나보다 다섯 살이나 어린 애들이랑 수업을 듣고 싶은 마음이 들지 않았다. 비싼 학비를 내고 매일 어딘가를 가서 무언가를 배운다는 것이 무슨 소용인가 싶었다. 학위를 따서 미래를 도모한다는 생각 자체를 하기가 어려웠다. 미래라니…… 어이없는 단어다. 미래.

뭐라도 할 일이 있어야겠기에 취업을 하기로 했다. 취업을 해야겠다고 생각하자 막막했다. 나는 대졸자가 아니며 아무런 자격증도 없고(운전 면허증만 있다.) 어학연수를 다녀온 적도 없고 아무런 대회 수상 경력도 없으며 봉사활동도 하지 않았다. 이런 경우 가진 것이라곤 젊고 튼튼한 몸뚱이뿐이라는 게 일반적인데 나는 그마저도 없었다. 누워 있는 동안 퇴화된 근육과 신경은 재활을 거치면서 많이 회복되었지만 그래도 일반 청년들과 비교하기는 무리였다. 장 볼 때 샴푸니 생수니 하는 무거운 걸 사면 집까지 들고 오는 일도 힘들 정도였다.

"퇴원하면 뭐할 거야?"

하고 물은 건 재수다.

재수는 아주 가끔이긴 했지만 끈질기게 문병을 왔다. 나는 재수를 단짝이라고 생각해본 적이 없는데 재수 쪽에서는 나를 그렇게 생각한 것이 분명하다.

재수의 백넘버는 어마어마했다. 저 때까지 살려면 얼마나 많은 돈이 필요할 것이며 얼마나 열심히 몸 관리를 해야 할까 싶어 넌더리가 날 정도의 숫자였다. 재수야말로 죽어라 일해서 죽어라 돈 모으고 죽어라 자기계발도 하고 매일 아침저녁으로 운동도 해야 하는 운명이었다. 인생은 기니까 무조건 열심히 살아야 하는 족속이었다. 그런데도 딱히 열심히 사는 기미가 안 보여서 나는 내 친구의 길디긴 노후가 불안했다.

재수는 이름대로 재수만 하고 말면 좋았겠지만 삼수를 하고도 대학에 들어가지 못했다. 재수는 도피성으로 입대를 했는데 도피성으로 한 일이 대부분 그렇듯이 그 또한 즐겁지는 않았던 모양이다.

"말년 되니까 다들 입만 열면 제대하면 뭐할 거냐고 묻더라고. 난 그게 제일 싫더라. 내가 뭐하면 뭐? 지가 무슨 상관이야? 아무 관심도 없으면서. 고졸에 집안에 돈도 없는 놈한테 그런 걸 왜 묻냐고. 그나저나 너는 퇴원하면 뭐할 거냐?"

몇 년 동안이나 죽지 않으려고 사는 삶, 팔과 다리를 정상적으로 움직이는 것이 유일한 목적인 삶을 살았기 때문에 이제 뭘 할 거냐는 질문은 신선하게 느껴졌다.

취업을 해야겠다고 하자 지금 다니는 회사에 나를 소개시켜준 것이 바로 재수다. 사장님이 재수 사촌 형님이었다.

"잘생겼죠? 중학교 때 우리 중에서 얘가 제일 잘나갔어요. 공부도 잘하고 집에 돈도 좀 있거든요. 그래서 여자애들이 줄줄 따라다녔는데. 솔직히 얘가 성격은 별로 안 좋아요. 그래도 나쁜 놈은 아니에요."

그게 추천의 변이었다.

"완전 박살났다가 다시 끼워 맞춘 몸이니까 살살 써먹어야 돼요. 뭐 무거운 것 들고 그런 거 말고 그냥 슬슬 하는 일로 시켜보세요. 대신 돈은 용돈 정도만 좀 주시면 돼요."

나와 전혀 상의 없이 연봉 협상도 했다.

그렇게 취직한 곳이 여기다. 굿 헬프 서비스. 힘들고 급하고 귀찮은 모든 일을 대행해주는 서비스 업체였다. 사람들은 가구를 옮긴다거나 변기가 막혔을 때 헬퍼를 불렀다. 혼자 사는 여자들은 벽에 못을 박거나 전등을 갈 때 도움을 요청했다. 바퀴벌레를 잡아달라는 요청도 심심치 않게 들어왔다. 놀라운 것은 줄 서기 대행 요청이 끊임없이 들어온다는 것이다. 유치원에 아이를 보내기 위해, 영어학원에 등록하기 위해, 시험 응시 원서 접수를 위해 사람들은 전날 밤부터 줄을 섰고 서비스 업체에 전화해 대신 줄을 세웠다. 부와 명예를 얻기 위해서가 아니라 부와 명예를 얻도록 노력할 수 있는 기회를 얻기 위해 경쟁했다. 사람들은 이전보다 훨씬 더 부지런해졌고 다른 사람의 노동력을 구매해서 근면과 성실을 얻었다.

일은 힘들 것이 없다. 나는 성실하고 친절한 헬퍼다. 주관적인 생각만은 아니다. 컴플레인 콜이 없는 헬퍼 중 하나라는 객관적인 지표가 있다. 진상 고객이 없는 것은 아니었으나 나는 그들에게도 친절한 태도를 잃지 않았다. 서비스 직종의 친절이란 일종의 연기다. '친절한 목소리와 태도를 가진' 배역을 맡고 그 배역을 연기하는 것이다. 현실이 정도 이상 개입하면 배역에의 몰입이 깨진다. 예를 들면 다음 학기 등록금이라든가 아픈 어머니의 병원비 등등이 일과 관련되어 있다면 일이 더 어려워진다. 어처구니없는 요구를 하는 진상 고객을 대할 때 일을 그만둘 수 없는 현실이 떠오르면 감정이 상한다. 더럽고 치사하다는 느낌을 억누르면 그건 울화병 생기는 감정노동이 되는 것이다.

나는 생활비를 벌어야만 하는 처지는 아니었다. 그래서 일에서 자유로웠다. 자유에서 여유와 관용이 나온다. 나는 무시하는 말투에도 상처받지 않았고 정도 이상의 요구에도 억울하지 않았다. 나는 좋은 헬퍼다. 가끔은 내게 팁을 주는 사람도 있다. 역시 내가 유능하고 친절한 헬퍼라는 증거다. 나는 담백하게 고마움을 표현하며 받는다. 사람들은 돈으로 재화와 서비스를 사고 때로 너그러움과 우월감을 사기도 한다.

일에 큰 불만은 없다. 주간 근무조와 야간 근무조가 나뉘어 있는

데 나는 주간 근무조였지만 바쁘면 야간에도 일했다. 처리 건당 수당이 지급되는 형태여서 많이 일하면 많이 받고 적게 일하면 적게 받았다. 나는 적게 일하고 적게 받는 쪽을 택했다. 재수 말대로 몸을 살살 써야 했으니까.

#

가슴수술 여자에게서 재이용 콜이 왔다. 마포에 있는 식당에서 불닭발을 사다달라는 것이다. 밤에 오는 콜은 대부분 야식 심부름이다. 한 그릇이라도 성심성의껏 배달해준다는 음식점이 넘쳐나지만 맛있다고 소문난 가게는 배달 따위는 하지 않는다. 욕구가 즉각 충족되는 것에 익숙한 사람들은 헬퍼를 불렀다. 몇 천 원어치 떡볶이를 가져다달라고 그 두 배의 배달료를 지불하는 건 특별한 일이 아니다. 욕구의 실현이 즉각적인 것만큼 욕구의 디테일도 강해졌다. '떡볶이를 먹고 싶다'가 아니라 '어느 학교 앞에 있는 그 분식집의 김말이와 튀김만두를 넣은 국물 떡볶이가 먹고 싶다'인 것이다.

공현주라는 고객이 헬퍼 이원영을 특정해서 서비스 신청을 했다는 콜이 왔다. 사장이 직접 전화했다.

"누구냐?"

"누가요?"

"공현주가 누구냐고?"

"몰라요."

불러주는 주소를 들어보니 머리를 감겨주러 갔던 그 집이었다.

길을 헤매느라 몇 번이고 주소를 들여다보아 기억하고 있었다. 사장은 이제껏 고객이 헬퍼 이름을 기억하는 경우는 없었다고 쓸데없는 소리를 늘어놓더니 정작 콜 내용은 정확히 모르겠다며 직접 통화해 보라고 했다.

"마포에 유명한 불닭발집이 있거든요. 혹시 알아요? TV에도 몇 번 나왔었는데."

"상호는 모르세요?"

"가게 이름을 모르겠네요. 마포에 돼지껍데기집 주욱 있는 데 있잖아요. 주차장 옆에. 거기 근처인데. 아이, 이름이 생각 안 나네. 근데 거기 되게 유명해요. 정말 몰라요?"

인터넷 검색을 해보고 이쪽에서 다시 연락했다.

"맞아요, 거기 거기!"

여자는 뛸 듯이 기뻐했다. 오늘 안으로 그 집 불닭발을 먹지 않으면 잠이 올 것 같지가 않단다. 음식 배달 서비스는 가격이 높지 않지만 왕복 30분 이상 시간이 걸리면 추가 요금이 있다. 여자가 주문한 것은 뼈 없는 불닭발(제일 매운맛으로), 주먹밥 두 개, 계란찜도 꼭 챙길 것, 소주 한 병이었다.

늦은 시간 불닭발집은 손님으로 가득했다. TV에도 몇 번이나 나온 유명한 집이라고 해도 막상 가보니 가게는 무척 작았다. 가게 안에는 테이블이 몇 개 없었고 오히려 가게 밖의 공간이 더 넓었다. 가게 앞 인도에 테이블과 의자를 내놓고 손님을 받고 있었는데 이 공간이 과연 가게의 소유인지 무단으로 인도를 점유하고 있는 것인지는 알 수 없었다. 식당은 불닭발의 매운 양념이 숯불에 타면서 나는 매캐한 연기와 담배 연기로 가득했다. 술을 마시는 손님들은 담배를 피우면서 함부로 바닥에 재를 떨었다. 식당이든 술집이든 실내에서는 금연하도록 되어 있는데 여기는 그런 법규에 전혀 개의치 않는 듯했다. 사실 실내냐 실외냐를 따지기 애매한 것이 숯불을 쓰는 곳이라 일부러 그랬는지 몰라도 안과 밖의 구분이 따로 없이 전면이 트여 있었다. 장사를 접을 때는 떼어낸 유리문을 다시 붙여 다는 모양이었다.

전화로 미리 주문해둔 음식이 포장되기를 기다리는 동안 한 남자를 눈여겨보았다. 남자는 왼쪽 손가락에 담배를 끼운 채 그쪽 손으로 소주잔을 들어 마시고 있었다. 오른손으로는 숯불 위의 고기를 집어 연신 입에 넣고 있었는데 그 와중에도 큰 소리로 떠들기를 멈추지 않았다. 입 하나를 가지고 피우고 마시고 먹고 떠들고 무려 네 가지 멀티태스킹을 하는 중이었다. 그 남자가 특별히 내 눈에 띈 이유는 내가 보고 있는 동안 그 남자의 백넘버가 하나 줄었기 때문이다.

숫자가 줄어드는 그 순간을 목격하는 것은 흔한 일이 아니다. 사람마다 그 시점이 다 다르기 때문이다. 처음에는 밤 12시 땡 하면 동시에 모든 사람이 하나씩 줄어든 숫자를 가지게 되는 걸로 생각했다. 그렇지만 관찰 결과 그건 아니었다. 숫자가 줄어드는 시점은 아침나절일 수도, 대낮일 수도, 한밤중일 수도 있었는데 곧 그게 당연하다는 생각이 들었다. 사람이 수명을 다하는 것도 밤낮을 가리는 건 아니기 때문이다. 그 순간을 목격하기가 쉽지 않은 걸 보면 아무래도 대부분 잠이 들어 있는 시간에 숫자가 줄어드는 것이 아넌기 추측하고 있다.

반드시 24시간 만에 하나씩 줄어드는 것도 아니다. 몇 시간 또는 다만 몇 분이라도 더 이르게 숫자가 주는 경우도 있었는데 그건 습관 탓인 듯했다.

이를테면 흡연 등의 습관. 담배는 수명을 줄인다. 담배 한 개비가 수명을 14분 단축시킨다는 기사도 보았다. 하루에 한 갑 피운다고 가정하고 계산을 해보면 흡연자는 비흡연자에 비해 최대 20년이나 수명이 짧다고 한다. 술을 마시면서 담배를 피우면 니코틴이 알코올에 녹아 빨리 흡수되기 때문에 더 안 좋다. 고기가 타면서 내는 연기에는 발암물질인 벤조피렌이 함유되어 있다. 불닭발집에 앉아 구강 멀티태스킹 중인 저 남자는 수명을 줄이는 데 최적화된 습관을 가지고 있는 것이다. 사람들은 하루에 하나씩 착실하게 숫자를 줄여가지만 지름길도 얼마든지 있다. 약물이나 알코올 중독이라면 한 번에 며칠분의 수명 감소도 가능할 것이다.

당연하겠지만 늘어나는 경우는 본 적이 없다. 수명 늘리기 대회에라도 나간 것처럼 오래 살기 위해 기를 쓰는 사람들이 있지만 삶의 길이라는 것은 개인이 통제할 수 있는 것이 아니다. 아무리 애써도 주어진 삶의 길이를 늘릴 수는 없다. 하루에 필요한 필수영양소를 꼼꼼하게 섭취하고 운동하고 명상하고 수백만 원짜리 보약을 챙겨도 그것이 길이에 관계하지는 않는다. 내가 통제할 수 있는 건 삶의 길이가 아니라 삶의 질이다. 소식하고 단식하는 일은 내가 살고 있는 오늘, 내 몸이 더 가볍고 경쾌하기를 바라서이지 하루 더 살기 위해서가 아니다. 운동을 하는 이유는 관절염으로 다리를 절룩거리지 않고 초록불이 깜빡거릴 때 건널목을 뛰어 건너는 자유, 운행 간격이 긴 버스가 오는 것이 보일 때 전력 질주하여 버스를 잡아탈 수 있는 자유를 위해서이지 하루 더 살기 위해서가 아니다. 금연을 하는 이유는 스웨터에서 담배 쩐 내가 나지 않고 웃을 때 누렇게 변색되지 않은 예쁜 치아를 보여줄 수 있기 때문이지 하루 더 살기 위해서가 아니다.

아무리 노력해도 사람은 죽는다. 금연, 금주, 규칙적인 운동, 오메가3와 프로바이오틱스, 깨끗한 공기와 물, 채식, 생식 그 모든 것에도 불구하고 말이다. 사람을 죽이는 것은 놀랍게도 삶 그 자체다. 살아 있기 때문에 죽는 것이다. 시간이 지나갔으므로, 그의 숫자가 다 소멸했으므로 사람은 죽는다.

저마다의 백넘버를 달고 어쨌든 오늘은 살아 있는 사람들을 뒤로하고 여자의 집으로 향했다. 한 번 가본 집이지만 또 길을 헤맸다. 스스로가 한심해져서 고개를 설레설레 저었다. 하지만 전에는 낮이었고 지금은 밤이니 그럴 수도 있는 일이라고 스스로 다독였다. 자신에게 너무 가혹한 것은 좋지 않다.

창틀이 빨간색인 동양 빌라트는 여전히 층마다 개가 짖고 아이가 울었다. 가슴수술 여자는 여전히 문을 열어놓고 있었다.

"평소에 문을 잘 안 잠그나 봐요?"

"네?"

"저번에도 문이 열려 있더니."

"아아…… 그거야 올 사람이 있으니까요. 평소에는 잠가요."

나는 가지고 온 불닭발을 주섬주섬 꺼내 식탁 위에 펼쳐놓았다.

"그래도 신분 확인되기 전까지는 문 안 열어주는 게 좋죠. 택배 기사나 가스검침원을 가장한 강도사건도 많잖아요. 외출할 땐 창문도 꼬박꼬박 잘 잠그고요. 문단속도 습관이거든요. 현관에 남자 신발도 하나쯤 갖다 두면 좋아요. 여자 혼자 사는 집이라는 게 알려져서 좋을 게 없거든요."

가져온 것을 식탁에 다 올려놓고 나서 여자를 쳐다보니 여자가 눈을 동그랗게 뜨고 있다가 풋 웃었다.

"어머, 잔소리하는 거예요?"

"그렇다는 얘기죠."

"호호, 난 나한테 잔소리해주는 사람 좋더라."

"……."

여자가 붙어 있는 나무젓가락을 힘차게 뜯어냈다.

"앉아요."

"네?"

"혼자 이걸 다 먹을 수는 없잖아요."

잠시 망설였다. 같이 밥 먹어달라는 의뢰가 아주 없는 것은 아니다. 식당에 가서 혼자 밥 먹기를 어려워하는 사람은 의외로 많다. 특히 고깃집에서 혼자 고기를 구워 먹는 건 엄두를 못 낸다. 고깃집에 가서 같이 삼겹살이나 곱창을 먹어달라는 의뢰가 오면 헬퍼들은 서로 못 가서 안달이다. 고기도 먹고 돈도 받고 일석이조다. 그렇지만 오늘 의뢰받은 일은 음식 배달뿐이다. 같이 먹는 일까지 한다면 서비스료가 달라진다. 일이 어려워서가 아니라 시간이 더 걸리기 때문이다. 서비스료는 대부분 들이는 에너지가 아니라 들이는 시간으로 결정된다. 조금 망설이긴 했지만 재이용이고 하니(게다가 헬퍼를 특정한 재이용) 그냥 같이 먹기로 했다. 헬퍼가 아니라 개인 이원영이 같이 먹는 것이니 추가 요금을 요구하지는 않을 것이다.

문제는 닭발 같은 음식은 한 번도 먹어본 적이 없다는 것이다. 나는 동물은 되도록 살코기를 먹는다. 먹을 수 있는 살이 그렇게 많은데 구태여 발이니 내장이니 혓바닥 따위를 먹는 이유를 모르겠다. 여자가 시킨 뼈 없는 불닭발은 뼈를 발라내어 닭발 모양이 그대로 살아 있진 않았지만 확실히 호감이 가는 모양새는 아니다. 마음을 가다듬고 먹어보니 워낙 양념이 강하게 되어 있어 닭발의 맛이라는 건 이렇구나 싶은 감은 전혀 오지 않았다. 그냥 씹는 느낌만 있었다. 쫄깃하고 그런대로 괜찮았지만 일단 삼키자 역시 불닭발이라는 이름에 걸맞게 엄청나게 매워서 속이 타는 듯했다. 입안이 홧홧해서 입을 다물 수가 없고 눈물이 핑 돌고 콧물까지 나왔다. 눈물 콧물을 닦아내는 나를 보고 여자는 즐겁게 웃었다. 물을 벌컥대며 마시자 여자가 계란찜을 숟가락 가득 떠서 주었다.

"자요, 물보다 나아요."

계란찜을 입에 넣고 입안을 닦아내듯 굴리며 머금고 있자 입이 타는 느낌이 조금 줄어들었다. 계란찜을 꿀꺽 삼키고 의자에 털썩 기대앉았다. 매운 불닭발 한 입에 기운이 쭉 빠졌다. 여자는 생글생글 흥이 난 표정이었다.

"매운 거 못 먹는구나?"

"별로요."

"흠, 맛있는데. 먹고 나면 스트레스가 확 풀려요."

여자는 입을 오물오물해가며 닭발을 꼭꼭 잘도 씹어 먹었다. 그리고 소주를 작은 잔에 따라 마셨다. 혼자 마시게 내버려두고 나는 동치미를 반찬 삼아 주먹밥을 먹었다. 여자는 소주를 세 잔만 마시고는 병뚜껑을 닫았다. 그래도 얼굴이 발그스레해졌다.

"몇 살이에요?"

"스물일곱요."

"그래요? 그것보단 어려 보이는데. 난 몇 살 같아 보여요?"

난 여자들의 이런 질문이 싫다. 나이를 말해주고 싶으면 말하면 그만이다. 그런 걸 왜 물어볼까? 실제 몇 살처럼 보이는지가 아니라 몇 살처럼 보인다고 말해야 터무니없지는 않으면서도 기분 좋게 들릴까를 가늠해야 하는 정신노동이 피곤하다.

이럴 때 요긴한 것은 재수의 가르침이다.

"여자들은 퀴즈를 좋아해. 나 뭐 달라진 것 없어? 하면 십중팔구 미용실에 다녀온 거야. 치사하게 볼륨매직하고 나서 물어보는 애들도 있어. 솔직히 볼륨매직하면 뭐 달라지냐? 뽀글뽀글 볶아야 알지. 그런데도 물어본다니까?"

"달라진 게 없어 보이면 볼륨매직했구나 그렇게 대답해야 돼?"

"아니지, 어디가 달라졌는지 모르겠으면 그냥 어딘지 모르게 더 예뻐졌다고 하면 돼. 분위기가 달라졌다고. 컬러렌즈 끼고 왔거나 속눈썹 연장술 하고 와서는 절대 말 안 해주거든. 원래 지 눈이 그렇게 컸던 척해. 그래도 아무 말 안 하고 넘어가면 또 삐진다. 그러니까 어쩐지 전체적으로 풍기는 느낌이 좋아졌다고 하면 만족해."

재수는 여자가 몇 살처럼 보이냐고 물으면 생각한 것보다 서너 살쯤 어리게 말하고 실제 나이를 말하면 살짝 놀란 표정만 지어주라고 했다.

"서른 좀 넘지 않으셨어요?"

"서른 몇?"

"글쎄요, 삼십 대 초반."

"아이, 너무하네. 나 아직 스물아홉인데."

"아아, 네."

거짓말이다. 정말 스물아홉인데 서른 넘어 보인다고 말했다면 표정이 저렇게 해맑을 수가 없다. 나이보다 많게 봤을 때 여자들은 안간힘을 써 아무렇지도 않은 척하지만 대놓고 못생겼다고 말할 때보다 훨씬 힘들어한다. 여자의 표정으로 봐서는 분명 서른 중반은 된다. 그렇다면 실제로도 퍽 동안인 편이다.

주먹밥 두 개를 먹고 나니 배가 불렀다. "혼자 이걸 어떻게 다 먹어요." 하더니 여자는 닭발을 혼자 다 먹었다. 맵긴 매운지 이마에 땀이 맺힌 게 보였다.

"아, 스트레스 풀린다."

여자가 배불리 먹고 난 고양이처럼 나른해졌다. 나른한 여자는 섹시하다.

"퇴근 안 해요?"

"여기 일 끝나면 퇴근입니다."

"그럼 지금 퇴근할래요?"

여자가 식탁 의자에서 일어서더니 나에게 다가왔다. 여자가 몸을 굽혀 키스했다. 수술로 부풀린 가슴이 밀착해왔다. 불닭발의 매운맛이 전해져 입안이 얼얼했다.

#

퇴원 후, 나는 몇 명의 여자와 사귀었다. 몇 명이라고 딱 짚어 말할 수가 없는 것이 사귄 것인지 아닌 것인지 헷갈리는 경우가 좀 있기 때문이다. 여자들과의 만남은 짧았다.

당연할지도 모르지만 나는 사람들과 친밀해지는 것이 고통스럽다. 사람을 볼 때 언제나 그 사람의 마지막을 떠올리는 일은 유쾌하지 않다. 사람을 만나자마자 아아, 이 사람은 언제 죽겠구나 생각하는 것은 당사자에게도 불쾌한 일이겠지만 나로서도 괴로운 일이다. 내가 마치 저승사자라도 된 느낌이다. 내 앞에서 즐거운 표정으로 재잘대던 예쁜 여자가 한순간 등을 보이며 발광하는 녹색의 숫자를 드러내면 나는 그녀의 시신을 본 것처럼 참혹해졌다.

나는 여자를 좋아하는 남자다. 여자가 가진 보들보들한 손바닥의 감촉이나 톤 높은 목소리를 좋아한다. 여자와 이야기하는 것, 여자와 밥 먹는 것, 여자와 같이 자는 것이 좋다. 당연히 여자와 데이트하는 것을 즐긴다. 친밀해지는 것은 다른 문제다. 친해지고 감정을 나누고 미래를 도모하는 것, 이를테면 사랑하는 것? 그렇게는 잘 안 된다. 아마 앞으로도 영영 그렇지 않을까 싶다.

등 뒤의 숫자가 세 자리인 여자와 잠깐 만난 적도 있다. 최선을 다해 잘해주었지만 죄책감이 느껴졌다. 얼마 남지 않은 생을 나 정도의 남자와 사귀며 보내는 것이 과연 온당한가 고민하지 않을 수 없었다. 채 한 달을 못 채우고 헤어졌다. 헤어지자고 말한 날 따귀를 맞기까지 했다. 그녀로서는 이별 통고를 받은 일이 황당함을 넘어 화가 치미는 일이었던 모양이다. 그래도 하루하루 줄어드는 숫자를 구경하고 있을 자신은 없었다.

#

불닭발을 먹은 날은 그녀의 집에서 잤다. 새벽녘에 빨간 창틀 집을 빠져나오면서 생각했다. 다시 차를 렌트해야 하나?

"난 차가 무서워."라고 말하면 대부분 '아아, 당연히 그렇겠지.' 하는 표정을 지어준다. 일부 천성이 착한 사람들은 동정까지 해준다. 여럿이 함께 차로 이동할 때면 나를 마치 깨지기 쉬운 난 화분이라도 되는 것처럼 대해준다. 집 앞까지 나를 데리러 와서 목적지에 데려갔다가 다시 고이 집까지 모셔다주는 식이다. 그렇다고 해도 내가 운전을 못 하는 건 아니다. 교통사고 경험자의 경우 트라우마 때문에 운전대를 영영 잡지 못하는 사람도 많다지만 나는 그렇지는 않다. 하지 못하는 것이 아니라 하기 싫어할 뿐이다. 운전을 하면 아무래도 신경이 곤두선다. 누구나 그렇듯이 장시간 운전을 하면 온몸에 무리가 가고 두통도 생긴다. 운전대를 잡을 때마다 조금 두근거리기도 한다. 나는 가까운 거리는 걸어서 가고 조금 먼 거리는 지하철을 이용한다. 일을 할 때는 스쿠터를 타고 이모 집에 내려갈 때는 기차를 탄다. 가지고 있는 차는 없다. 필요할 땐 렌트를 한다.

'필요할 때'라는 건 내가 필요한 때가 아니라 차를 필요로 하는 여자를 만나고 있을 때다. 트라우마고 개뿔이고 간에 차도 없는 남자는 후지다고 생각하는 여자가 의외로 많다. 여자와 한참 만나고 있을 때는 여력이 닿는 한 성능 좋고 섹시한 차를 렌트한다.

이 여자와는 한참 만나게 될지 어떨지, 일단 나이 차이가 꽤 되었기 때문에 데이트라는 걸 얼마나 지속할 수 있을지 가늠하기 어려웠지만 어쩐지 한동안은 만나게 될 것 같은 느낌이었다. 아주 큰 수의 백넘버를 가지고 있는 그녀. 마음에 여유가 생겼다. 시간은 많으니까.

“예쁘지?”

재수에게 현주 이야기를 하자 당장 그렇게 물었다.

“아니.”

“새끼. 당연히 예쁘겠지.”

“왜 그렇게 확신해?”

“가슴수술을 하는 여자면 일단 외모가 평균 이상은 된다고 봐야지. 못생긴 여자들은 우선은 코나 눈 수술을 하거든. 비용 대비 효과 면에서 그게 낫잖아. 가슴은 뽕으로 커버가 가능하지만 얼굴은 안 되니까. 그리고 가슴수술 하는 여자들은 날씬해. 뚱뚱한 여자들은 가슴도 크거든. 가슴이라는 게 사실 다 지방이잖아. 마른 여자들이 대체로 가슴이 서운해. 쭉쭉 빠지긴 했는데 빵빵하지는 못한 거지. 그러니까 하는 거거든 그게.”

“그래, 논문 써라.”

“결정적인 이유가 또 있다.”

“뭔데?”

"네가 안 예쁜 여자 얘길 왜 하겠냐? 아까운 술 먹고."

글쎄, 그런가?

#

나는 최대한 조용히 살아간다. 낮에는 일을 하고 밤에는 쉰다. 휴일에도 되도록 쉬지만 두어 달에 한 번 정도는 휴일을 이용해 1박 2일 건강 세미나에 다녀왔다. 세미나의 주제는 다양한데 오메가3와 비타민의 효능, 프로바이오틱스가 주는 놀라운 기적 등 미세 영양소에 관한 것들이었다. 때로 생활 운동의 중요성도 강의 주제로 채택되곤 했는데 뒤로 걷기 운동, 손뼉 치기 운동, 똥꼬를 조여주는 운동에 대한 것까지 다양했다. 건강뿐 아니라 연애와 결혼을 필두로 인생사의 모든 면에 걸친 강의가 이루어졌다. 숙박은 무료고 1일 5식, 질 좋은 식사 역시 무료로 할 수 있었다. 강의 장소는 이모 집, 강사는 당연히 이모다.

이모의 백넘버는 어마어마하다. 이미 쉰을 넘긴 이모였지만 아직도 만 오천을 훌쩍 넘는 백넘버를 가지고 있다. 이모를 볼 때마다 늘 배부르고 푸근한 느낌인 건 그래서일 것이다.

집은 이사를 했다. 부모님과 함께 살던 집은 너무 컸다. 그 집에 있던 가구와 옷들, 생활용품들도 다 버렸다. 버렸다기보다는 집에다 두고 떠나왔다. 그것들이 그 후 어떻게 됐는지는 알 수 없다. 몰랐었는데 유품을 정리해주는 업체가 있었다. 변호사와 세무사, 보험관리사, 공인중개사, 그 모든 타인들이 나를 이곳으로 데려다주었다. 이

사 온 동네는 아무런 연고가 없는 곳이다. 어릴 때 자란 곳도 아니고 다녔던 학교 근처도 아니다. 동네 이름도 처음 들어봤다.

나는 이웃 주민 누구와도 아무런 교류를 하지 않고 살았다. 계약 때 한 번 본 이후로는 집주인도 만나보지 못했다. 문제가 생기면 빌라 관리인에게 연락하면 되었는데 새 집이어서 문제라고 할 만한 것은 생기지 않았다. 세입자들을 마주치는 일도 드물었다. 모두들 언제인지 모르게 집을 나서고 또 은밀히 집으로 스며들었다.

나와 나의 이웃은 물리적으로는 가깝다. 세대 간 벽체의 두께는 20㎝를 넘지 않는다. 그야말로 딱 붙어 사는 처지면서도 우리는 철저히 타인이다. 신문 방송에서는 홀로 죽음을 맞이하는 고독사를 다루곤 한다. 죽은 지 몇 개월이나 되어 시신이 발견되었다는 뉴스도 가끔 들린다. 누군가가 죽음을 맞이하는 동안, 거기서 1m도 떨어지지 않은 곳에서 또 누군가는 침대를 삐걱이며 생명을 만들고 있을지도 모를 일이다. 우리는 가까이 살지만 상대의 죽고 사는 일을 모른다. 죽고 사는 일은 모르면서도 알고 싶지 않고, 몰라도 될 타인의 습성이나 취향은 저절로 알게 되는 것이 공동주택 거주민의 삶이다.

나는 아랫집 사람이 아침마다 화장실에 앉아 담배를 피우는 버릇이 있다는 걸 알고 있다. 담배 연기는 화장실 환기구를 타고 위층으로 올라온다. 아침에 일어나서 비몽사몽간에 화장실에서 첫 배뇨를 할 때 훅 끼쳐오는 담배 냄새는 역하다. 가장 시원해야 할 새벽 첫 배뇨가 담배 냄새에 방해를 받아서 짜증이 나지만 그 일로 아래층에 찾아가본 적은 없다. 윗집 사람은 한밤중에 빨래를 한다. 늘 밤 11시나 되어야 퇴근을 하는데 그때부터 집안일을 시작하느라 청소기도 돌리고 세탁기도 돌린다. 나는 윗집 사람이 남자인지 여자인지 어느 연령대의 어떤 직업을 가진 사람인지는 모르지만 부지런하고 까다로운 사람이라는 내면의 풍경을 알고 있다. 옆집에서 오늘 저녁으로는 무엇을 먹는지, 아래층 사람이 어느 중국집 단골인지도 알게 되었다.

나는 조용히 살고 싶으므로 되도록 내 삶의 디테일을 드러내지 않으려고 한다. 찾아오는 사람이 없게 하려고 택배도 관리실로 받는다. 시끄럽게 음악을 듣는다거나 집으로 손님을 초대하는 일도 없다. 혼자 살고 있지만 배달 음식은 시켜 먹지 않는다. 스티로폼 그릇에 담긴 음식을 먹고 싶지도 않을 뿐더러 배달원을 직접 대면하고 싶지도 않다. 사람을 두려워하는 것은 아니지만…… 그들이 타고 다니는 스쿠터는 두렵다.

나 역시 스쿠터를 타지만 나는 무리한 과속, 끼어들기는 하지 않는다. 신호도 지킨다. 이런 직종은 시간이 돈이지만 나는 돈이 많다. 당연히 시간도 많다. 의뢰인 측에서 애가 탈 수도 있지만 그건 그쪽 사정이다. 그렇지만 돈도 없고 시간도 없는 스쿠터의 행렬은 두렵다. 특히 눈비가 내리는 날 그렇다.

병원에 있을 때의 일이다. 어쩌다 짬이 난 장 선생과 늘 한가한 나는 나란히 창가에 서서 내리는 눈을 바라보고 있었다. 창밖에는 내리는 눈 외에는 별로 움직이는 물체가 없었는데 병원 밖 이면도로에서 갑자기 스쿠터 한 대가 나타났다. 내리는 눈을 뚫고 맹렬한 속도로 달리던 스쿠터는 지켜보고 있는 사이에 거짓말처럼 길 위에서 쭉 미끄러졌다. 달리던 속도와 눈 때문에 마찰력이 떨어진 노면이라는 두 요소 덕분으로 스쿠터는 수십 미터를 미끄러져 갔다. 마치 컬링 경기를 보는 것 같았다. 운전자가 죽는 건 아닐까 가슴이 철렁할 새도 없이 스쿠터에서 떨어진 운전자는 벌떡 일어서더니 미끄러지는 스쿠터를 따라잡으려고 마구 뛰어갔다. 슬랩스틱 코미디 같았다. 장 선생이 먼저 웃었는지 내가 먼저 웃었는지는 모르겠다. 무사한 운전자 덕분에 안심이 되면서 웃음이 난 모양이다.

그때 장 선생이 말했다.

"잠재적 장기 기증자들이야."

무슨 소리인지 몰라 장 선생을 쳐다봤다.

"네?"

"도로를 막 휘젓고 다니는 오토바이들 있잖아. 중앙선도 넘고 아무 데서나 유턴하고 아슬아슬하게 끼어들고. 오토바이 타는 애들은 헬멧도 잘 안 쓰잖아. 걔네들이야말로 잠재적 장기 기증자지. 장기 이식을 기다리고 있는 사람들 중에는 눈, 비 오는 날이면 좋은 소식이 기다려진다는 사람도 있어. 혹시나 하는 거지."

내가 대답 없이 장 선생을 쳐다보자 장 선생은 갑자기 시계를 들여다보더니 바쁜 척 가버렸다. 자동차 사고로 복합골절과 복합장기 손상을 당한 사람에게 할 말은 아니었다고 생각한 모양이다.

미끄러진 스쿠터 운전자는 더는 스쿠터에 올라타지 않고 스쿠터를 힘들게 끌고 다른 골목으로 사라졌다.

잠재적 장기 기증자라는 말이 머리에 남았다. 장기 기증이라…… 뇌사 상태인 사람은 장기 기증을 할 수 있다. 뇌사. 뇌 활동이 정지하고 자발 호흡도 정지된 상태지만 심장 등의 장기가 생명활동을 계속하고 있는 상태. 뇌사인 사람은 장기 기증을 약속하면 사망한 것으로 간주한다. 장기를 떼어내어 완전히 죽게 만든다. 그런 경우가 아니라면 뇌사는 사망이 아니다. 뇌사인 사람을 호흡기를 떼어 죽이면 살인이 된다. 죽음이라는 것은 이처럼 자의적이다. 죽음이 필요하면 죽은 것으로 간주한다. 그렇지 않은 경우에는 지치도록 살려둔다.

그때 이후 급히 갈 데가 있는 스쿠터를 보는 것이 두려워졌다. 피자가 식기 전에, 자장면이 붇기 전에 가야 하는 바쁜 스쿠터. 나는 내게 식지 않은 음식을 건네주고 돌아서는 배달원의 등을 보게 되는 일을 피했다. 혹시라도 붉은색 백넘버를 달고 있을까 두려웠다.

밥은 되도록 집에서 내가 해 먹는다. 1인 가구를 위해 1차 가공된 적은 양의 식재료를 구입하면 크게 어려운 일도 아니다. 요리를 잘하는 편은 아니지만 그런대로 먹을 만하다. 나는 아무거나 배만 채우면 된다는 타입은 아니다. 물론 점심 한 끼 먹으려고 20㎞ 이상을 운전해 간다거나 방송에 나온 유명 식당에 줄을 서서 기다리는 것은 싫어한다. 미식, 음식을 섬세하게 먹는 행위. 음식의 온도나 재료의 크기, 음식을 담은 그릇이나 모양새 등에 신경을 곤두세우는 일은 어쩐지 부끄럽다. 그렇지만 컵라면으로 한 끼, 냉동식품으로 한 끼, 술과 함께 먹는 안주로 한 끼 하는 식으로 끼니를 때우는 것은 질색이다. 밥과 국과 몇 가지 반찬으로 이루어진 식사를 해야만 먹었다는 느낌이 든다. 20대의 나이에 세 끼를 꼬박 밥과 반찬으로 식사하는 습관은 사실 병원에서 만들어진 것이다. 나도 학교 다닐 때는 패스트푸드를 좋아했다. 바빠서 대충 끼니를 때우기 위해 먹는 것이 아니라 그냥 맛있으니까 먹었다. 피자도 좋아하고 햄버거도 좋아했다. 아침은 거르는 일이 많았다. 엄마는 아침밥을 포기하는 대신 10분이라도 더 자려는 나를 깨우느라 아침마다 애썼다.

병원에서의 시간은 밥때를 중심으로 흘러갔다. 수술이나 처치, 검사는 시간을 정했더라도 당겨지거나 미뤄지기가 다반사인데 식사 시간만은 칼같이 지켜졌다.

새벽 6시가 되면 청소 아주머니들이 들어와서 침대 밑을 청소하고 휴지통을 비우고 화장실 청소를 했다. 그 시간에는 대부분 자고 있지만 청소 아주머니들은 봐주는 것 없이 보호자가 자고 있는 간이침대 옆을 들쑤셨다. 그다음에는 간호사들이 들이닥쳤다. 누워 자는 것 외에는 별 할 일도 없는 환자들을 꼭두새벽부터 깨워 환자들의 체중을 재고 혈압과 체온을 쟀다. 필요에 따라 혈당검사를 하기도 했다. 채 몇 분도 걸리지 않는 그 일이 끝나면 환자들은 하릴없이 아침밥을 기다렸다. 아침 식사 시간은 7시. 병실의 위치에 따라 엘리베이터에서 가까운 곳이면 6시 50분, 제일 먼 병실도 7시 5분이 되기 전에 배식이 끝났다. 아침을 먹고 나면 이젠 점심밥을 기다렸다. 그건 저녁도 마찬가지였다. 다들 입맛도 없었지만 달리 기다릴 것도 없어서 밥때를 기다렸다. 점심 배식차가 오면 아아 벌써 점심인가, 저녁 배식차 소리가 들리면 오늘 하루도 다 갔군 했다. 수요일 점심은 특식이 있어서 원하는 사람은 그것을 주문할 수 있었다. 스파게티나 비빔밥, 떡국 등이 특식으로 제공되었다. 병실 사람들은 화요일 저녁이면 내일 점심으로 특식을 먹을까 그냥 일반식을 먹을까 보호자들과 조곤조곤 상의했다.

하루 세 번, 정해진 시간에 밥과 반찬을 제공받는 생활을 5년간 하고 나니 내 위장은 거기에 완벽하게 적응했다. 언제 잠이 들었든지 아침 6시면 눈이 떠지고 7시가 지나면 배가 고팠다. 어쩌다 식사 시간을 어기게 되면 초조해졌다. 그렇지만 아침 7시에 밥을 먹는 일이 쉽지는 않았다. 병원에서야 하루도 빠짐없이 제시간에 식판이 도착하지만 이제는 내가 밥을 하고 국을 끓여서 식탁을 차려야 한다. 물론 쉬운 일이 아니다. 제대로 밥을 먹고 싶다고 생각하면서도 어쩔 수 없이 빵이나 냉동 떡으로 아침 끼니를 해결하곤 했다. 그러던 어느 날, 해장국집이라도 찾아볼 요량으로 동네를 돌아다니다 발견한 곳이 '민지네'라는 식당이다.

'민지네'는 한눈에 보기에도 식당으로 쓰도록 지어진 가게는 아니었다. 편의점이나 부동산 중개사무소 정도로 쓰면 될 법한 아무 특징 없는 네모난 공간이다. 물론 입지적인 조건으로만 보면 편의점은 턱도 없는 일이다. 구멍가게라면 몰라도 프랜차이즈 편의점이 이런 곳에 매장을 낼 리가 없는 외진 곳에 식당이 있었다. 건물은 낡았고 각종 간판과 현수막이 덕지덕지 붙어 있어 원래의 상가 벽이 보일 틈이 없었다. 1층에는 미용실과 구멍가게, 우유 대리점, 세탁소가 있다. 그리고 제일 안쪽에 있는 것이 이 식당이다. '민지네'라는 간판이 붙어 있는데 간판도 그렇고 식당의 행색이 여러모로 초라했다.

냉장고가 텅 비어 아침으로 먹을 것이 아무것도 없어 나선 길이었다. 빵을 사든 24시간 여는 해장국집을 찾든 해야겠다고 생각하며 건물 앞을 지나는데 다른 가게들은 모두 문을 닫았지만 민지네 식당에는 불이 켜진 것이 보였다. 안에 사람이 있는 기척도 있었다. 그래도 선뜻 들어가기가 망설여져 밖에서 기웃댔다. 아침밥을 파는 식당은 문 앞에 '아침밥 됩니다'라고 쓰여 있기 마련인데 찬찬히 살펴봐도 그런 문구가 없어서였다. 그냥 지나갔다가 미련이 남아 다시 돌아왔다.

식당 앞에서 얼쩡거리는데 갑자기 식당 문이 드르륵 열려서 깜짝 놀라고 말았다. 안에서 내다본 것은 40대쯤 되어 보이는 아주머니였다. 아주머니는 수상한 사람을 보듯 나를 빤히 바라보았다. 죄지은 것도 없이 당황스러웠다.

"아, 저기…… 혹시 아침밥 되나요?"

식당 여자는 나를 아래위로 훑어보았다. 아침밥이 되는지 안 되는지는 나의 행색을 보고 나서 결정하겠다는 투였다. 돈 안 내고 튀지는 않게 보였는지 여자는 옆으로 비켜섰다.

"들어오세요."

안은 밖에서 보기보다 깨끗했다. 테이블도 의자도 벽에 붙은 거울도 낡았지만 바닥은 깨끗하게 닦여 있었다. 하지만 아직 영업을 하는 것 같지는 않았다.

"지금은 메뉴가 다 되지는 않아요. 그냥 백반만 되는데."

"네, 백반 주세요."

식당 여자는 주방 안으로 들어갔다. 주방은 홀에서는 보이지 않았는데 주방 안쪽으로는 또 내실이 딸려 있는 듯 보였다. 내실에서 아이 소리가 들렸다.

"엄마, 오늘 체육 들었지?"

"알림장 봐."

"체육복, 운동화, 줄넘기 줄. 엄마, 나 가위 넘기 할 수 있어. 엄마는 할 수 있어?"

"가위를 넘는다고?"

식당 이름이 '민지네'이니 저 아이가 민지인 모양이다. 민지라면 여자아이인줄 알았는데 남자아이였네 싶었다.

민지 엄마(아마도)가 밥을 내온 것을 보니 식욕이 돌았다. 콩을 넣은 밥에 쇠고기미역국, 계란말이, 미역줄기무침과 김치 그리고 생김 몇 장이었다. 식당 밥에 콩을 넣은 것은 처음 보았다. 게다가 기름 발라 구운 것도 아닌 생김이라니.

약간 어색한 기분으로 숟가락을 들었다. 젓가락으로 밥에 넣은 콩을 집어내는데 내실에서 아이 엄마가 아이를 야단치는 소리가 들렸다.

"콩 빼지 마!"

깜짝 놀라 바닥으로 콩을 떨어뜨렸다. 나는 편식하지 않지만 콩은 싫어한다. 두부는 먹으니까 특별히 편식이라고는 생각 안 한다. 그래도 콩밥은 싫다. 내가 초등학생일 때 엄마는 콩밥을 안 먹는 나와 한동안 씨름을 했었다.

"콩이 얼마나 몸에 좋은지 알아?"

"콩이 얼마나 맛없는지 알아?"

밥에서 콩 골라내면 밥 안 주겠다는 엄마에게 나는 단식으로 맞서기도 하고 콩밥을 한 숟가락 입에 넣은 다음 가시를 발라내듯 입 안에서 혀로 콩을 골라내 몰래 뱉는 꼼수를 쓰기도 했다. 콩을 먹이려는 엄마의 의지는 끈질겨서 내가 골라낼 수 없도록 잘게 다진 콩을 밥에 집어넣기도 했다. 나 역시 밥을 한 시간 이상 먹는 한이 있더라도 좁쌀만큼 작은 콩을 눈을 부릅뜨고 골라냈다.

"너 밥 제대로 안 먹어!"

"으앙!"

싸움이 장기전으로 들어가면 센 사람보다는 질긴 사람이 이긴다. 초등학생 무렵에는 엄마가 우세였다. 때로는 협박에 굴복하여 때로는 회유에 넘어가서 나는 눈물을 머금고 콩밥을 먹었다. 밥공기 안에서 살살 콩을 골라내며 흰밥을 우선 먹은 다음, 남은 콩은 한꺼번에 입에 넣고 잘 씹지도 않고 꿀떡 삼켰다. 몇 년에 걸친 노력으로 나에게 겨우 콩밥을 먹이게 되었다고 엄마는 흐뭇해했지만 사춘기가 오자 나는 다시 콩을 거부하는 것으로 자기주장을 했다.

"그러니까 나는 콩이 싫다고! 좋아하는 엄마나 많이 드세요."

사춘기의 아들 앞에서 엄마는 기세가 많이 꺾였다. 사춘기의 아들과 갱년기의 엄마는 부딪칠 거리가 너무 많아서 콩 따위에 관심을 기울일 여력이 없기도 했다. 엄마는 여전히 콩밥을 지었지만 밥솥 한쪽에만 콩을 몰아 넣고 내 밥은 콩 없는 쪽으로 살살 푸는 것으로 타협점을 찾았다. 내 밥공기에 콩이 없다뿐이지 밥에서 콩 냄새가 나고 거무스름하게 콩물까지 들었지만 그 정도는 나도 참았다.

콩밥을 보니 집 생각이 났다. 엄마도 있고 아빠도 있던 식탁의 기억. 집밥이 아닌 밖에서 먹는 밥은 거의 흰 쌀밥이다. 5년 이상 먹었던 병원 밥도 쌀밥이었다. 잡곡밥 현미밥이 몸에 좋다고는 하지만 소화시키기는 더 어렵기 때문일 것이다.

이 식당의 내실에서는 민지라는 아이가 밥을 먹고 있는 모양이다. 나와 똑같은 반찬일까? 민지도 나처럼 콩을 싫어해서 엄마에게 잔소리를 듣고 있다. 지금 윽박질러서 콩을 먹인다고 하더라도 민지 역시 사춘기가 되면 도로 콩을 골라낼 것이다. 입맛이라는 게 윽박지른다고 바뀌는 게 아니다. 입맛은 제가 바뀌고 싶어야 바뀐다.

그나저나 이 콩밥을 어쩌지? 콩을 다 골라내서 남긴다 해도 야단이야 안 맞겠지만 분명히 좋게 생각은 안 할 것이다. 콩밥을 주는 아주머니에게 어쩐지 잘 보이고 싶었다. 아주머니가 나와 보기 전에 열심히 콩을 다 골라냈다. 골라낸 콩은 휴지에 싸서 호주머니에 넣었다. 그리고 맛있게 밥을 먹었다. 아침으로 먹기에 아주 훌륭했다. 자극적인 반찬이 없어서 속이 편했다.

밥을 다 먹을 무렵에야 아주머니가 내실에서 나왔다. 민지는 콩을 안 골라내고 다 먹었나?

"얼마예요?"

민지 엄마는 잠시 머뭇거렸다.

"사천 원만 주세요."

'사천 원이에요'가 아니다. 사실은 더 비싼데 싸게 해준다는 뜻일까? 가격이 정해져 있지 않고 그때그때 기분 내키는 대로 받는다는 뜻일까? 차림표에는 백반이라는 메뉴는 없다. 아마도 나는 여기서 파는 음식을 먹은 것이 아니라 민지가 먹는 아침밥을 나누어 먹은 모양이었다. 민지랑 같은 상에서 밥을 먹었어도 좋을 뻔했다. 그러면 서로 콩 골라내는 것을 감시할 수도 있었을 텐데.

그다음 날부터 거의 매일 아침을 민지네서 먹는다.

일하러 나가는 것, 아침 먹으러 나가는 것 외에는 거의 외출하지 않는다. 일하지 않을 때는 그냥 쉰다. 아직 몸이 다 회복되지 않아서 잘 쉬어야 한다.

몸은 회복되지 않았고…… 마음은? 마음이 회복된다는 것이 가능한 일일까? 나는 절대로 예전의 나로 돌아갈 수는 없다. 나는 변했다. 나는…… 이상한 존재가 되었다.

한때 나는 굉장히 고민했던 적도 있다. 나는 무엇일까? 나는 망상장애 환자일까? 나는 초능력자일까? 접신이 가능한 무당이나 뭐 그런 걸까? 혹시 나는 외계인일까? 귀신일까? (혹시 나는 그 사고 때 이미 죽은 것이 아닐까? 내가 지금 겪고 있는 일들은 다 사후세계의 일들인 건 아닐까 하는 울트라 판타지급 상상도 했다.) 내가 사람이긴 한 걸까 고민하다 울기도 했다. 입으로 흘러들어간 눈물은 짭짤했다. 울다가 오줌이 마려워서 변기에 오줌을 누면서 나는 생각했다.

'아니야! 이것 봐, 사람 맞잖아. 이렇게 오줌도 누는걸?'

내가 귀신이라면 오줌 누고 똥 누고 땀나고 안 씻으면 얼굴에 개기름이 끼는 그런 일은 생기지 않을 것 같았다. 그런 건 너무 인간적이니까.

초등학교 때 그리스로마 신화를 읽으면서 나는 신화의 내용보다는 책에 나오는 신들의 그림을 더 유심히 보았다. 엄마가 나의 교양을 위해 사준 비싼 도록에도 르네상스 시대에 그려진 신들의 그림이 많이 있었다. 사랑의 신 큐피드는 화살을 들고 등에는 날개가 있었는데 자그맣고 깜찍한 고추도 달고 있었다. 가장 아름다운 형태로 인체의 비례를 잡아 깎은 조각상들에도 당당히 성기가 달려 있었다. 엉덩이도 분명히 양쪽으로 갈라진 모양이었다. 나는 그림이나 조각에서 볼 수 있는 이 기관들이 과연 오줌 누고 똥 누는 용도로 사용되는 것인지 정말로 궁금했다. 신인데 오줌도 누고 똥도 누는 거야? 미의 여신 아프로디테가 과연 오줌을 누는지 궁금해한 어린이는 나밖에 없었을까?

중학생 때 애니메이션으로 〈인어공주〉를 보고 나서는 고민이 심각해졌다. 쟤는 똥은 어떻게 싸나 걱정되었던 것이다. 아무리 봐도 배설기관을 찾을 수 없었다. 인어공주는 상체는 인간이고 허리 아래로는 물고기다. 봉긋한 가슴은 조개껍질로 가렸고 허리는 미끈하고 늘씬했다. 길고 풍성한 머리카락을 해초처럼 너울거리며 색색의 물고기들과 함께 바닷속을 유영하는 그녀의 모습은 확실히 우아하고 아름다웠다. 그런데 나로서는 도무지 걱정스럽기만 했다. 도대체 어디로?

내가 몇 년간 생활했던 재활병원의 로비에는 커다란 수족관이 있었다. 환자들의 정서적 안정을 위해 설치된 수족관에는 색이 예쁜 물고기들이 살았다. 정서적 안정에 목마른 환자들이 너도나도 수족관 앞에 들러붙어 이런저런 먹을 것들을 넣어주는 바람에 물고기들은 오래 살지 못했다. 물고기들은 주면 주는 대로 먹어 배가 터져 죽었다. 수족관 앞에는 '먹을 것을 주지 마시오'라는 경고 문구가 붙어 있었지만 환자들은 물고기를 사랑하는 마음을 주체하지 못해 빵 부스러기와 계란 노른자를 넣어주었다. 저마다의 색깔을 뽐내는 아름다운 물고기들은 그 우아한 모양새와는 어울리지 않게 배 밑으로 길게 똥자루를 매달고 다녔다. 물고기의 배설물은 몇 센

티미터씩 길게 삐져나와서 물고기의 움직임에 따라 하늘하늘 같이 움직이다가 때가 되면 떨어져 나왔다. 떨어져 나온 배설물은 물살에 의해 작게 부수어질 때까지는 긴 실 같은 모양을 유지하면서 물속을 떠다녔다.

수족관을 들여다보며 나는 인어공주를 떠올렸다. 인어공주도 저 물고기들처럼 기다란 배설물을 매달고 다닐까? 아름답게 노래하고 있는 인어공주의 꼬리 근처에서 실 같은 배설물이 물결치고 있을까? 조개껍데기로 가려진 인어공주의 가슴은 골이 깊고 풍만했지만 똥자루를 매달고 다닐지도 모르는 인어공주에게 섹시함을 느끼는 것은 무리였다.

내가 혹시 인간이 아닌 건 아닐까 의심스러울 만큼 나의 '남다름'은 내게 낯선 것이다. 낯설 뿐만 아니라 정말로 마음에 들지 않는다. 하필이면…… 이라고 늘 생각한다.

어느 날, 유난히 피곤한 날이었다. 집에 돌아와 소파에 널브러졌다. 옷도 갈아입지 못한 채 한동안 멍하니 앉아 있었다. 빈 TV 화면에 내 얼굴이 비쳐 보였다. 그게 보기 싫어 주변을 두리번거렸다.

리모컨. 또 없다 리모컨. 우리 집에 나 외에 또 하나의 생명체가 있다면 그건 바로 리모컨이다. 냉장고, TV, 오디오 등이 제자리에 가만히 앉아서 사물로서의 본분을 다하고 있는 데 비해 리모컨만은 늘 분주하게 어딘가 싸돌아다닌다. 소파 밑이나 서랍 속, 욕실, 신발장 등 안 가는 곳이 없다. 참으로 자유의지 충만한 생명체다.

소파에 늘어진 채 손가락을 앞으로 쭉 뻗으며 주문을 외쳤다.

"리모컨!"

물론 리모컨이 슝 날아와 내 손에 척 들러붙는 일 같은 건 생기지 않았다. 그런 일이 생기면 참 좋을 텐데. 그러니까 이왕이면 말이다. 다른 사람과 달라지려면 이왕이면 좀 유용한 쪽으로 능력이 생기는 게 좋지 않겠느냐 이 말이다. 해리 포터 정도는 안 되더라도 지구상에 그리 많다는 염력 능력자 정도는 되면 좋겠다. 때에 따라서는 손가락 하나 까딱하기 싫은 날도 있는데 그럴 때 눈빛만으로 물건을 움직일 수 있다면 정말 유용할 것이다. 물론 가장 좋은 걸로 하나만 고르라고 한다면 당연히 순간 이동 능력을 택하겠다. 눈을 감고 집중하면 순식간에 다른 공간으로 이동할 수 있는 능력. 나는 욕심 많은 사람이 아니니까 순간 이동을 할 수 있다고 해도 은행 금고나 여자 목욕탕 따위에는 들어가지 않을 생각이다. 나는 다만 러시아워에 길바닥에 있고 싶지 않을 뿐이다. 어디에 있든 마음만 먹으면 순간적으로 이동해서 내 집 소파 위에 털썩 내던져질 수 있다면 얼마나 좋을까. 이런 아무짝에도 쓸모없는 백넘버를 보는 일 대신에 말이다.

어느 날 갑자기 백넘버가 보이기 시작했으니 어느 날 갑자기 다른 능력도 생기지 않을까? 길을 걷다가 주변에 아무도 보이지 않으면 잠시 멈춰서 눈을 감는다. 그리고 정신을 집중한다. 집 앞 골목 풍경을 떠올리고 가로등을 떠올리고 1층 현관과 엘리베이터의 무늬, 엘리베이터가 움직이고 설 때 나는 '띵-' 하는 소리, 빨간색 게이트맨 도어록을 세밀하게 떠올린다. 그리고 내 집 거실에 놓여 있는 3인용 크림색 소파에 집중한다. 소파의 가죽 냄새가 생생해지는 순간 눈을 번쩍 떠보지만 나는 그냥 길바닥에 서 있을 뿐이다.

그러니까 '하필이면'이라는 생각이 드는 것이 당연하다. 백번 양보하더라도 이왕 보이려면 차라리 내 백넘버만 보이는 것이 낫지 않았을까? 나의 백넘버를 볼 수 있다면 나는 어땠을까? 어떻게 하루를 살았을까? 나의 일상은 완전히 달라졌을까? 내 등 뒤, 숫자의 실재를 확신하면서도 알 수는 없다니. 나를 생의 환멸로 이끌 뿐인 이런 능력 따위. 개나 줘버렸으면.

백넘버를 보게 된 후 나는 사람이 많이 모이는 곳에는 가지 못하게 되었다. 은은하게 반짝거리는 초록색들 사이에 행여 점멸하는 붉은색이 섞여 있을까 봐 두려웠다. 물론 자동차도 두려웠다. 그렇지만 자동차 없이는 살 수 없는 세상이다. 나는 가끔 운전을 하기도 하고 버스도 타고 택시도 탄다. 차에 타면 안전벨트를 맨다. 그렇지만 안전벨트를 매면서도 나는 언제나 머뭇거린다. 안전을 위한, 안전해질 확률을 높이기 위한 모든 행위들 앞에서 나는 더 불안했다.

사고 후 나는 수백 번도 넘게 사고를 돌이켜 생각했다. 다시 생각해도 소용없는 일이었지만 그래도 생각하고 또 생각했다. 사실 꼼짝 못 하고 누워서 할 일이라곤 생각하는 것뿐이었다.

사고 당시 부모님은 안전벨트를 매고 나는 매지 않았다. 벨트에 묶이지 않은 내 몸은 외부의 충격을 고스란히 받고 멀리 날아갔다. 교통사고에서 탑승자가 차 밖으로 튕겨나가는 경우에는 사망 확률이 25배나 된다. 그렇지만 내 경우에는 차에 화재가 발생했기 때문에 차 밖으로 튕겨나간 것이 목숨을 건지게 된 결정적인 이유가 되었다. 부모님은 안전벨트가 몸을 묶고 있었기 때문에 뒤집힌 차 안에 갇혀 있을 수밖에 없었다. 의식이 없는 상태여서 스스로 벨트를 풀고 나올 수도 없었다. 안전벨트를 맸다면 나도 같이 죽었을 것이다. 통계로 보면 교통사고에서 안전벨트 미착용 시에는 사망 확률이 세 배 이상 높아진다. 교통사고 전체 사망자의 83퍼센트가 안전벨트 미착용이었다. 그렇다면 나머지 17퍼센트는? 그들은 안전벨트를 했지만, 또는 했기 때문에 사망했다는 이야기다.

확률은 확률에 불과하다. 개인에게는 확률이란 이진법의 세계다. 내가 해당하느냐 아니냐, O냐 X냐 둘 중 하나뿐이다. 번개에 맞을 확률이 0.0001퍼센트여도 내가 번개에 맞았다면 그것은 의미 없는 숫자다. 확률은 집단을 대상으로 했을 때만 유용하다. 개별 존재의 입장에서 보면 확률은 아무 의미도 없다. 안전벨트를 안 맸어도 음주운전을 했어도 졸음운전을 했어도 12차선 도로 위에 드러누워 있었어도 살면 사는 것이고 죽으면 죽는 것이다. 그렇지만 그래도 나는 안전벨트를 맨다. 확률에 기댄다. 다른 것은 아무것도 믿을 수 있는 것이 없어서다. 확률에 기대지 않는다면 남는 건 부적뿐이니까.

부적이라고 하니 엄마의 드림캐처가 생각난다. 엄마는 자동차의 룸미러 앞에 부부 동반 해외 여행길에 사 오신 드림캐처를 달아두었었다. 드림캐처는 아메리카 인디언들이 쓰던 부적인데 잘 때 머리맡에 매달아두면 나쁜 꿈을 걸러준단다. 요새는 드림캐처를 불길한 것, 사악한 기운을 걸러달라는 의미로 방문이나 자동차에 매달아둔다. 엄마가 사 온 드림캐처는 버드나무로 만든 둥근 고리 안에 거미줄처럼 실로 그물을 만들어 짜 넣고 거기에 독수리의 깃털(정말로 독수리 깃털이었을까?)과 수정 구슬을 매단 것이었다. 겉보기에도 주술적인 느낌이 확 풍기는 물건이었다. 그즈음에 드림캐처가 유행이었는지 같은 과 여학생의 가방에서도 비슷한 물건을 보았는데 훨씬 작고 앙증맞은 느낌이었다. 주술의 의미보다는 액세서리로 가지고 다닌다고 했다. 엄마 역시 그랬다. 벼락 맞은 대추나무로 도장을 만들고 성당에 다니는 것도 아니면서 십자가나 묵주반지 등의 성물을 사곤 했다.

엄마의 자동차에 매달려 있던 드림캐처는 불길하고 사악한 기운을 막기는커녕 그 자신도 자동차와 함께 불타버렸다.

'특별한' 존재이기보다는 '이상한' 존재라는 셀프이미지 때문인지 나는 최대한 없는 듯 살아간다. 누가 뭐라는 사람도 없지만 스스로 위축된다. 엘리베이터를 타면 벽을 보고 바짝 서거나 휴대폰을 들여다보거나 하며 사람들과 시선을 나누지 않는다. 늘 옷을 맡기는 세탁소나 거의 매일 들르게 되는 편의점이 있지만 물건을 사고 값을 치를 뿐 사적인 이야기는 하지 않는다. 처음 보는 택시기사가 애인은 없느냐는 등의 질문을 하면 어처구니가 없다. 나는 나를 드러내고 싶지 않다. 동시에 나는 다른 사람을 알고 싶지도 않다. 알고 싶지 않은데도 나는 타인에 대해 너무 많이 알고 있다. '너무'라고 말해도 조금도 과하지 않다. 이름도 모르는 낯선 사람의 백넘버를 보게 되면 아연해진다. 의도하지 않았는데 그 사람의 속살을 보고 만 것 같은 느낌이다. 나 홀로 민망하고 미안하다. 단골집이 생겨도 주인이 너무 친근하게 굴면 발길을 끊는다. 민지 엄마는 밥을 주고 돈을 받을 뿐 대화를 시도하지 않아서 좋다.

커피를 마시러 자주 가는 '샘'이라는 이름의 동네 카페가 있다.

이 카페에는 하와이언 코나가 있다. 진짜 하와이언 코나임을 증명하는 라벨을 붙인 원두를 자랑스럽게 진열해두었다. 대부분의 카페는 자체적으로 블렌딩한 커피를 팔지만 이곳은 코나나 안티구아, 예가체프 등을 갖추어놓고 골라 먹을 수 있게 해준다. 커피값이 비싼 데다 커피 외에 다른 것들, 생크림과 젤라토를 얹은 와플이라든지 냉동 유통되는 조각 케이크 같은 건 팔지 않아서 손님이 없는 편이다. 빙수나 생과일주스도 없다. 나는 커피숍 외부에 '계절 별미 팥빙수' 광고판을 세워둔 곳은 들어가지 않는다. 빙수나 과일주스를 팔면 불시에 공사장 소음 버금가는 얼음 가는 기계 소리가 들리기 마련이다. 커피보다 사이드메뉴에 주력하는 카페는 같은 유치원에 아이를 보내고 있는 어머니들이나, 같은 아파트 주민인 아주머니들이 자리를 차지하고 있다. 그녀들은 아주 오랜 시간 자리를 차지하고 또 아주 오랜 시간 동안 지치지 않고 떠든다. 그녀들에게는 전화도 많이 오는데 사람들의 대화 소음 속에서 전화 목소리를 잡아내기 위해 그녀들의 목소리 또한 덩달아 커지고 높아진다. 내용은 대동소이하다. "택배요? 지금 잠깐 밖에 나와 있는데 경비실에 맡겨주실래요?" 또는 "네 선생님, 우리 애 학원 차 세 시 반에 탈 거예요." 또는 "어디긴 어디야 장 보러 나왔지." 등등이다. 전화에다 대고 그녀들은 항상 '잠깐' 밖에 나왔다고 말하곤 하는데 내가 보기에는 잠깐 앉아 있는 경우는 거의 없다.

나는 소음에 지쳐서 동네의 카페란 카페는 다 전전하다가 겨우 '샘'을 찾아냈다. 일단 대기업 프랜차이즈가 아니고 주택가 작은 도로에 면해 있으며 유동 인구가 적어 주변엔 상권이 형성되어 있지 않고 내세울 만한 사이드메뉴도 없어서 한마디로 망하기 딱 좋은 조건의 카페였다. 그렇지만 카페 주인은 커피 공부를 많이 한 모양으로 자신의 카페에 대해 자부심을 가지고 있었다.

내가 '샘'에 처음 갔을 때 하와이언 코나를 주문하자 남자는 반가운 표정을 지었다.

"하와이언 코나 좋아하시나요?"

"네 뭐……."

"커피 드실 줄 아시네요. 하와이언 코나가 세계 3대 커피 중의 하나잖아요. 그건 아시죠?"

"네…… 그런가요?"

"모르셨나 보네. 우리나라는 진짜 하와이언 코나 있는 데가 많지 않거든요. 있다고 해도 등급도 떨어지고. 우리 가게는 엑스트라 팬시 등급을 써요. 생두 사이즈 19 이상인 건 구하기도 힘들거든요."

나는 고개를 돌렸다.

"전 커피 맛 잘 몰라요. 그냥 아무거나 마시는 거예요."

남자는 당황한 표정으로 돌아갔다. 호의를 보였는데 냉정하게 반응한 것 같아 미안했지만 놔두면 몇 시간이고 커피 강의를 듣게 될지도 몰랐다. 남자가 나를 기억하는 것도 싫었다. 커피 이야기가 깊어지면 남자는 나를 기억할 것이다.

커피 강의는 싫지만 커피는 좋아한다. 맛있는 커피를 두툼한 머그잔에 담아 마시는 것은 휴식과 재충전을 위한 일종의 세리머니다. 일을 시작하기 전에 커피를 마시면 기운이 난다. 마찬가지로 일을 끝마치고 나면 커피 한 잔을 마셔야 휴식이 가능하다. 기분 전환에도 카페인이 필요하다. 우울할 때, 스스로를 달래줄 필요가 생겼을 때는 특별히 더 좋은 커피를 마신다.

병원살이를 할 때도 커피가 위안이 되었다.

재활병원에서 나는 잘 적응하며 살았다. 한 가지 작은 불만이 있다면 병원 내에 커피숍이 없다는 것이었다. 면회 오는 이모에게 전문점에서 커피를 사다달라고 하기도 했지만 오는 동안 식어버린 커피는 아쉬웠다. 이모에게 커피 부탁을 하면 커피의 카페인이 신체에 (특히 위장과 뼈에) 미치는 영향에 대한 강의를 끝도 없이 들어야 했다. 이모는 잔소리는 하면서도 내가 부탁하면 빼먹는 법 없이 커피를 사 왔다. 그렇지만 커피란 것은 마시고 싶은 시간이 따로 있는 법이다. 내 경우에는 '아침에 눈 뜨자마자'다. 아침에 일어나면 밤새 움직이지 않았던 몸 구석구석이 뻑적지근하고 결렸다. 빈속에 진한 커피를 한 잔 마셔주어야 비로소 눈이 또록또록 떠지고 몸이 부드러워졌다. 비 오는 날, 또는 비가 오려고 공기가 아주 무거운 날도 카페인 갈망이 생겼다.

매일, 내가 마시고 싶은 그 순간에 큰 머그에 가득, 뜨거운 커피를 먹겠다는 열망으로 나는 병실에 커피머신을 들여놓았다. 커다랗고 좋은 걸 사고 싶었지만 살림살이를 늘어놓을 공간이 없었으므로 크기가 작고 저렴한 반자동 머신으로 만족했다. 대신 작은 분쇄기를 구입했다. 한참을 고심해 커피원두를 고르고 탬퍼도 구입했다. 모두 인터넷 쇼핑을 이용했다. 택배로 물건이 배달되어 오자 룸메이트들이 모여들어 구경했다.

"뭐여 저게?"

"커피 타주는 기계랴."

"기계가 커피를 타줘? 그럼 저게 레지여?"

"이히히히 그려, 저게 레지여. 손 한번 잡아볼텨?"

맛있는 커피를 먹게 된 기념으로 정성껏 커피를 만들어서 방 식구들에게 돌렸다. 반응이 좋지 않았다.

"이게 뭐여? 너무 써."

"이거 원, 약으로나 먹으라면 먹을까. 이게 커피여?"

"연하게 만들어드릴 수도 있어요."

중배전을 한 원두를 이용해 물을 많이 부어서 연한 아메리카노를 만들어드리자 그건 또 숭늉 같다고 타박이었다. 흥, 그럼 관두시든가.

사다리꼴 방에는 아침이면 커피향이 은은히 돌았다. 아침에 일어나서 밥 먹기 전에 한 잔 마시고 늦은 오후에 또 한 잔 마셨다. 정형외과 전문의인 원장은 카페인이 심장에는 어떨지 몰라도 뼈에는 좋을 것 없다고 말했다. (이모랑 같은 의견이어서 의사 빰치는 이모의 의학적 소견에 다시 한 번 놀랐다.) 그렇지만 어느 날 피곤한 표정으로 내 병실에 찾아와 커피 한잔 먹을 수 있느냐고 해서 얻어 마신 뒤부터는 잔소리를 하지 않았다.

나는 병원에서 커피 총각으로 불렸다. 방 식구들이 그렇게 부르자 다른 방 할머니들과 식사를 날라다주는 아주머니도 나를 커피 총각이라고 불렀다.

룸메이트 할아버지들은 내 커피를 안 좋아했지만 그래도 자식들이나 친구들이 찾아오면 내게 커피를 주문했다.

"가만있어봐. 내가 맛있는 커피 한 잔 대접해줄 테니께. 여봐. 커피 총각, 좀 달달하게 두 잔만 해줘봐."

손님이 오면 시럽을 많이 넣고 카푸치노나 캐러멜 마키아토를 만든다. 제대로 배운 게 아니라서 우유 거품을 망칠 때도 많았지만 할아버지들은 퍽 으스대면서 손님 대접을 했다.

"이런 커피 마셔봤어? 자판기 커피랑 영판 달르지? 이거 밖에 나가면 커피숍에서 오천 원씩 받고 그러는 커피여."

밤샘 근무조인 막내 간호사가 스테이션에 앉아 졸고 있기에 커피를 가져다준 적도 있다. 막내 간호사는 다음 날 슈크림을 선물로 가져왔다. 원장은 나만큼이나 커피를 좋아하는 것 같았다. 면담을 갈 때면 꼬박꼬박 커피를 만들어서 가져갔다. 원장은 크리스마스에 손잡이가 원목으로 되어 있는 고급 탬퍼를 선물해주었다. 내 침상 주변은 각종 원두와 종이컵과 플라스틱 컵 뚜껑, 종이 홀더들로 어지러웠다. 이 사람 저 사람에게 커피를 만들어주느라 아주 바쁜 날도 있었다. 커피 만드는 일이 재미있었기 때문에 퇴원하면 카페를 할까 싶기도 했다. 날로 번창하는 카페가 되지 않을까?

8

그날은 책 한 권을 들고 '샘'에 갔다. 카페에는 웬일인지 사람이 많았다. 낮에 가면 손님이라곤 나뿐인 경우가 대부분이었는데 그날은 세 테이블이나 손님이 있었다. 제일 안쪽 자리에는 중년 남녀가 앉아 있었다. 테이블에 무슨 서류를 잔뜩 늘어놓은 것을 보니 투자 상담이거나 부동산 중개 건인 모양이었다. 한 테이블 건너에는 노트북으로 작업을 하는 젊은 남자가 혼자 앉아 있었고, 창가 자리에 마주 앉아 각자 스마트폰만 들여다보고 있는 젊은 남녀도 한 쌍 있었다. 모두들 등에 백넘버를 달고 있었겠지만 나는 무심하게 외면했다.

커피를 마시며 멍하니 창밖 거리 풍경을 내다보던 나는 어느 순간, 주변이 소란스러워진 걸 느꼈다. 카페의 음악 소리, 대화 소리가 더 커진 것은 아니었다. 소리라기보다는 일종의 작은 동요, 일렁임이 느껴졌다. 뭐지? 나는 주변을 둘러보았다. 뭐가 됐든 재테크 중인 중년 남녀, 스마트폰 삼매경인 청춘 남녀, 노트북으로 작업 중인 젊은 남자 모두가 제 할 일에 열중해 있었다. 그렇지만 뭔가 있었다. 뭔가…… 뭐지?

붉은색이 깜빡이기 시작한 것이다. 스마트폰을 들여다보던 청춘 남녀의 백넘버 색이 붉은색이었다. 옅은 녹색이었다면 눈에 띄지 않았을 것이다. 붉은 숫자의 점멸은 마치 시끄럽고 날카로운 소리를 내는 듯했다. 남녀는 둘 다 1이라는 붉은 백넘버를 등에 달고 있었다.

퇴원하고 1이라는 숫자를 보는 것은 처음이었다. 게다가 점멸하는 붉은색. 심장이 요동쳤다. 이 둘이…… 여기서 대체 무슨 일이 생기는 거지? 저렇게 멀쩡히 앉아 있는데. 병원 중환자실에서 시들어가는 것도 아니고 수술실로 실려 들어가는 것도 아닌 저렇게 생생한 등에 붉은 1이라니. 여기서. 지금. 어떤 일이 벌어진다?

나는 화장실에 가는 체하고 일어섰다. 카페를 가로질러 가며 다른 사람들의 숫자도 살폈다. 중년의 남녀와 카페 주인은 다섯 자리의 숫자를 가지고 있었다. 노트북 남자는 등을 의자에 깊숙이 기대고 앉아 있어 숫자가 보이지 않았다.

백넘버. 녹색으로 발광하는 숫자는 1이 되면 붉은 빛을 띤다. 그리고 시간이 지나면 깜빡이기 시작한다. 이제부터는 지금 당장 죽더라도 전혀 이상하지 않은 상태로 돌입하는 것이다. 가슴이 졸아드는 것 같았다. 이제 곧 이 카페에서 무슨 일인가 벌어진다. 저렇게 멀쩡히 앉아서 스마트폰을 들여다보던 남녀는 어떤 일 때문에 죽음을 맞는다. 가스가 폭발하는 건가? 전기 합선으로 불이 나는 건가?

부실 공사로 건물이 무너지나? 병사는 아닐 테니 분명 사고사다. 지금 여기서 사고로 죽는 것이다.

그렇다면 나는 어떨까? 나는 그 사고를 피해 갈 수 있나? 카페 주인과 중년의 남녀는 숫자가 많이 남아 있지만 내가 볼 수 없는 나의 백넘버는 무얼까? 붉은색으로 점멸하고 있을까? 나는 저 청춘 남녀와 여기서 운명을 같이하는 걸까? 자리로 다시 돌아왔지만 앉지 못했다. 나가야 한다고 생각했다. 여기서 나가야 해! 그런데 저 사람들은? 젊은 커플을 쳐다보았다. 이봐! 휴대폰이나 들여다볼 때가 아니야. 지금 게임하게 생겼어?

나는 주춤주춤 젊은 커플에게로 다가갔다. 무슨 게임엔가 열중하고 있던 남자는 내가 다가가도 알아채지 못했다. 맞은편의 여자가 경계하는 눈으로 나를 보더니 테이블 밑으로 남자친구의 다리를 툭 찼다.

"오빠."

남자가 여자를 건너다보더니 나를 쳐다봤다. 젊은 남자가 다른 낯선 젊은 남자를 대할 때의 경계와 공격성이 얼굴에 나타났다.

"뭐예요?"

"저기……."

아무 준비도 없이 다가간 것이기 때문에 말문이 턱 막혔다. 저기요. 뭔지 모르겠지만 지금 목숨이 되게 위험한 것 같거든요. 여기서 나가야 할 것 같아요. 이렇게 말할 수는 없었다. 낭패였다. 남자는 나의 접근을 명백히 시비로 받아들이는 듯했다. 금세 말이 짧아진 것을 보면 알 수 있다.

"뭐냐고오?"

"아, 그게 아니고 잠깐 드릴 말씀이 있어서…… 여기서 잠깐 나가시면……."

"뭐? 왜? 뭐가?"

젊은 남자가 일어섰다. 앉아 있을 때는 몰랐는데 일어서니 덩치가 제법 되는 남자였다. 머릿속이 하얗게 되어 아무 생각도 나지 않았다. 뭐라도 해야 하는데. 어떻게든 해야 한다. 뻔히 눈앞에서 누군가 죽는 것을 보게 될 것이다. 이것은 병원과 요양원에서 보던 병사, 자연사와는 다르다. 시들어가는 것이 아니다. 일순간에 멸망하는 것이다. 그것도 한꺼번에 둘이나.

분위기가 심상치 않음을 느꼈는지 주인 남자가 다가왔다. 엑스트라 팬시 등급 하와이언 코나에 자부심을 가지고 있는 남자.

"왜요 손님, 무슨 일이신데요?"

젊은 남자는 노골적인 불쾌감을 보였다.

"아니, 가만있는데 이 사람이 와서 시비를 걸잖아요. 이 사람 여기서 일하는 사람이에요?"

"아뇨. 저희 단골이신데."

주인 남자가 나에게 속삭이는 목소리로 물었다. 이런 식으로 친근함을 표시하는 사람이다.

"무슨 일 있으세요? 저한테 말씀하세요."

"아뇨, 아니에요."

나는 고개를 흔들었다. 아무 판단이 서지 않았다. 어쨌든 여기를 나가야 했다. 남녀를 내보내야 했다. 여기는 위험하다. 나는 주인 남자를 쳐다봤다. 어떤 일이 벌어질지 전혀 모르는 남자.

"혹시 엘피지 가스 쓰세요? 가스통이 낡았거나 관이 낡았거나 가스에 무슨 문제 없어요?"

주인 남자는 내 불안한 표정을 읽었는지 주방 쪽을 돌아보았다. 코를 킁킁거렸다.

"가스 냄새나요? 아무 냄새 안 나는데?"

"전기는 어때요? 화재는? 스프링클러는 있어요?"

"소방안전검사 받았거든요? 혹시 어디서 나오셨어요?"

나는 청춘 남녀를 다시 바라봤다. 백넘버의 점멸 속도는 어쩐지 더 빨라진 것 같았다. 방법이 없었다. 그렇지만 가만히 있을 수는 없었다.

"여기서 나가야 돼요!"

카페 안에 있던 사람들이 일시에 나를 쳐다봤다. 중년 남녀와 청춘 남녀, 노트북 남자. 제일 인상이 구겨진 건 주인 남자였다. 주인 남자는 목소리를 낮추었다.

"왜 이래요?"

나는 주인 남자의 팔을 잡았다.

"이 사람들 여기서 내보내요. 위험하다고요."

주인 남자가 짜증스럽게 팔을 뿌리쳤다.

"아이, 진짜."

그때 의자 끄는 소리가 드르륵 났다. 나를 보고 있던 사람들의 눈길이 또 일제히 소리 나는 쪽으로 쏠렸다. 노트북 남자가 일어섰다. 남자는 노트북을 닫아 검은 가방 안에 천천히 챙겨 넣고 테이블

위에 놓여 있던 휴대전화를 주머니 속에 넣었다. 그러는 동안 노트북 남자는 나를 한 번도 쳐다보지 않았지만 동작에는 너 때문에 신경 쓰여 일을 못 하겠다는 짜증과 항의가 뚝뚝 묻어났다. 카페 주인은 노트북 남자와 나를 번갈아 보며 어찌할 바를 모르고 있었다.

노트북 남자가 카페 밖으로 나갔다. 그 남자의 등이 보이는 순간 가슴이 쿵 하고 떨어졌다. 없었다. 백넘버가 보이지 않았다. 그가 입은 진한 회색의 재킷 등판은 깨끗했다. 혼란스러웠다. 중환자실 할머니의 등에서 처음 숫자를 봤을 때보다 오히려 더 놀랐다. 뭐지? 저 사람?

나는 남자를 따라 나갔다. 남자는 카페에서 10*m*쯤 떨어진 건널목 앞에 서서 신호가 바뀌기를 기다리고 있는 중이었다. 나는 남자 옆에 섰다. 뭐라고 말을 해야 할지 알 수가 없었다. 당신 누구야? 묻고 싶었다. 남자 뒤에 바짝 섰다. 그때 남자가 고개를 돌리지 않은 채 나지막한 목소리로 말했다.

"적당히 하지."

"에?"

신호가 바뀌었다. 남자가 길을 건넜다. 백넘버를 단 사람들의 무리가 한꺼번에 길을 건넜다. 초록빛의 무리들 속에 깨끗한 등판을 가진 그 남자가 섞여 들었다. 나는 멍한 눈으로 남자를 좇았다. 저 남자를 따라가야 해! 머릿속에서 경보가 울렸지만 몸이 말을 듣지 않았다. 남자는 사람들 속으로 스며들어 보였다 안 보였다 했다. 놓치면 안 돼! 나는 보행 신호가 꺼지기 전에 서둘러 건널목을 건너려고 뛰었다. 그러다 순간 멈칫했다. 잠시 잊었던 카페의 남녀가 떠올랐다. 카페는 어떻게 되었지? 카페로 돌아가야 하나?

그때 무슨 일인가 벌어졌다. 순식간에 벌어진 일이라 처음에는 무슨 일인지 깨닫지 못했다. 내 눈앞으로 뭔가가 휙 지나갔다. 엄청난 속도와 굉음을 가진 것. 자동차다. 자동차는 그 속도 그대로 인도로 돌진했다. 사람들이 비명을 지르며 비켜섰다. 나는 벼락같이 깨달았다. 카페! 찰나였지만 나는 카페 안을 볼 수 있었다. 전면 유리를 통해 여전히 휴대폰을 들여다보는 커플이 보였다. 주방 쪽에서 컵을 닦고 있는 주인 남자는 가슴 위쪽만 보였다. 카페는 내가 나간 이후로 평화를 되찾은 듯 보였다. 그 평화는 오래가지 못했다. 자동차는 창가 자리에 앉아 있는 커플을 향해 일직선으로 돌진했다. 그리고 소리…… 공포는 소리에서 생긴다. 시각보다는 청각이 사람의 공포를 자극한다. 내가 사고를 당했을 때 나는 아무것도 듣지 못했다. 그래서 아무것도 기억하지 못하고 아무 느낌도 없었다. 통증도 공포도 절망도 병원에서 깨어난 후에 생겼다.

카페로 차가 돌진하는 순간, 나는 눈을 질끈 감았지만 소리는 막지 못했다. 자동차 바퀴의 파열음, 유리창과 다른 그 무엇이 와장창 깨지는 소리, 사람들의 짐승 같은 울부짖음은 보지 않아도 느끼게 해주었다. 보지 않아도 본 것처럼 생생하게 느껴졌다.

'그렇게 되는 거구나…….'

창가에 앉아 모바일 게임을 하던 남녀. 자기 생의 마지막이 그런 풍경이리라고는 꿈에도 생각지 못했을 남녀, 어쩌면 저녁으로 뭘 먹을까 그런 사소한 고민 중이었을 남녀. 그들이 인생에서 가장 마지막으로 한 일은 낯선 남자와 말다툼한 일이다.

나는 휘청거렸다. 쓰러질 것 같았다. 옆에 있는 신호등 기둥을 붙잡았다. 허리가 꺾이며 구토가 올라왔다. 방금 그 카페에서 먹었던 커피와 침과 위액이 섞여서 올라왔다. 구토를 하고 허리를 펴자 한쪽 눈에서 눈물이 주르륵 흘렀다.

나는 알고 있었다.

미리 알고 있었다.

그렇지만 아무것도 하지 못했다.

#

몸살이었다. 사흘이나 출근하지 못했다. 울었다. 우는 것은 체력을 요하는 일이다. 소리 내어 어깨를 들썩이며 울면 목도 아프고 어깨도 아프고 나중에는 지쳐 나가떨어지게 된다. 먹지 않고 울기만 하면 더 그렇다.

나는 사람이 죽는다는 것을 알고 있다. 언제나 죽음을 보고 있다. 그래서 무척 냉소적인 성격이 되었다고 스스로 생각했다. 차갑고 가볍다. 진지해서는 견딜 수가 없다. 그런데 막상 생명의 갑작스런 멸망을 보게 되자 충격이 대단했다. 병원에서 깨어나 부모님의 죽음을 맞닥뜨렸을 때보다도 더 충격을 받았다.

내 백넘버의 존재를 현실로 느꼈기 때문이다. 내가 알지 못하는 내 백넘버. 그 '알지 못함'에 대한 공포가 선명해졌다. 병원에서의 1은 나와는 관련 없는 누군가의 1이었다. 사고의 현장에서 마주치게 된 1은 내가 그들과 같은 운명일 것인가 아닌가 알 수 없으므로 목을 조이는 공포로 다가왔다. 등이 홧홧했다. 등에서 뜨거운 것이 타는 것 같기도 했고 징그럽고 싫은 것이 기어 다니는 것 같기도 했다. 무서웠다. 회색 옷의 남자도 무서웠다. 그 남자는 누구였을까? 왜 거기에 있었을까? 그 남자는 어째서 숫자를 달고 있지 않은 것일까?

무섭고 외로워서 계속 울었다. 울어도 변하는 것은 없지만 눈물이 나오는 걸 그냥 내버려두었더니 계속 울게 되었다. 잠이 오기 때문에 자는 것과 마찬가지다.

사흘째 오후가 되어서야 침대에서 일어났다. 울다 죽을 수는 없는 노릇이다. 언제 죽어도 죽을 테지만 그래도 뭐 아직 죽지 않았으니까 일단은 뭐라도 먹자고 마음먹었다. 아픈 동안 잃었던 냉소, 차가움과 가벼움이 되살아났다.

침대에서 일어나 병원까지 가는 일이 도저히 이룰 수 없는 과업처럼 느껴졌다. 그렇지만 믿을 건 나뿐이기 때문에 나는 나를 살살 구슬려서 (괜찮아, 병원에 가서 주사 한 대 맞으면 멀쩡해질 거야. 병원에 갔다 와야 뭐라도 먹을 수 있어. 물도 안 먹고 누워만 있으면 죽을지도 모른다고.) 살금살금 조심스럽게 움직였다. 머리통이 굴러떨어질 것 같은 느낌이었다. 한 걸음 내디디면 속이 왈칵 뒤집어졌다. 그래도 아주 천천히 걸어서 집 앞 병원에 다녀왔다. 주사를 한 대 맞자 정말로 속이 진정되고 아주 약간 기운이 생겼다.

돌아오는 길에 죽집에 들렀다. 전복죽, 야채죽, 백합죽, 낙지죽까지 있었지만 내가 원하는 흰죽은 팔지 않았다. 아플 때는 흰죽인데. 뜨겁고 물이 많고 윤기가 도는 흰죽. 숟가락에 간장을 쿡 찍어 죽

위에 얹어서 조금씩 떠먹으면 벌겋게 성이 나 있는 위장을 죽이 부드럽게 감쌀 것 같았다. 상처에 연고를 바르듯이 위장에 살살 흰죽을 발라주면 뱃속이 순하게 가라앉을 텐데. 죽을 끓일 줄 모르는 건 아니지만 손가락 하나 까딱하고 싶지 않았다.

민지네에 가보았다. 아침에 콩밥을 차려주는 민지네. 유리문으로 슬쩍 들여다보니 손님이 두 테이블 있었고 민지 엄마는 주방 안에서 바빴다. 문밖에서 기웃대다가 그냥 돌아왔다. 어디다 대고 어리광이냐 싶어 웃음이 피식 나왔다. 지금 영업집에다 대고 아프니 죽 끓여달랄 참이야?

편의점에 들러 찾아보니 즉석 흰죽이 있었다. 역시 수요가 공급을 결정하는 법이다. 혼자 사는 사람도 아픈 때가 있기 마련이고 기업에서 싱글 가구의 이런 필요를 무시할 턱이 없다. 틈새시장을 노렸을 뿐인 공산품에게 고마워 절이라도 하고 싶었다.

집에 와서 TV 채널을 〈생생 정보통〉에 맞추고 쟁반에 죽그릇을 얹어 TV 앞에 앉았다.

집에 있을 때는 대부분 TV를 켜둔다. 병원에 있을 때부터의 습관이다. 병실에서는 하루 종일 TV가 낮은 소리로 웅얼댔다. 아무도 보지 않을 때가 많지만 그래도 TV를 끄지는 않았다. 병실에는 사생활이라는 것이 없다. 커튼을 쳐도 소리는 들리기 때문에 환자와 보호자가 나누는 대화뿐 아니라 무언가 먹는 소리, 배변하는 소리까지 들렸다. 모든 민망한 소리를 부드럽게 덮어주는 백색소음의 역할을 하는 것이 TV 소리였다. TV가 켜져 있으면 옆 침대에서 벌어지는 일들을 모르는 척(실제로 모를 수는 없다.)하기가 쉬웠다.

재활병원에서도 병실 생활의 유일한 오락은 TV 시청이었다. 평균 연령 팔십 가까운 룸메이트들과 함께 지내며 나의 TV 시청 행태도 노년층에 맞추어졌다. 〈생생 정보통〉, 〈순간포착 세상에 이런 일이〉는 '본방 사수'다. 알고 보니 그 집 딸, 알고 보니 친남매인 등장인물들이 번갈아 가며 울고 불거나 눈빛부터가 매서운 악역들이 걸핏하면 따귀를 올려붙이는 일일드라마도 빼놓지 않고 보았다. 그렇지만 아무리 재미있는 프로그램이라도 10시 이후에 하는 것은 볼 수 없었다. 노인들은 저녁 뉴스가 끝나기도 전에 꾸벅꾸벅 졸았다. 10시면 완전 한밤중이어서 휴게실도 텅 비었다. 나는 새나라의 어린이처럼 10시가 되기 전 TV를 끄고 불을 끄고 잠자리에 들었다. 병원을 나와서 혼자 살게 된 지 꽤 오래되었지만 나는 여전히 〈생생 정보통〉으로 바깥세상의 생생한 정보들을 익혔다.

흰죽으로 사흘 굶은 위장을 달래고 있는 중에 누군가 초인종을 누르는 기척이 있었다. 인터폰이 반짝 켜지며 화면에 사람이 나타났다.

내 집에는 방문자가 거의 없다. 나는 택배도 모두 경비실에서 받도록 해두었다. 그럼에도 불구하고 여기까지 올라와 초인종을 누르는 사람은 무작정 믿고 구원 받으시라는 아주머니들뿐이기 때문에 나는 초인종 소리를 무음으로 해두었다. 아예 전원을 꺼버리면 방문자를 화면으로 확인하는 것도 불가능해서 그렇게는 안 했다.

초인종이 먹통이자 남자는 현관문을 쿵쿵 두들겼다. 화면을 보니 지루해 보이는 중년 남자가 서 있었다. 표정으로 봐서는 층간소음을 항의하러 온 이웃 정도로 보였는데 그럴 리는 없는 것이 난

집 안에서 운동기구를 쓰는 것도 아니고 개도 키우지 않는다. 일단 아무도 없는 척하기로 했다. 용건이 뭔지는 모르겠지만 귀찮은 일일 게 뻔하다. 그렇지만 남자는 가지 않고 서 있었다. 화면을 들여다보니 남자는 내가 보고 있다는 것을 알았는지 손을 까딱 들어 보였다. 이봐, 안에 있는 것 다 아니까 이러지 말자고.

그러나 나는 신중한 사람이다. 도처에 죽음이 도사리고 있다는 것을 뻔히 아는 처지에 신중하지 않기도 어려운 일이다. 인터폰을 들었다.

"누구세요?"

"이원영 씨?"

"……네, 무슨 일이시죠?"

"일단 문 좀 열지."

나는 인터폰을 손에 든 채 잠시 침묵했다. 우선 기분이 나빴다. 나이 들어 보이긴 했지만 초면에 반말이라니. 그리고 불안했다. 어떻게 내 이름을 알지? 용건도 얘기 안 하고 '일단'이라니. 그리고 피로했다. 누구랑 얘기하고 싶은 상태가 아니었다. 꼬박 사흘 만에 처음 곡기를 넣고 있는 중이다. 계속 없는 척할걸. 인터폰을 받은 일이 후회막심이었다.

피곤해 보이는 건 남자도 마찬가지였다. 내가 대꾸를 안 하자 어깨를 늘어뜨리고 한숨을 쉬었다. 그러고는 발로 현관문을 툭 찼다.

"문부터 열라고."

저렇게 불량한 방문자라니. 경계심 수치가 최대로 올라갔다. 나는 한순간도 사고, 질병, 위험, 죽음 이런 불길한 것들을 잊고 살 수 없는 사람이다. 문을 여는 순간 저 남자가 강도로 돌변하지 않는다는 보장도 없다. 버티고 무시하기로 했다. 계속 귀찮게 한다면 경비실에 신고할 생각이었다.

인터폰을 내려놓고 TV 앞으로 돌아왔다. 그리고 죽을 떠먹기 시작했다. 남자가 또 초인종을 눌렀는지 꺼졌던 화면에 다시 남자의 모습이 나타났다. 나는 죽을 먹으며 인터폰 화면을 쳐다보고 있었다.

남자는 조금 기다리다가 어이없다는 표정을 짓더니 윗주머니에서 담배를 꺼냈다. 어디 한번 길게 가보자는 얘기다. 남자는 담배 한 개비를 입에 물고 불을 붙였다. 저 아저씨가 진짜. 건물 내부는 금연이다. 더구나 내 집 현관 바로 앞이다. 왈칵 짜증이 치솟았다. 나는 쿵쾅거리는 걸음으로 현관문으로 다가가 거칠게 문을 열었다. 늘 걸어놓는 걸쇠에 가로막혀 문이 15㎝쯤 열렸다.

"이봐요, 자꾸 그러면……."

'신고할 거예요'라는 뒷말을 목구멍 안으로 삼켰다. 저절로 그렇게 되었다. 저 남자는…… 있어야 할 것이 없었다.

비스듬히 돌아서 연기를 내뿜고 있는 남자의 등이 보였다. 없었다. 숫자 말이다. 백넘버. 등에서 약하게 발광하고 있어야 할 초록색 숫자가 없었다. 후줄근한 등판만 보였다. 카페에서 보았던 남자가 떠올랐다. 노트북 남자. 백넘버가 없던 그 남자가 나가고 나서 카페에 사고가 생겼다. 그 남자인가? 아니다. 그보다는 나이가 더 들어 보이고 살집이 있었다.

남자가 돌아보았다. 남자는 내 얼굴에 대고 연기를 길게 내뿜더니 담배꽁초를 바닥에 내던지고 구둣발로 밟았다.

걸쇠를 풀고 현관문을 열어주자 남자가 제 집이라도 되는 양 먼저 안으로 들어갔다. 나는 담배꽁초를 주워 들고 뒤따라 들어갔다. 다시 한 번 제대로 뒷모습을 살펴보았지만 역시 백넘버는 없었다.

남자는 거실 한복판에 있는 둥그런 소파에 몸을 내던지듯 앉았다. 채도 높은 붉은색의 비즈 소파로 내 집의 인테리어 포인트다. 남자가 거기 앉으니 소파가 순식간에 후줄근해진 느낌이었다.

"마실 것 좀 주지. 녹차나 커피나."

녹차는 없다. 커피는 있지만 원두 상태다. 분쇄기로 갈아서 가루를 탬핑해서 머신에 넣고 예열을 거쳐 뽑아내야 하는 과정을 저 남자 때문에 하기는 귀찮다. 나는 유리컵 가득 생수를 가져다주었다.

"혹시 형사예요?"

물론 전혀 형사처럼 보이지 않는다. 남자는 양복 차림에 넥타이를 매고 있었다. 타이는 유행이 한참 지난 폭이 좁은 땡땡이 무늬였다. 넥타이핀까지 꽂혀 있었는데 전체적으로 뭔지 모르게 언밸런스했다. 나름 차려입었지만 센스는 없는 차림의 전형이라고나 할까? 양복 바지는 너무 오래 입었는지 천이 닳아 반들거리는 광택이 났고 다림질이 풀어져 전혀 날이 없었다. 형사냐고 물은 이유는 남의 집에 들어오면서도 뻔뻔하고 당당한 그의 태도와 피곤한 표정 때문이다. 영화에 나오는 형사들은 대부분 그러니까.

"형사처럼 보이나?"

"솔직히 그렇진 않아요."

"그래? 다행이네. 형사처럼 보이면 피곤해. 사람들이 관심을 가지니까. 되도록 눈에 뜨이고 싶지 않거든."

'지금 엄청 눈에 띄거든요.'라고 말해주고 싶었다. 너무 촌스러워서 눈에 띈다.

남자가 또 담배를 꺼냈다. 나는 질색했다.

"금연이에요."

"알았어. 그냥 물고만 있을 거야."

남자가 입술 가장자리에 담배를 물었다. 입에 무언가 물고 있지 않으면 불안해지는 사람인가? 구순기에 욕구 충족이 제대로 안 되면 그렇다던데.

"내가 누군지 궁금하지?"

"궁금하지 않아요. 용건이나 말하세요."

"궁금할 텐데?"

남자가 눈을 가늘게 뜨고 나를 쳐다보았다.

"왜 문을 열어줬지? 너 말이야. 처음 보는 사람한테 왜 문을 열어줬냐고. 낯선 사람을 경계하는 게 네 버릇 아닌가?"

나는 대답하지 않았다.

"역시 보이는 거지?"

"뭐라고요?"

"보인다고. 그렇지?"

'장님은 아니니까.'라고 대답하고 싶었지만 그럴 수 없었다. 농담이나 하자고 온 사람이 아니다.

무릎이 떨리는 느낌이어서 자리에 털썩 앉았다. 죽도록 피곤했다. 먹다 만 죽그릇이 보였다. 남자를 외면하고 멍하니 TV 화면에 시선을 고정했다. 낙지 한 마리가 여성 리포터의 손을 휘감고 있었다.

#

"우리는 너 같은 사람을 '보는 자'라고 불러."

남자가 말했다.

나 같은 사람. 보는 자. 나는 보는 자다. 정확하게 말하면 보이는 자다. 내 의지대로 되는 일이 아니다. 나는 절대로 꿈에라도 보고 싶지 않다. 사람의 수명 따위.

"이 대리한테 네 얘기 들었어. 젠장, 올 게 왔구나 했지. 이제까지 이 구역에는 보는 자가 없었거든. 구역 안에 그런 게 하나 있으면 정말 골치 아프지. 게다가 보고서 올라온 걸 보니 넌 좀 나대는 성격인 모양이던데?"

내가? 설마.

"네가 위험하니 어쩌니, 나가라 마라 큰 소리로 설쳤다면서? 이 대리가 그러는데…… 아, 이 대리라고 알지? 한 번 만났잖아."

이 대리…… 내가 카페에서 만났던 그 노트북 남자가 이 대리인 모양이다.

"이 대리는 지금 완전 쫄았어. 이런 경우는 특별한 매뉴얼도 없고. 이 대리는 요즘 실적도 안 좋은데. 그 카페 건도 사실은 마감에 몰려가지고 급하게 진행된 거거든."

무슨 이야기를 하는 건지 알 수가 없었다. 이 남자는 내가 백넘버를 본다는 것을 알고 왔다. 카페에서 있었던 일도 다 알고 왔다. 내 집은 어떻게 알았을까? 왜 백넘버를 달고 있지 않을까? 대체 정체가 무엇일까?

"그럼 당신 같은 사람은 뭐라고 부르죠?"

"뭐?"

"당신 같은 사람. 그…… 뭐랬죠? 보는 자에게 안 보이는 사람."

남자는 말없이 나를 바라봤다. 당황했다기보다는 난감한 듯 보였다. 자신을 소개해본 경험이 별로 없거나 말해줘도 잘 모를 거라고 생각하는 모양이었다. 어쩌면 그런 질문 자체가 낯설었을지도 모른다.

#

나를 찾아온 남자는 사신이었다. 사신? 저승사자? 정확히 뭐라고 말해야 하는지는 모르겠다. 남자가 말했다.

"명함이라도 있으면 주겠는데 말이야……."

명칭은 명확하지 않지만 하는 일은 명확하다. 그는 사람을 데려간다. 어디로? 저세상으로. 그가 사람을 죽게 하는 것은 아니다. 그저 인도할 뿐이다. 죽는 사람은 태어나서 처음 죽어보는 것이므로 어떻게 해야 할지 우왕좌왕할 수밖에 없다. 그는 그 낯선 상황에서 적절한 처신을 하도록 도와주는 안내자인 것이다.

남자를 다시 한 번 훑어보지 않을 수 없었다. 좋지도 나쁘지도 않은 인상, 특별히 희지도 검지도 않은 피부색, 다부지다든가 호리호리하다든가 하는 말로 표현하기 애매한 체격, 눈에는 쌍꺼풀이 있는지 없는지……. 별 특징 없는 사람이었다. 만일 이 사람이 범죄를 저지른다면 목격자 진술만으로는 몽타주를 만들기 어려울 것이다. 쌍꺼풀이 있었나요? 글쎄요……. 입술은 두꺼운 편이었나요? 그냥 보통이었어요. 코는 큰가요? 그렇게 크지도 작지도. 눈썹은 짙었나요? 눈썹이요? 기억 안 나는데……. 이런 대화가 오갈 인상이었다. 한마디로 평범한.

차림새를 살펴보자 실소가 나왔다. 모름지기 저승사자라면 갓 쓰고 검정 도포 입고 쥐 잡아먹은 입술을 하고 있어야 어울리지 않나? 그게 너무 올드하다면 검정 망토를 머리부터 둘러쓰고 망토 속으로 차갑게 빛나는 눈만 보이는 모습은 어떨까? 영화에서 보면 그렇던데. 어쨌든 적어도 사신이라면, 그렇게나 특수한 신분이라면 말이다. 주름 하나 없이 각 잡힌 정장에 태풍에도 머리카락 한 올 흩날리지 않는 헤어스타일, 엄청난 가격의 시계와 구두, 비밀스런 것이 들어있는 사각 가죽 케이스 정도는 장착해야 하지 않나? 킬러나 스파이, 외계인, 타임슬립퍼 등이 그러하듯이 말이다. 이 아저씨처럼 (그렇다. 아저씨라는 말 외에는 따로 지칭할 말이 없다.) 후줄근한 정장에 어울리지 않는 타이를 매고, 패션 소품으로서의 기능은 전혀 없는 시계를 찬 사신이라니. 지하철에서 밤 깎는 칼 따위를 파는 잡상인이거나 면 단위 공무원이라면 모를까 사신이라니.

"우린 그러니까 배송 책임이지. 죽으면 옮겨야 하니까. 아, 배송이라고 하니까 무슨 택배 같네. 인도지 인도. 아니야, 그건 좀 종교 같고……. 그렇지, 안내라고 해야겠네. 이쪽으로 오세요. 저만 따라오시면 됩니다. 사람이 죽으면 다들 어리둥절하거든. 멍청하게 서서 자기 죽은 걸 내려다보고 있는 사람도 많다고. 우리 일이란 게 타이밍이 중요해. 정신 놓고 있다가 타이밍을 놓치면 죽은 사람이 갈팡질

광하다가 돌아가버리기도 하거든. 도로 살아나는 거야. 우리도 황당하지만 그쪽에서도 얼마나 놀라겠어. 안 그래?"

'일'이라고 표현했다. 죽은 사람을 데려가는 일. 이승에서 격리하는 일. 사고 후 사경을 헤매고 있을 때를 떠올렸다. 빛이 있었고 물소리가 들렸고 나는 정처 없이 걷고 있었는데…… 그래, 어떤 사람이 서 있는 것을 본 것도 같았다. 이 남자였을까?

"매일매일 숫자를 딱 맞춰야 돼. 이게 한번 밀리기 시작하면 월말에 골치 아프거든. 그래도 우리 구역이 일이 많은 편은 아니야. 이 나라는 자연재해가 드무니까. 지진이나 해일 같은 대규모 일은 특영팀에서 담당해. 거긴 뭐 터졌다 하면 몇 만이 기본이니까. 우리 같은 대리점에서야 하루 벌어 하루 살고 그런 거지."

요약하자면 사망자를 실수 없이 차질 없이 수거해 인도하는 일이 남자의 일이었다. '일'이라는 표현과 동시에 남자는 '실적'이라는 말도 했다. 실적이란 수량보다는 '차질이 없는 것'과 관계있다. 죽을 사람은 꼭 제시간에 제대로 죽어주어야 차질이 안 생긴다.

남자의 말에 따르면 가장 경계해야 할 것이 심폐소생술을 비롯한 응급실과 중환자실에서 이뤄지는 각종 처치다. 이왕에 죽을 사람, 또는 이미 거의 다 죽은 사람에게 호들갑을 떨며 '구멍마다 호스를 박아 넣는 짓'은 질색이라고 했다.

"요새 인간들이 안 죽으려고 얼마나 용쓰는지 알지? 다들 무조건 안 죽으려고 사는 것 같아. 자고 일어나면 뭐 신약이 개발됐다느니 무슨 세포를 가지고 뭘 한다느니 하니까 요즘 같아서는 우리도 보통 힘든 게 아니야. 그러니……."

남자가 불붙이지 않은 담배의 필터 쪽을 테이블에 대고 톡톡 쳤다. 담배를 입술에 물었다 뗐었다 하며 손으로 만지작거리는 것이 여간 거슬리지 않았다.

"너 같은 애는 최악이지."

어쩔 수 없이 기분이 상했다. 그러나 한편 어쩔 수 없이 수긍이 갔다. 내가 카페의 커플을 어떻게든 밖으로 나가게 했다면…… 그들 입장에서 나의 존재란 '차질' 그 자체다. 그렇지만 내가 '최악의 존재'가 된 건 내 책임이 아니다. 나 역시 그런 존재가 되고 싶은 마음은 눈곱 만큼도 없었다.

"나 같은 애는…… 나는 왜 나 같은 애가 되었는데요?"

내가 들어도 멍청하게 들렸다. 표정도 멍청했을 것이다. 남자가 한심스럽다는 표정으로 나를 봤다.

"나도 몰라."

참 간단한 대답.

"답답하긴 우리도 마찬가지야. 보는 자로 태어나기도 하고 멀쩡히 잘 살다가 보는 자로 변하기도 하니까."

보는 자로 태어나기도 하고 변하기도 하고…… 이 구역의 보는 자는 내가 처음이라……. 갑자기 정신이 확 들었다. 왜 그 생각을 못했을까? '보는 자'는 내가 유일한 것이 아니었다. 또 다른 보는 자가 존재할 수도 있는 것이다. 나는 알 수 없는 이유로(심정지로 인해 죽었다 살아난 경험 때문이 아닐까 추측되지만) 인간의 백넘버를 보게 되었다. 나 외에도 알 수 없는 이유로 백넘버를 보게 된 사람이 있을 것이다. 그 사람도 나처럼 심정지를 겪었을 수도 있다. 임사체험을 한 사람은 많다. 세상에는 남들과 다른 힘을 가지고 있는 사람이 얼마든지 있다. 염력을 쓰는 사람도 있고 물건에 담긴 기억을 읽어내는 사이코메트리도 있다. 이렇게 된 마당에 하늘을 날아다니거나 투명인간으로 변하는 사람이 있다고 해도 이상할 것이 없다.

생각해보면 너무나 당연한 일이다. 사람은 모두가 필멸하며 모두가 죽는 날을 향해 열심히, 꾸준히, 부단히 걸어가고 있다. 그것을 모르는 사람은 없다. 모두가 알고 있는 사실을 모두가 외면하고 있을 뿐이다. 모두가 알고 있어서 알고 있다는 것조차 잊어버리고 있는 진실. 하지만 잊지 않는 사람도 있다. 그 시기가 보이기 때문에 잊을 수가 없는 사람들. 어떻게 생각해보면 별것도 아니다. 인간이 필멸이라는 것을 안다면 그 멸의 시점을 아는 것도 별것도 아닐 것이다.

왜, 그런 별것도 아닌 것을 알고 있는 사람이 세상에 나뿐이라고 생각했을까? 왜 숫자를 보는 사람이 나 외에 또 있는지 찾아보려는 생각조차 하지 않았을까? 왜 만나는 사람마다 혹시 등에 숫자가 보이지 않느냐고 물어보지 않았을까? 이 세상, 이 많은 사람들 중에 누가 보는 자일까?

나는 앉은자리에서 몸을 돌렸다. 남자에게 등을 보여주었다. 남자는 금방 알아들었다.

"우린 안 보여."

실망이다.

"그럼 어떻게 알죠? 그…… 배송 대상자."

"그야 리스트가 있으니까."

"매일 업데이트되는?"

"당연하지."

보는 자가 사람들의 남은 수명을 보는 데 비해 사신은 '디데이'인 사람만을 알 수 있다. 사신은 백넘버가 1인 사람 근처에서 서성이다가 빛이 꺼지면 타이밍을 놓치지 않고 그를 인도한다. 그럴 때 보는 자가 개입하면 일이 틀어진다.

사신이 날 찾아온 이유가 바로 그것이었다. 개입하지 말라.

"설마 숫자에 대해서 사방팔방 떠들고 다닌 건 아니겠지?"

아니다. 말하고 싶지 않아서가 아니라 말할 수가 없어서였다. 아니, 말할 것인가 말 것인가를 결정하지 못하고 있었다.

생명의 탄생에는 예정일이라는 것이 있다. 출산 예정일을 알고 그 계절에 맞추어 출산 준비를 한다. 몇 년 뒤에 학교에 갈 테니, 몇 년 뒤쯤이면 결혼도 할 테니……. 인간 삶에는 대략의 예정이 있다. 예정이 있어야 준비도 할 수 있다. 죽는 날도 예정일이 있다면 어떨까? 그건 혹시 축복이 아닐까? 사는 동안에 열심히 살고 죽음이 가까워지면 또 그 준비를 하게 되지 않을까?

"순진하네."

남자는 그렇게 일축했다.

"사람이라는 게 그렇게 아름다운 존재가 아니야. 열심히 살다가 죽음을 준비해? 죽는 날을 알게 되면 사는 동안에는 별짓을 다 하며 살 거야. 어차피 그때까진 안 죽을 테니까. 그리고 죽을 때가 되면 안 죽으려고 또 별짓을 다 하겠지."

그럴까? ……그럴 수도.

나는 이모에게도 재수에게도 내 주변의 누구에게도 백넘버에 대해 이야기하지 못했다. 말할 수가 없었다. '믿어주지 않을까 봐'이기도 했지만 그것이 과연 축복인지 저주인지 확신할 수 없어서다. 내가 아직 내 정신으로 살고 있는 것도 나의 백넘버를 모르기 때문일 것이다. 내가 나를 볼 수 있다면 나는 미쳐버리지 않았을까? 카페에서 다른 사람의 등에 점멸하는 숫자를 보면서 나는 나의 백넘버를 염려하느라 미칠 지경이었다.

그는 나에게 경고했다. 가만히 있으라, 말하지 말라, 보지 말라, 봐도 못 본 체하라.

"뭐든 어떻게든 해볼 생각이 있다면 포기해. 어쨌든 죽을 사람은 죽고 살 사람은 살게 되어 있어. 일어날 일은 일어난다고."

그런가?

"우리는 예정되어 있는 사람을 예정된 시간에 맞추어 수거해 갈 뿐이야. 예정은 우리가 하는 게 아니니까 그건 나한테 따지지 말라고. 세상일이라는 게 말이야 예정대로 딱딱 진행이 되는 게 가장 좋은 거거든. 어디선가 조금 틀어지잖아? 그럼 일이 굉장히 복잡해지는 거야."

혹 다시 이 대리나 자신을 만나더라도 (자신은 박 부장이란다.) 아는 체 말 것과, 다시 1이라는 백넘버를 보게 되더라도 어떤 짓도 하지 말 것을 그는 몇 번이고 경고한 뒤 떠났다.

9

비 오는 날은 몸이 쑤신다. 노인네 같다고 해도 할 수 없다. 날이 흐리면 기압이 낮아져서 관절 내의 압력이 상대적으로 증가한다. 뭐랄까? 뼈가 졸아드는 느낌. 나는 산산조각 난 대퇴골을 하나씩 맞추어 기다란 철판에 대고 나사로 고정시켜둔 상태다. 담당의사와 나는 뼈 사이에서 천연 접착제가 흘러나와 뼈들이 서로 붙기를 소망하고 있다. 날이 흐리고 관절 내 압력이 증가하면 뼈가 눌리는 느낌이 든다. 뼈는 압박을 받는데 나사로 고정된 철판은 뼈를 잡고 있다. 뼈가 졸아드는 한편 외부의 힘으로 뼈를 잡아 늘이고 있으니 아플 수밖에 없다고 나는 나에게 설명한다. 오래 아프면 통증에 대해 사유하게 된다. 왜 아픈지 어떤 메커니즘에 의해 이런 통증이 일어나는지 공부한다. '아하! 그게 그렇게 되는 거로군. 그러니 아플 수밖에 없지.' 납득이 되면 견디기가 조금 수월하다. 아픈 이유가 있으니까 아픈 것이라고 포기하고 나면 마음이라도 편하기 때문이다. 도대체 왜? 어째서? 이런 물음에 갇혀 있으면 몸도 마음도 지옥이다.

몸이 아프니 비 오는 날은 당연히 밖에 나가기 싫다. 허벅지에 나사 48개가 박히지 않은 사람들도 비 오는 날에 밖에 나서기 싫은 건 마찬가지인 모양이다. 비 오는 날은 유난히 콜이 많아서 나는 비 온다는 이유만으로 쉴 수는 없다. 사장은 음식 배달 콜 몇 개를 헬퍼가 없다고 거절하고 나서 아동 케어 서비스 한 건을 내게 배당해주었다. 우산을 가지고 초등학교 앞으로 가라는 것이다.

교문 앞은 우산을 가지고 온 아이 엄마들로 북적북적했다. 한꺼번에 몰려나오는 아이들과 자기 아이를 소리쳐 부르는 아이 엄마들이 한데 섞여 혼이 쏙 빠질 만큼 시끄러웠다. 등에 큰 별무늬가 있는 진회색 점퍼를 입은 4학년 1반 아이를 놓치지 않기 위해 정신을 바짝 차려야 했다. 자기 아이에게 다가가느라 마구 밀쳐대는 엄마들한테 밀리지 않기 위해 하체에 힘을 바짝 주고 눈을 부릅뜨고 있었지만 별무늬 점퍼는 눈에 들어오지 않았다. 아이들이 서로 장난치며 마구 휘둘러대는 신발주머니와 우산을 피하는 일만도 버거웠다. 메뚜기 떼 같은 한 무리가 지나가고 나자 후드를 푹 뒤집어쓰고 터덜터덜 빗속으로 막 나서고 있는 한 아이가 보였다. 등판에 별무늬! 나는 아이 쪽으로 뛰어갔다. (젠장, 2, 3*m*쯤 뛰었을 뿐인데도 다리가 시큰했다.) 아이 쪽으로 우산을 기울여 씌워주었다.

"네가 승종이지?"

아이는 경계의 눈빛으로 나를 바라보았다. 4학년치고는 체구가 작았다.

“엄마한테 전화 받지 않았어? 너 집에 데려다주었다가 가방 바꿔서 학원 보내라 그러시던데.”

“네.”

아이는 짧게 대답하고 묵묵히 걸어갔다. 우산을 씌워주는 나와 보조를 맞출 생각은 도통 하지 않아서 내가 아이 쪽으로 바짝 다가서며 우산을 기울여주어야 했다. 아이는 낯선 내가 어색한지 자꾸만 떨어지려 해서 아이의 한쪽 어깨가 비에 젖어갔다. 비를 안 맞게 하려니 여간 신경 쓰이는 게 아니었다. 아이에게 비를 안 맞히는 대가로 돈을 받는 것이기 때문에 어깨가 비에 젖거나 말거나 할 수는 없다. ‘호감 가는 첫인상’이 헬퍼로서의 내 경쟁력이라고 생각하는데 처음 보는 아이가 피하는 느낌이니 난감해졌다. ‘뭐야 이 녀석’ 싶으면서도 나는 열심히 아이를 쫓아갔다. 왠지 개운하지 못한 느낌은 단순히 아이가 퉁명스러워서일까? 나는 불현듯 아이의 등을 다시 봤다. 점퍼 등판에 커다란 금빛 별이 있고 그 위에 녹색 숫자가 보였다. 이 나이의 아이라면 다섯 자리 숫자가 평균이다. 대부분의 아이들이 다섯 자리 숫자를 가지고 있다. 이 아이는…… 세 자리였다. 세 자리…… 3년이 채 남지 않았다. 지금 4학년. 중학교도 못 가고? 안 그러려고 해도 아이 얼굴을 흘끔거리게 되었다. 고집스럽게 다문 입. 말 시키면 화낼 것 같은 표정이었다.

아파트 13층, 현관문의 비밀번호를 아이가 눌렀다. 아이는 내가 신경 쓰이는지 작은 몸으로 번호판을 가리느라 애를 썼다. 좋은 태도다. 부모는 일 나가고 늘 혼자서 집에 들어와야 하는 아이에게 부모는 수도 없이 잔소리를 했을 것이다. 비밀번호 누를 때는 누가 보지 않게 하라고. 낯선 사람 문 열어주지 말라고. 그렇지만 어쩔 수 없이 낯선 사람을 달고 와서 집 안까지 들여야 하는 오늘 같은 날도 있다.

들어선 아이의 집은 벽마다 아이의 사진이다. 아이가 어릴 때 그린 그림, 학교에서 받은 상장들도 액자에 담겨 걸려 있다. 냉장고에는 책나무 스티커판도 붙어 있다. 책을 한 권 읽을 때마다 열매 모양의 스티커를 나뭇가지에 붙여주는 모양이다. 아이를 위한 집. 학교에서 집까지 걷는, 10분도 안 되는 동안 비 맞을 것을 염려해 헬퍼를 부르는 엄마다운 집 꾸밈이다. 식탁에는 아이가 먹을 간식도 준비되어 있다. 아이는 식탁 옆에 선 채로 카스텔라인지 뭔지를 입에 넣으며 영어 노트에 바삐 단어를 쓰고 있었다.

"앉아서 먹지 그래?"

"이거 빨리 해야 돼요."

서서 숙제하는 것과 앉아서 숙제하는 것에 속도 차이가 있을 리 만무한데도 아이는 선 채로 숙제를 하고 간식을 먹었다. 그동안 나는 아이가 영어말하기 대회, 수학경시대회 등에서 받은 상장을 둘러보며 너 참 똑똑한 모양이구나 어쩌고 하는 비위 맞추는 말을 했지만 아이는 대꾸가 없었다. 연신 시계를 쳐다보며 간식을 먹은 아이는 던져둔 책가방 옆에서 영어학원 가방을 집어 들었다. 가방이 축 처지도록 무거워 보였다.

아이가 가자는 말도 없이 혼자 나가버려서 나는 후다닥 아이를 쫓아 나갔다. 영어학원 버스는 아파트 단지 정문 앞으로 오는 모양이다. 아이에게 우산을 씌워주며 같이 학원 차를 기다렸다.

"학원 갔다 몇 시에 오니?"

"영어학원 갔다가 수학학원 가요."

"아 그래?"

아이가 잠시 사이를 두고 말했다.

"……집에 오면 바이올린도 해야 돼요. 오늘 선생님 오는 날이에요."

"아…… 그렇구나."

아이는 자기 발끝을 내려다보았다. 운동화 발끝으로 빗물을 차박차박 튀겼다. 아이가 작게 중얼거렸다.

"에이 씨팔……."

나는 못 들은 체하며 슬쩍 시선을 돌렸다. 내가 바이올린 선생님인 것도 아닌데 괜히 아이 눈치가 보였다.

"바이올린 싫어해?"

아이는 강경한 어조로 대답했다.

"싫어해요. 존나 싫어요."

나는 할 말이 없었다. '싫으면 하지 말지 그러니.'가 이 경우에 가장 어울리는 대답이지만 사정이 있으니까 싫어도 하는 거다. 그만둘 수 있었으면 벌써 그만두었겠지. 세상사가 다 그렇듯 사정이 있는 것이다. 아이는 나름대로 그 '사정'을 설명했다.

"나는 국제중학교 갈 거라서요."

국제중학교랑 바이올린이랑은 별 상관없을 것 같지만 누군가 상관이 있다고 생각하면 있는 거다. 그 누군가는 아이 엄마겠지.

학원 차가 도착했다. 아이가 버스에 오르는 동안 비를 맞지 않게 우산을 씌워주다가 이 버스가 가버리고 나면 아이에게 또 우산이 없다는 데 생각이 미쳤다. 집에서 아이 우산을 한 개 챙겨가지고 나왔으면 됐을걸. 학원이 끝나는 시간 안에 비가 그친다면 상관이 없지만 그때까지도 비가 온다면 엄마가 서비스 신청한 보람도 없이 아이는 비를 맞게 될 것이다. 나는 출발하려는 버스 옆면을 두들겨서 세웠다.

"승종아!"

나는 아이에게 내 우산을 주었다. 아이가 들기에는 우산이 너무 크고 무거웠지만 어쩔 수 없었다. 지금 아이가 들고 있는 가방도 아이에게는 너무 무겁다. 학교 갔다 오자마자 선 채로 빵 먹으며 숙제하고 영어학원, 수학학원을 거쳐 바이올린까지 해야 하는 하루의 스케줄도 너무 버겁다. 그리고 아이는 국제중학교에 가지 못할 것이다. 그때까지 살지 못할 테니까.

비를 맞으며 집에 돌아왔다. 다리가 시큰거렸다.

슬펐다. 학원은 집어치우고 지금의 나날을 즐기라고, 비가 오면 친구들과 누가 웅덩이 물을 더 많이 튀기나 내기나 하며 놀라고, '존나 싫은' 바이올린 따위는 던져버리라고…… 나는 말해주지 못했다. 빗물을 찰박거리던 아이의 운동화가 생각났다.

아이들은 미래를 믿는다. 커서 어른이 되면. 이다음에 세월이 흐르면. 믿어 의심치 않는 미래. 미래가 가진 권력이란 대단해서 지금의 모든 것이 자신에게 복무하도록 만든다. 이다음을 위해 지금 가지고 있는 시간, 돈, 에너지를 몽땅 바치도록 만든다. 지금 가질 수 있는 행복까지 유보하도록 만든다.

나는 재활병원에서 4년간 노인들과 살았다. 두 자릿수나 세 자릿수의 백넘버를 가진 사람들이었다. 병원에 있으면서 '산다는 건 죽지 않는 것이로구나' 하고 느꼈다. 노인들은 살기 위해 살았다. 삶의 쓸모에는 관심이 없었다. 생물학적인 생이 요구하는 것은 먹고 자고 배설하는 일이었으며 환자도 보호자도 의료진도 모두 그 일에 집중했다. 잘 먹지 못하면 먹게 하기 위한 처치들을 했다. 씹지 못하면 유동식으로 식사를 바꾸고 삼키지 못하면 콧속으로 줄을 끼워 유동식을 공급했다. 위 속으로 직접 관을 끼워 영양분을 공급하는 경우도 있다. 소변을 보기 어려우면 폴리카테터를 요도에 끼워 소변이 저절로 흘러나오도록 한다. 대변도 마찬가지로 대변팩을 착용한다. 삶의 쓸모와는 관계없이 삶의 연장을 위한 삶.

먹고 자고 배설하는 일이 생활의 전부인 것은 아기들도 마찬가지다. 아기들도 살아남기 위해서 하루를 산다. 그렇지만 노인들은 추하고 아기들은 귀엽다. 살기 위한 아기들의 투쟁은 가상하고 찬란하다. 아기들에겐 미래가 있으므로. 그것이 미래가 가진 힘이다.

아이가 길을 걷는다. 한눈팔지 않고 걷는다. 길섶에 핀 꽃들도 외면하고 나무 그늘에 앉아 쉬지도 않고 살랑살랑 부는 바람도 느끼지 못하며 열심히 걷는다. 그러다 예고도 없이 갑자기 길이 끝난다. 길이 끝날 수도 있다는 것은 아무도 말해주지 않는다. 나조차 말해주지 않는다.

#

아침을 먹으러 민지네에 들렀다. 비어 있는 홀에서 민지 엄마가 아이와 함께 테이블에 문제집을 펴놓고 있었다. 저 아이가 민지인 모양이라고 생각했다. 가끔 내실에서 들려오는 목소리를 들었던 터라 친근한 느낌이었다.

내가 들어서자 민지 엄마는 식사 준비를 위해 주방 안으로 들어가며 아이에게 다짐을 두었다.

"엄마 나올 때까지 두 쪽 다 풀어야 돼?"

아이는 혼자서 고군분투했다. 아직 연필 사용이 익숙하지 않은 모양인지 거의 주먹을 쥐듯 연필을 쥐고 있었다.

밥이 나오기를 기다리며 슬쩍 건너다보니 아이는 빼기 문제를 풀고 있었다. 나름대로는 무척 고심하는 듯 미간에 주름이 잔뜩 잡혔다. 또 어느 문제에선가는 풀이가 막혔는지 작게 한숨을 쉬었다. 무슨 문제인가 싶어 괜히 들여다보게 되었다. 아이가 연필 꽁지를 잘근잘근 씹었다. 연필 꽁지는 이미 잇자국이 수없이 나 납작해져 있었다. 아이는 답을 썼다가 지우개로 박박 지웠다. 그리고 다시 다른 답을 쓰다 말고 또 지우개질을 했다. 그렇게까지 힘주어 지우지 않아도 될 텐데. 손에 힘을 잔뜩 주어 연필을 잡고 꾹꾹 눌러쓰고 또 그걸 사생결단으로 박박 문질러 지운다. 그러니 결국에는 종이가 북 찢어질 수밖에.

"으악!"

보고 있던 나까지 깜짝 놀랐다. 아이는 좌절해 테이블 위로 풀썩 쓰러졌다. 이런 상태로는 엄마가 나오기 전에 두 쪽을 다 풀기는 틀렸다. 어쩐지 신경이 쓰여 곁눈질하던 나는 주방 쪽에 들릴까 봐 조그만 소리로 답을 가르쳐주었다.

"십사."

아이가 테이블 위에 엎드린 채로 나와 눈이 마주쳤다. 응? 하고 묻는 표정.

나는 주방 눈치를 보며 입 모양을 정확하게 해서 소리 나지 않게 말해주었다.

'십사.'

아이는 번개같이 일어나 지우개질 때문에 찢어진 종이를 잘 펴고 14를 써넣었다. 그다음 문제에 이르러 아이는 또 나를 쳐다보았다.

'십구.'

아이는 잘도 알아듣는다. 아이는 문제를 연필로 가리키며 나를 쳐다보고 나는 슬쩍 건너다보고 입 모양만으로 답을 말해주었다. 아이는 신났다. 쟁반에 밥과 반찬을 담아서 민지 엄마가 주방에서 나왔다. 나도 아이도 고개를 돌리고 모르는 체했다. 내 테이블에 민지 엄마가 반찬 그릇들을 놔주는 동안 아이는 문제지에 코를 박고 고심하는 척했다. 민지 엄마가 내 밥상을 다 차려주고 나서는 아이에게 다가가서 문제지를 들여다보았다.

"얼른 하고 학교 가야지."

민지 엄마가 자리를 뜨자마자 아이는 또 나를 쳐다본다. 홀 안을 왔다 갔다 하는 민지 엄마 눈치를 보느라 내가 머뭇대고 있으니 아이가 채근하듯 나를 쳐다보며 연필로 문제지를 탁탁 친다. 이런 뻔뻔한 녀석. 밥 먹으랴 입 모양과 손가락으로 답 가르쳐주랴 민지 엄마 눈치 보랴 정신이 없어서 밥맛도 모르고 씹어 삼켰다. 두 쪽을 다 푼 아이는 득의양양하게 소리쳤다.

"엄마, 다 했어!"

"잘했어. 어서 가방 챙겨."

아이는 신나서 내실로 달려 들어갔다. 그 칭찬은 사실 내 몫이다. 아침부터 잘했다는 칭찬. 나쁘지 않았다.

#

현주와 만났다. 불닭발을 먹다 말고 키스한 뒤로 자주 만난다. 말하자면 사귄다. 현주는 나보다 여덟 살 많다. 누나라고 부르는 건 싫다고 해서 현주야 했더니 눈을 부릅떴다. '자기야'라고 부르기로 합의를 봤다. 휴대폰에 '현주'라고 저장해놓은 것은 뭐라고 하지 않았지만 대신 뒤에 하트를 붙이라고 했다. 사람들은 칭호에 민감하다. 칭호가 존재와 관계를 결정한다. 그래서 그냥 현주가 아니라 현주 하트다. 그녀의 휴대폰에 내 이름은 '1, 0'으로 되어 있다. 원영의 one, 그리고 0이라는 뜻이란다. 숫자가 문자에 앞서기 때문에 연락처를 누르면 내 이름이 제일 첫 줄에 뜬다고 그녀는 흡족해했다.

현주는 개인트레이너다. 과외 선생님처럼 정기적으로 회원의 집으로 찾아가서 운동을 가르쳐주는 홈트레이닝 강사란다. 과연 군살 없는 몸매가 탄탄했다. 허리와 다리는 늘씬하고 수술한 가슴은 빵빵했다. 체력도 좋았다. 그녀는 조금만 걸어도 다리 아파하는 나를 어이없어했다.

"업어줄까?"

다리가 아파 쉬고 있으면 그렇게 놀렸다. 예전에 큰 사고를 당해서 다리 수술을 했다고 설명했다.

"교통사고?"

"응."

"많이 다쳤나 봐?"

"그 사고 때 부모님이 돌아가셨어."

"아…… 미안해."

미안할 건 없는데. 부모님이 돌아가셨다고 말하면 내 부모의 부재에 아무 책임이 없는 사람들이 미안해한다.

자동차 사고는 흔한 일이다. 어디서나 누구에게나 일어날 수 있는 일이다. 지금 당장 눈앞에서 누군가 사고로 죽는다 해도 그럴 수 있는 일이다.

현주와 만난 뒤 돌아오는 길이었다.

집 앞 교차로에서 사고가 난 모양이었다. 택시와 승용차가 부딪쳤다. 승용차 앞부분과 택시의 옆이 찌그러져 있었다. 차의 훼손 정도만 보면 운전자가 사망하지는 않았을 것 같지만 확신할 수는 없는 일이다. 에너지는 변형될 뿐 사라지지 않는다. 달리는 차가 가지고 있던 에너지는 사고의 순간 차와 사람을 찌그러뜨리는 데 쓰인다. 애초 가지고 있던 에너지가 큰데 차가 조금만 망가졌다면 그 나머지 에너지는 운전자에게로 갈 가능성이 크다. 폐차를 시킬 정도로 차가 망가졌어도 운전자는 멀쩡하고, 차는 살짝 긁힌 정도인데도 운전자는 중상인 경우도 흔하다.

교차로에는 레커차가 세 대나 도착해 있었다. 사이렌을 울리며 119 구급차가 도착함과 동시에 경찰차도 도착했다. 사람들이 하나 둘 사고를 구경하러 모여들었다. 구경꾼 중 서너 살쯤 되어 보이는 꼬마 하나가 완전히 신이 나 있었다.

"우와! 삐뽀차! 엄마! 또 삐뽀차!"

아이에게는 경찰차와 구급차, 레커차가 동시에 경광등을 번쩍거리고 있는 광경이 그저 신기하고 즐겁기만 한 모양이었다. 피해의 현장에서 보이는 아이의 밝고 명랑한 태도가 민망해서 아이 엄마는 나무라듯 아이의 어깨를 흔들었지만 그녀도 흥미로운 표정을 숨기지는 못했다. 때로 낯선 이의 불행은 일상의 무료함을 달래주는 도구로 쓰인다.

교차로를 지나는 차량의 흐름이 느려지고 사람들이 점점 더 모여들었다.

사고 현장을 떠나려던 내 발걸음을 붙잡아 세운 것은 그 남자였다. 이 대리. 김 대리였나? 카페에서 봤던 노트북 그 남자. 등에 숫자가 없는 사람. 사신. 이 구역 담당. 그때와 비슷한 양복 차림이었다. 넥타이나 셔츠 정도는 바뀌었을지도 모른다. 어쨌거나 박 부장과는 다르게 적어도 몸에 맞는 수트를 입고 있었다. 나는 숨었다. 남자의 눈에 뜨이지 않으려고 했다. 그는 누구를 안내하러 온 것일까? 저 자동차 안에 앉아 있는 사람의 등에는 붉은색 숫자가 점멸하고 있을까? 사고 현장에서는 119 대원이 찌그러진 자동차 문을 여는 중이었고 경찰은 사고를 구경하러 멈춰 서는 차량들을 수신호로 보내고 있었다.

나는 이 대리가 초조하게 주변을 둘러보는 것을 지켜보았다. 그는 무언가 찾고 있었다. 그가 찾는 것은 뭘까? 그는 리스트를 가지고 있지 않나? 그의 시선을 좇았다. 사고 때문에 차량의 흐름이 느려졌다. 아예 멈춰 선 차들도 많았다. 느려진 차량의 흐름 속에서 갑자기 오토바이 한 대가 튀어나왔다. 사고 때문에 생긴 정체를 참을 수가 없었던 오토바이는 중앙선을 넘어 반대편 차선으로 갔다. 사고 현장을 반원으로 빙 돌아가려는 심산이었겠지만 의도대로 되지 않았다. 오토바이가 다시 제 차선을 찾기 전에 마주 오던 차가 그를 정면으로 충격했다. 오토바이는 도로에 내동댕이쳐지고 오토바이를 탄 남자는 공중을 날았다. 오래 날지는 못했다.

나는 보았다. 오토바이 운전자의 백넘버는 초록색이었다. 확실히 보지 못했지만 분명히 한 자리는 아니었다. 오토바이가 중앙선을 넘는 순간, 눈 깜빡할 사이에 초록색이 붉은색으로 바뀌었고 운전자는 도로에 추락했다.

나는 이 대리를 보았다. 그는 도로에 쓰러진 남자를 보고 있었다.

#

병원 응급실 앞에서 이 대리와 마주쳤다. 이 대리는 사고 희생자들을 좇았고 나는 이 대리를 좇아 병원까지 왔다. 응급실을 나서는 이 대리 앞을 내가 가로막자 그는 소스라치게 놀랐다. 너무한다. 놀라는 건 내 쪽이어야 하지 않나? 그쪽은 사신이지만 나는 그래도 사람이다.

그는 나에게 아무 짓도 하지 않았고 나 역시 그에게 아무 짓도 안 할 생각이므로 우호적일 것도 적대적일 것도 없는 만남이다. 하지만 역시 이상한 만남이다. 찻집에 마주 앉아 도란도란할 사이는 아니기 때문에 병원 뒤쪽의 으슥한 주차장 화단 턱에 앉았다.

"그거 뭐였죠?"

"뭐가요?"

이 대리는 시선을 피했다. 이 대화의 주도권은 내가 가졌다는 느낌이 들었다. 나는 아무것도 모르고 있고 모든 정보는 이 대리가 가지고 있지만 이 대리는 내게 설명해야만 할 것이다. 방금 이 병원으로 실려 와 운명을 달리한 남자의 백넘버에 대해. 그것의 색깔이 갑자기 변한 이유에 대해. 내 느낌에 이건 규정 밖의 일이고 이 대리는 그래서 시선을 피하는 것이다. 나는 침묵과 응시로 이 대리를 압박했다. 이 대리가 굴복했다.

"대체자죠. 오늘이 마감이라…… 마감 날에는 그런 일이 흔해요."

"대체자?"

"그 사고에서는 대상자가 둘이었어요. 승용차 운전자랑 택시 승객. 승용차 운전자는 음주였고, 그 차가 택시 옆면을 들이받는 사고였는데. 그런데 택시 승객이 교차로 직전에서 도로 한복판에 내려버렸거든요."

"왜요?"

"그러게요? 왜 그랬을까요? 택시기사랑 다투었을 수도 있고……."

"그래서요?"

"오늘 치 오더가 있으니까 어쩔 수 없었죠. 급하게 대체자를 구한 거예요. 다음 달 리스트에서 미리 땡겨 오는 방법도 있지만 그럼 다음 달이 또 빵꾸거든요. 그런 식으로 돌려막기 시작하면 골치 아파요."

나는 정리해보았다. 사신은 오늘 그 사고에서 두 명을 인도하기로 예정되어 있었다. 그런데 그중 하나가 '우연히 그리고 갑자기' 사고를 빠져나갔다. 오늘이 마감이라 사신은 실적을 맞추기 위해 다른 사람 하나를 대신 안내했다. 그 사람은 '우연히 그리고 갑자기' 죽음을 맞았다. 아무 이유 없이. 그저 근처를 지나다가.

그런가? 사람의 목숨이란 것이 한낱 그 정도인가?

"그래도 되나요?"

이 대리가 나를 흘깃 봤다.

"그렇게 아무렇게나? 그러니까 이게…… 일이라면서."

그렇게 멋대로일 수는 없을 것이다. 그들에게 이것이 놀이가 아니라 적어도 일이라면. 이 대리는 여전히 나와 시선을 맞추지 않았다. 화단에 있는 꽃나무 이파리를 만지작거리며 말을 골랐다.

"물론 페널티도 있죠. 직급이 강등되거나 아예 구역 취소가 되거나. 하지만 그건 백 프로 이쪽 잘못이거나 얼토당토않은 경우……."

이 대리가 말을 멈추고 나를 쏘아보았다.

"뭐 변명이라도 하길 바라는 거예요?"

"글쎄요."

나는 박 부장을 만났을 때를 떠올렸다. "이 대리는 완전 쫄았어. 우리 구역에 보는 자는 너뿐."이라고 했던 말이 생각났다. 나는 보는 자다. 나의 존재는 그에게 불편하다. 내가 어떻게 하느냐에 따라 그의 일은 심각한 차질을 빚기 때문이다. 그는 나에게 변명이든 설득이든 설명이든 뭐든 해주어야 한다. 다행히 사태 파악을 했는지 그는 수그러들었다.

"개연성만 있으면 괜찮아요. 위에서는 그냥 숫자만 맞으면 되거든요. 누군지는 아무 상관없어요. 그런데 개연성이 없으면…… 그러니까 아주 이상하고 눈에 띄는 경우도 있잖아요. 예를 들어…… 집안 거실에서 TV 보고 있는데 갑자기 공사장 철근이 날아와 유리창을 뚫고 들어와서 머리에 박힌다든가 하는……."

"황당한?"

"그런 거요. 황당해서 사람들 입에 오르내리는 것. 이런 일도 있었습니다 하고 뉴스에 나오는 죽음. 신입들은 당황하면 그런 짓을 저지르거든요. 여유가 없으니까 아무 일이나 벌여서 아무나 끌고 가죠. 그런 건 징계 사유예요. 그런 죽음은 주목을 받거든요. 왜 이런 일이 벌어졌을까 관심 갖고 조사하고. 그럼 우리로서는 귀찮죠. 위축되고."

"오늘 그 사람은 개연성이 있는 대체자였군요."

"2차 사고가 더 위험한 건 다 알잖아요. 자연스럽죠."

"실수로 뒤바뀌기도 하나요?"

"그런 일도 있죠. 얼마 전에 고층 아파트에서 누가 뛰어내렸거든요. 자살하려고. 그런데 마침 그때 쓰레기 버리러 나오던 사람이 그 사람 밑에 깔렸어요. 자살 시도자는 살고 밑에 깔린 사람이 죽었죠. 그건 백 프로 우리 쪽 실수예요. 걔는 신입도 아니고 대리급이었는데 지금 구역 뺏기고 다시 교육 들어갔어요. 망신이죠. 전사에 소문이 쫙 돌고. 한동안 시끌시끌했어요."

나는 할 말을 잃었다. 길을 걷다 땅이 꺼지는 일, 길을 걷다 하늘에서 떨어지는 물건에 맞는 일, 사고를 구경하다 사고를 당하는 일…… 그 모든 황당한 죽음 뒤에는 마감과 실적에 쫓긴 사신이 있었다.

10

아침에 민지네 식당에 들렀는데 오후에 다시 그 식당에 갈 일이 생겼다.

민지네 식당에서 김밥 두 줄, 라볶이 하나만 사다달라는 콜이다. 민지네 식당 김밥은 원룸 거주자들에게 평판이 좋다. 안에 들어가는 속 재료만 일곱 가지나 된다. 단점이라면 민지 엄마 혼자 하는 가게이기 때문에 배달은 안 된다는 것이다. 김밥 한 줄에 3천 원인데 내게 배달을 시키면 배달료가 김밥보다 비싸다. 콜이 들어온 집은 민지네서 걸어서 10분도 안 걸릴 위치였지만 사정이 있을 거라고 생각했다. 나야 뭐 아무래도 좋다.

김밥 포장을 기다리고 있는데 다시 콜이 왔다. 국물도 싸달라는 걸 깜빡했단다.

"네, 알겠습니다."

전화를 끊고 보니 민지 엄마는 이미 스티로폼 그릇에 국물을 담고 있는 중이었다.

민지 엄마가 갑자기 말을 걸었다.

"심부름 회사에 다니죠?"

"예?"

"뭐 배달 심부름 다니는 것 같던데. 아닌가요?"

"맞습니다. 굿 헬프 서비스."

"헬프 서비스면 뭐든지 도와주나요?"

"뭐든지는 아니고 도와드릴 수 있는 건 도와드리죠."

"많이 비싼가요?"

"종류에 따라 달라요. 왜요?"

"애 학원에 뭐 좀 보냈으면 좋겠는데 식당을 비울 수가 없어서."

"아, 네."

민지 엄마는 오늘이 스승의 날이라고 말했다.

"태권도학원이 원래 한 시간만 하고 오는 건데요. 애가 가게로 와도 내가 바쁘니 봐줄 수도 없고 여긴 좁아서 애가 놀기도 마땅치 않고. 그래서 학원에서 서너 시간씩 놀다 와요. 거긴 넓으니까. 친구도 있고. 관장님이 잘 봐주셔서……."

"그럼 지금 민지는 태권도학원에 있어요?"

"민지요?"

여자가 뚱한 표정으로 쳐다보았다. 지금 민지 얘기하는 중이 아니었나?

"민지요. 여기서 아침 먹는…… 저기서요."

나는 안의 내실을 가리켰다. 그래도 여자가 뚱한 표정을 풀지 않았기 때문에 나도 모르게 횡설수설하게 되었다.

"숙제도 하고. 눈높이인가. 가위 넘기도 하고. 가위 넘기. 이렇게 줄넘기요. 아…… 그냥 안 보여서요."

"용길이 말이에요?"

"용길이요?"

여자가 주방 안쪽으로 갔다.

"용길이에요. 우리 아들."

아이 이름은 민지가 아니었다. 간판에 떡하니 써놓은 '민지네'는 그럼? 설마 저 아줌마의 이름이 민지인 건가? (진짜 그런 거라면 간판으로 자기 이름을 내걸다니 보기보다 자의식이 강한 아줌마다.)

"간판은 전에 있던 걸 안 뗀 거예요. 전 주인 딸내미 이름이 민지였나……."

"아…… 네."

민지 엄마는 (아니다 용길이 엄마) 음식 배달 뒤에 다시 와달라고 했다. 그동안 김밥을 말아놓고 있을 테니 용길이 태권도학원에 갖다 달라는 주문이었다.

밖에 나와서 새삼스레 '민지네'라는 간판을 올려다보았다. 애 이름이 용길이라고? 빼기를 못하고 가위 넘기를 할 수 있는 아이 이름으로 썩 어울린다. 민지보다는 낫다.

얼른 배달을 하고 다시 민지네로 갔다. '관장님이랑 사범님들 나눠 드시라고' 싼 김밥은 묵직했다. 스쿠터 뒤에 싣고 학원으로 향했다.

태권도학원은 건물 5층에 있었다. '다 쓰러져가는'이라고 표현하면 좀 심하지만 산뜻한 새 건물이 아닌 것만은 분명했다. 건물의 외장재가 무엇으로 되어 있는지 알 수 없을 만큼 커다란 간판과 현수막이 건물 전체를 덮고 있었다. 간판들은 하나씩만 보면 예쁜 것도 있지만 다른 간판들과의 어울림에 대해서는 손톱만큼도 고려하지 않은 것들이라 모아놓고 보니 지저분하기 짝이 없었다. 1층에 '약'이라는 빨간 글자를 가로세로 2*m*씩은 되게 써넣은 대형 약국이 있어 다른 점포 간판은 상대적으로 초라하게 보였다. 2층에 정형외과가 있고 맨 꼭대기 층인 5층이 태권도학원이었는데 그게 거기 있다는 걸 미리 알고 가지 않는 이상 찾을 수가 없게끔 눈에 띄지 않는 간판을 가지고 있었다. 간판은 없고 유리창에 한 글자씩 삼, 성, 태, 권, 도라고 쓰여 있었다. 기대도 안 했지만 역시 엘리베이터는 없었다. 한창 기운 좋은 아이들이 드나드는 학원이기에 망정이지 다른 용도로 쓰였다면 엘리베이터의 부재가 매출에 심각한 타격을 주었을 것이다. 계단도 컴컴하고 지저분했다. 계단 끝에 붙어 있는 미끄럼 방지용 고무도 있는 곳보다는 떨어진 곳이 더 많아서 장난꾸러기들이 계단에서 미끄러져 다칠 수도 있어 보였다. 새로운 장소에 가면 항상 위험한 요소는 없는지 꼼꼼히 살피는 버릇. 시설물 안전검사원쯤으로 취업을 하면 어떨까 싶다.

도장에는 바닥 전체에 푹신한 청색 매트가 깔려 있었다. 양쪽 벽에 높이가 높지 않은 농구 골대가 설치되어 있고 한쪽 벽에는 줄넘기가 스무 개쯤 걸려 있었다. 구석구석에 펀치볼이 매달려 있고 한

쪽에는 골프 퍼팅 매트가 깔려 있기도 했다. 말이 태권도학원이지 아이들이 할 수 있는 스포츠란 스포츠는 다 하는 모양이었다.

아직 수업이 시작되지 않았는지 도장에는 아이 하나만 공을 가지고 놀고 있었다. 민지, 아니, 용길이다. 용길이가 나를 보더니 쭈뼛거리는 기색도 없이 달려왔다.

"어? 아침 먹으러 오는 아저씨다."

알아봐주니 고마웠다.

"여기 왜 왔어요?"

"엄마가 심부름 시키셔서. 관장님은?"

"관장님은 차량 나가셨어요."

관장은 학원 차를 운행하러 나간 모양이다. 노란 학원 차가 아이들을 실어 오면 또 한 타임 수업이 진행되는 건가. 그럼 이 김밥은 어쩌나 두리번거리고 있는데 안쪽에 사무실이라고 쓰인 곳에서 내 또래로 보이는 남자가 나왔다.

"사범님!"

용길이가 다시 그 사범이라는 남자에게로 뛰어가서 매달렸다. 붙임성이 좋은 녀석이다.

나는 사범에게 김밥 꾸러미를 건넸다.

"스승의 날이라고 민지 엄마가 보내셨어요."

"민지요?"

"아, 용길이요. 용길이 엄마가 보내셨어요."

옆에 서 있던 용길이가 헤벌쭉 웃으며 어깨를 으쓱했다. 귀여운 녀석이다. 뺄셈도 못하는 녀석.

발걸음 가볍게 계단을 내려오는데 고만고만한 아이들이 우르르 계단을 올라오고 있었다. 흰 도복을 입고 허리에는 태권도 띠를 두른 아이들이다. 아이들 허리가 너무 가는지 띠가 너무 긴지, 태권도 띠가 땅에 끌릴 만큼 길다. 띠는 가지각색이어서 내가 알고 있는 흰 띠 검은 띠 외에도 주황색도 있고 보라색도 있다.

'보라색 띠가 다 있네…….'라는 생각 때문에 뒤돌아보았을까? 무언가 나의 주의를 끌었다. 눈에 띄는 무언가…… 붉은색의 점멸!

나는 아득해지며 휘청했다. 계단에서 미끄러질 뻔했다. 누군가가 '어어' 하며 팔을 잡아주었다. 나는 벽에 기대섰다.

이 사람이 관장인 모양이다. 30대 후반, 아니면 40대 초반쯤? 그가 괜찮으냐는 눈짓을 해 보이고는 아이들을 몰고 계단을 올라갔다. 남자의 흰 도복 등판 한복판에서 붉게 빛나는 1이라는 숫자. 관장만이 아니다. 작은 고무공들을 계단에 쏟아놓은 것처럼 통통 튀어가는 아이들 속에서 몇 개의 붉은 빛이 불길하게 반짝거렸다. 하나, 둘, 셋…… 셋인가? 관장까지 넷? 아니야 어쩌면…….

나는 계단을 다시 올라갔다. 다리가 허방을 짚는 것 같았다.

아이들이 도장 안으로 몰려 들어갔다. 용길이가 아까보다 더 신나서 마구 뛰어 돌아다니고 있었다. 붉은 숫자를 가진 흰 도복을 입은 아이들이 통통 뛰어다녔다. 용길이의 하얀 작은 등. 용길이의 숫자도 1이었다.

눈앞이 캄캄해진다……고 보통 말하지 않나? 엉뚱하게도 '어라? 그게 아니네.' 하는 생각이 들었다. 캄캄해지는 것이 아니라 아주 하얘졌다. 컴컴한 극장에 있다가 햇살 눈부신 곳으로 갑자기 나왔을 때처럼 하얗게 아무것도 보이지 않았다. 눈앞이 캄캄해지든 하얘지든 간에 어쨌든 순간적으로 앞이 안 보였다. 쓰러질지도 몰라서 살그머니 그 자리에 주저앉았다. 아주…… 짜증이 났다. 큰 소리로 욕하고 물건을 집어던지고 싶은 기분이었다.

그러나 시간이 없었다.

'정신 차려!' 하고 스스로 꾸짖었다. 힘을 주어 눈을 뜨고 자리에서 일어났다.

'생각을 해!'

생각을 해야 했다. 예측. 판단.

방금 무슨 일이 있었지? 1을 가진 아이들이 우르르 도장으로 몰려들었다. 그 와중에 멀쩡했던 용길이의 숫자마저 1로 변했다. 이 도장 안에서 무언가 일이 생긴다. 오늘 중으로. 아마도 한 시간 안에.

아이들의 태권도 수업 시간은 한 시간. 아이들은 태권도 수업을 마치면 뿔뿔이 집으로 흩어질 것이다. 이 아이들이 여기 모여 있는 동안 사고가 일어난다. 그렇다면 건물 안에서 일어나는 사고다. 뭘까? 건물 붕괴? 화재? 지진? 가스 폭발?

나는 계단 쪽으로 달렸다. 다른 층의 사람들을 살펴봐야 했다. 계단을 내려가 4층으로 갔다. 4층은 조용했다. 작은 기업체가 입주해 있는 모양이었다. 사무실 입구에 오래된 나무 현판이 걸려 있고 '신광 테크㈜'라는 글씨가 궁서체로 쓰여 있었다. 나무 현판도 글씨체도 테크와는 전혀 어울리지 않았다. 복도 한쪽에는 커다란 종이 박스가 천장까지 쌓여 있었다. 이 업체에서 만드는 제품인가? 나는 무턱대고 문을 열고 사무실 안으로 들어갔다. 사무실은 거의 비어 있었다. 안쪽 자리에 무료해 보이는 중년 남자 그리고 좀 떨어진 곳에 여직원 하나만이 자리를 지키고 있었다.

"누구세요?"

갑작스런 방문객에 그 사람들은 좀 놀란 모양이었다. 둘 다 어정쩡하게 엉덩이를 들어, 앉지도 서지도 않은 자세로 나를 쳐다보고 있었다.

"아, 저……."

여직원이 내가 입은 조끼의 글씨를 쳐다봤다. 그렇지, 나는 심부름센터 직원이다.

"택배 보내신다고 해서 왔는데요."

"택배요? 그런 적 없는데. 과장님 택배 부르셨어요?"

"아니?"

과장이라는 사람이 의자에 털썩 앉았다. 의자가 삐걱 큰 소리를 냈다.

여직원이 다시 나를 봤다. 어쨌든 저 사람들의 등을 봐야 했다.

"여기가 맞는데요. 물건을 저쪽에 둔다고 했는데."

나는 무턱대고 안쪽으로 들어갔다.

"여보세요, 저기요."

여직원이 좇아왔다. 나는 과장이라는 사람 뒤쪽으로 들어가서 물건을 찾는 척하며 과장의 등을 보았다. 초록색 네 자리 숫자가 보였다. 여직원 쪽을 보는 것은 좀 더 어려웠다. 여직원은 노골적으로 경계심을 드러냈다. 여자와 남자를 비교해보면 확실히 여자 쪽이 조심성이 많다.

과장이라는 사람이 짜증을 냈다.

"택배 부른 적 없다잖아! 빨리 나가요."

여직원의 등을 봤다. 역시 초록색. 다섯 자릿수.

"잘못 알았나 보네요. 죄송합니다."

얼른 사무실을 나왔다. 3층과 2층, 1층을 뛰어 돌았다. 3층은 비어 있는 사무실이 있었고 그 옆은 요가학원인데 문이 잠겨 있었다. 2층 정형외과와 1층 약국에서도 붉은 숫자를 가진 사람은 보지 못했다. 약국 옆에 뜬금없이 자리 잡은 전기밥솥 대리점에도 붉은 숫자는 없었다.

그렇다면 건물 전체의 화는 아니다. 건물 외관으로만 보면 오늘 무너진다 해도 크게 이상할 것은 없었지만 어쨌든 건물 붕괴는 아닌 모양이었다. 나는 계단을 다시 뛰어올라갔다. 태권도장이 있는 5층을 지나 옥상으로 향하는 계단으로 올랐다. 옥상으로 향하는 계단은 쌓여 있는 박스들로 발 디딜 틈이 없었다. 보니 4층의 신광 테크 상호가 찍힌 박스들이었다. 빈 박스인 것도 있었지만 제품이 들어 있어 무거운 박스들이 많았다. 아직 박스로 만들어지지 않은 골판지들이 잔뜩 쌓여 있기도 했다. 나는 박스들을 한쪽으로 치워가며 올라갈 통로를 만들었다. 화가 났다. 통로에 물건을 쌓아두는 건 불법이다. 통로는 평상시에는 통로일 뿐이지만 비상시에는 대피로가 된다. 옥상으로 향하는 계단으로 대피해야 하는 일. 그런 일이 뭐가 있을까?

화재! 그래, 화재다! 4층에서 화재다. 5층에 있는 아이들만이 화를 당하고 아래층 사람들은 모두 괜찮은 걸 보면 4층에서 일어난 화재로 5층 아이들이 건물 밖으로 나가지 못하는 것이 틀림없다. 그렇다면 화재가 일어나기 전에 건물 안에 있는 사람들을 미리 대피시키면 되지 않을까? 나는 계단에서 다시 복도로 달렸다. 복도를 뛰어 끝까지 가도 화재경보기가 보이지 않았다.

다시 계단으로 돌아왔다. 화재경보기는 계단 벽에 붙어 있었다. 경보기의 버튼은 두꺼운 비닐 막으로 가려져 있었다. 비닐 막을 뚫기 위해 강한 힘으로 경보기 버튼을 눌렀다. 처음에는 버튼이 눌리지 않았다. 다시 한 번 버튼을 누르려는데 내 손목을 강하게 잡아채는 손길이 있었다.

그 남자였다. 박 부장. 사신. "명함이라도 있으면 주겠는데 말이야." 했던.

그가 잡은 쪽 팔 위로 소름이 쫙 돋았다. 무서워서가 아니라 차가웠기 때문이다. 그의 손은 굉장히 차가웠다. 사신이 이렇게 차가운 손을 가지고 있다니 너무 식상하지 않아? 하고 생각했다. 차림새는 영업사원처럼 보이려고 애썼으면서 그래도 체온까지는 어쩔 수가 없었나? 말투도 인간다움과는 거리가 멀었다. 집에 찾아왔을 때와는 영 딴판으로 그는 무시무시하게 차가운 목소리를 냈다.

"뭐하는 짓이지?"

나는 손목을 비틀어 빼냈다. 그는 완력이 세 보였지만 그래도 내 손을 놓아주었다.

나는 다시 버튼을 힘껏 눌렀다. 비닐 막이 깨지고 버튼이 쿡 눌렸지만 기대했던 경보음을 울리지 않았다. 비상벨은 고장이었다. 십년 이상 사람 손을 타지 않은 비상벨은 먼지가 더께로 끼어 있었다.

거기서 소리가 난다면 오히려 이상할 지경이었다. 나는 사신을 노려보았다. 사신은 무표정했다. 나는 옥상으로 향하는 계단으로 뛰어올랐다. 도장 안에서 어이! 어이! 하는 아이들의 기합 소리가 들렸다. 태! 권! 태! 권! 도! 정! 신! 통! 일! 어이!

나는 박스를 치워 만들어놓은 좁은 통로로 올라가 옥상으로 나가는 문에 도착했다. 문은 잠겨 있었다. 문에 온몸을 부딪쳤다. 쿵! 쿵! 나를 따라 옥상 문까지 올라온 사신은 나를 말리지 않았다. 대신 섬뜩하게 차가운 목소리로 말했다.

"설명을 했을 텐데."

무시했다.

사신이 다시 말했다.

"개입하지 마. 그렇게 되도록 정해진 일이야."

나는 소리쳤다.

"뭐가 정해져? 용길이는 아까까지만 해도 멀쩡했어!"

나는 손잡이를 잡고 거칠게 흔들었다. 낡은 건물에 걸맞게 문손잡이도 낡아서 덜컥거렸다. 잘하면 손잡이째로 빠져버릴 것 같기도 했다. 그가 다시 물었다.

"그래서 용길이만 빼내 가겠다고?

나는 대답 없이 발로 손잡이를 차기 시작했다. 손잡이는 더 심하게 덜컥거렸다. 웃기지 말라고 생각했다. 모두 구한다. 아이들 모두.

"용길이가 억울하지 않다는 건 아니야. 하지만 다른 아이들의 경우에는 태어날 때부터 정해진 일이었어. 용길이는 어쩌다 보니 같이 휩쓸려 들어간 거야. 사거리 성심병원에서 오늘 심폐소생이 한 건 있었거든. 동네 병원에서 심폐소생이라니, 너무하지 않아? 당황한 이 대리가 거기 매달리는 대신 포기하고 대신 용길이를 넣은 거지. 이런 사고는 사망자가 다섯이든 여섯이든 거기서 거기니까."

나는 발길질에 온 힘을 다했다. 철심 마흔여덟 개가 박힌 오른 다리로 버티고 서서 상대적으로 튼튼한 왼발로 손잡이를 내려찍듯 찼다. 아드레날린이 솟구쳐 온몸의 힘줄이 불끈불끈하는 것이 느껴졌다. 사신이 다시 말했다.

"좋아, 그럼 이렇게 하면 어때?"

나는 사신을 노려보았다.

"문제는 개연성이야. 근처에 노인 복지관이 하나 있어. 점심에 무료 급식을 하지. 그런데 오늘 식중독 사고가 나는 거야. 식중독 사고는 원래 이런 봄철에 많이 터지거든. 아침저녁으로는 쌀쌀하지만 낮에는 한여름이나 마찬가지니까. 면역력이 약한 노인들은 식중독균을 이기지 못하고. 뭐 그 정도 개연성이면 괜찮아. 그런데…… 그래도 괜찮겠어?"

사신이 진지한 얼굴을 나를 봤다. 발길질을 멈추었다. 나는 이해했고 그래서 망설였다. 아이들을 대피시키면 오늘 대신 숫자 1을 받는 사람은 복지관의 노인 여섯이다. 이 아이들 대신.

나는 생각하고 싶지 않았다. 어쩌라고? 선택하라고? 내가? 내가 왜?

그러나 나는 선택했다.

"아직 애들이잖아."

"오호라!"

사신은 흥미롭다는 표정으로 나를 보았다.

"애들은 아직 살날이 많으니까? 지금 죽어버린다면 너무 아깝다는 거지? 노인들이야 살 만큼 살았고 앞으로도 뭐 돈을 벌 것도 아니고 식구들에게나 사회적으로나 부담만 될 테니 효율을 생각해서라도 그쪽이 훨씬 나은 거야. 그렇지?"

나는 비명을 지르고 싶었지만 대신 발길질에 힘을 실었다.

"죽는 일에 등급을 매기고 있는 줄은 몰랐네. 네 생각이 그리 나쁜 건 아니야. 대부분 그렇게들 생각하더라고. 세상일이라는 게 생각대로 흘러간다면 좋겠지만. 아무튼 좋아, 선택을 존중해주지. 대신 전적으로 너의 선택이었어. 그건 알지?"

다리에 감각이 없어질 즈음 손잡이가 떨어져 나갔다. 나는 문을 벌컥 열었다. 옥상에 시원한 바람이 불었다.

옥상으로 나서는 내게 사신은 한마디를 더 보탰다.

"잊지 마. 너의 선택이었어."

박 부장이 가고 나는 건물 안에 남아 있었다. 눈에 불을 켜고 건물 계단과 복도를 서성거렸다. 사고는 그 뒤 30분도 안 되어 터졌다. 화재는 비어 있는 3층 사무실에서 일어났다. 빈 지 오래됐지만 전기와 수도는 연결되어 있었고 먼지 뭉텅이 속에 방치되었던 전선에서 불꽃이 튀어 바닥의 쓰레기들에 옮겨 붙었다. 검은 연기가 계단을 막았다. 4층의 과장과 여직원은 화재 초기 연기를 뚫고 아래층으로 대피했다. 태권도장의 아이들은 관장과 사범의 통솔 아래 질서 정연하게 옥상으로 대피했다. 옥상에서 아이들은 바람이 불어오는 쪽으로 서 있다가 119의 사다리차를 타고 지상으로 내려왔다. 울음을 터뜨리는 아이들도 있었지만 용길이는 의연했다. 아이들의 등에는 영롱한 녹색 숫자가 반짝였다.

일부러 뉴스를 보지 않았지만 근처 복지관에서 식품 관련 사고가 터졌다는 이야기는 소문으로 들려왔다. 말이 식중독이지 사실은 독극물 사고가 아닐까 의심하는 말들에 나는 대꾸하지 않았다.

#

나는 앓아누웠다.

'이런 일이 있을 때마다 앓아누울 생각이야? 어리광 피우지 마!'

스스로 꾸짖었지만 소용이 없었다. 열이 펄펄 났다. 5월인데 보일러를 틀고 솜이불을 꺼내 덮었지만 이불이 들썩들썩할 만큼 덜덜 떨렸다.

나는 이불 속에 숨어서 찾아온 '병마'를 맞았다. 직접 본 적은 없지만 사신이 있는 마당에 '병마'라는 것이 없을 리 없다. 사신은 촌스러운 양복 차림이던데 병마는 어떨까? 사신보다는 세련되었을까? 어쨌거나 무서운 것만은 틀림없다. 어떻게 생겼든 무엇을 입었든 병마는 징그럽고 무겁고 축축하며 컴컴하다. 머리가 깨질 듯한 두통. 머릿속에서 심장이 뛰는 것처럼 욱신욱신하고 머리통이 조였다 풀렸다 하는 느낌이 계속되었다. 그 박자에 맞춰 눈도 욱신거렸다. 눈을 뜨면 눈동자가 눈 밖으로 튀어나오지 않을까 걱정될 만큼 눈이 아팠다. 근육통도 심했는데 특히 종아리 뒷부분이 끊어지는 것 같았다. 딱 죽기 직전까지 가는 심한 부상을 당하고 5년간이나 병원 생활을 했으면 이젠 통증을 견디는 데는 이력이 붙을 만도 하지 않나 싶지만 그건 또 그렇지가 않았다. 통증을 견디는 것보다는 통증 자체에 집중하는 데 이력이 붙었다. 병원에 있을 때 "어디가 제일 아파요? 얼만큼 아파요?"라는 질문을 지치도록 받았기 때문이다. 아프다고 말하면 간호사는 통증 문진표를 갖다 주었다. 다섯 개의 얼굴. 웃고 있는 얼굴부터 무표정한 얼굴, 조금 찡그린 얼굴, 많이 찡그린 얼굴, 엉엉 울고 있는 얼굴 그림이 그려져 있다. 해당하는 곳에 체크하는 것이다. 전혀 아프지 않으면 웃는 얼굴에 체크한다. 통증 때문에 신경질이 나고 삐딱해진 나는 괜히 문진표에 시비를 건다. 통증이 없다고 웃고 있어야 해? 통증은 없지만 기분이 안 좋을 수도 있잖아? 문진표를 받을 때마다 나는 정도에 관계없이 언제나 엉엉 울고 있는 그림에 체크했다. 그림처럼 엉엉 울고 싶은 마음이었다.

집에서 혼자 앓으면서 특히 어디가 제일 아픈가 느껴보려 했다. 외상이면 아픈 곳이 분명한데 이런 몸살의 경우에는 애매했다. 아무래도 제일 아픈 데는 욱신욱신한 눈인 것 같다가 그게 아니라 양쪽 팔의 삼두 부분인 것 같다가 관자놀이에 무엇을 박는 듯 아팠다가 또 집중해보면 그것도 아닌 듯했다. 그야말로 온몸이 아팠다.

아무것도 먹지 못했지만 화장실까지 기어가서 몇 번이나 토했다. 위액이 넘어왔다. 병원에 가야 한다고 생각했지만 병원까지 갈 기운이 없었다. 도움이 필요했다. 폐가 될까 봐 지방에 있는 이모에게는 전화하지 못했다. 대신 사무실에 며칠이나 못 나가게 되자 사장님이 연락을 해주어서 재수가 집으로 찾아왔다. 재수가 나를 들쳐 업고 택시에 싣고 병원으로 갔다.

택시가 병원 앞에 서자 안내하는 직원이 달려와 택시 문을 열어 주었다. 업혀 올 만큼 기력이 없었지만 병원은 건물의 존재만으로도 효험을 발휘하는 것인지 택시에서 내릴 때는 도움 없이 혼자 내릴 수 있었다. 재수는 택시비를 내고 잔돈을 거슬러 받느라 꾸물거리고 있었다.

병원의 회전문은 속 터지게 천천히 움직인다. 휠체어가 들어갈 수 있어야 하기 때문에 칸도 널찍하다. 회전문 한 칸에 들어섰다. 앞 칸에 들어 있는 사람의 등이 보였다. 대부분은 있어야 보인다. 그러니까 있어야 눈에 띈다는 뜻이다. 존재는 빛을 발한다. 그렇지만 아닌 경우도 있다. 존재 그 자체로만은 충분하지 않다. 무리에서 눈에 띄려면 희소성이 있어야 한다. 특이함, 남과는 다름. 그러니까 '없음'이 눈에 띄는 경우도 있다. 무엇이 있기 때문이 아니라 없기 때문에 존재가 빛을 발하는…… 예를 들면 머리카락 같은 것이다. 대부분 머리통에 머리카락을 달고 있기 때문에 민머리인 사람은 어쩔 수 없이 눈에 띈다. 그러니까 이것도 알리바바의 대문 표식과 같은 것이다.

없어서 눈에 띄는 것. 내 경우에는 그것이 백넘버다. 누구나 다 희미하게 빛을 발하는 백넘버를 달고 있기 때문에 무광은 눈에 띈다. 회전문의 내 앞 칸에 들어 있는 이 남자처럼.

'어째서 자꾸 마주치는 거야'라고 불평할 일이 아니었다. '구역'이라고 했던가? 이 대리는 (또는 김 대리) 내가 살고 있는 바로 이 지역이 자신의 활동 구역인 것이다. 영업사원의 특성상 매일 돌아야 하는 자기 관리 구역이 있을 것이다. 병원은 당연히 매일 들러야 하는 중요한 관리업장이다. 반경 10㎞ 내 대형 병원이 두 곳이니 어쩌면 그곳은 아침저녁으로 들러 체크할 것이다. 주로 중환자실이나 응급실 앞에서 진을 치겠지? 따로 호스피스 병동이 있다면 그곳이 금맥이겠지만 근처 병원에는 호스피스 병동이 있는 곳은 없다. 특별히 매출이 좋은 구역이라고 볼 수는 없겠네. 대신 동네에 건물 한 층만을 쓰는 작은 요양원들이 수도 없이 생겼으니 그걸로 위안을 삼을지는 모르겠다.

무광의 이 대리는 회전문을 빠져나와 바삐 걸어갔다. 그 뒷모습을 멍하니 바라보고 있는데 재수가 그제야 와서는 내 발로 잘 서 있는 나를 부축한답시고 팔짱을 끼었다. 그 바람에 넘어질 뻔했다.

그냥 몸살일 뿐이었지만 탈수가 심해서 입원해야 했다. 링거 줄을 달고 누워서 푹 잤다. 해열제인지 진통제인지 모를 주사를 두 대 맞고 수액을 맞고 실컷 자고 일어나자 한밤중이었다. 병실 문틈으로 복도의 불빛이 환했다. 나머지 침대는 모두 잠들었는지 조용했다. 드문 일이다. 아픈 사람들은 온밤을 내내 잠들지는 못한다. 고통과 불편함이 그들을 깨운다. 때론 외로움, 상실감, 불안이 그들을 잠 못 들게 한다. 태평하게 코 고는 소리를 내는 것은 대부분 비좁은 보호자 침대에서 불편하게 잠든 보호자들이었다.

재수는 돌아갔는지 내 침대 곁에는 아무도 없었다.

나는 삐걱거리는 소리가 날 것만 같은 팔다리를 겨우 움직여 침대에서 일어났다. 진한 커피를 너무 많이 마신 날처럼 몸이 붕 뜬 것 같았지만 고열로 앓고 난 뒤끝의 가벼움도 느껴졌다. 배고픈 느낌과는 다른 내장이 텅 비어 가뿐한 느낌 말이다.

나는 링거 거치대를 끌고 복도로 나갔다. 비어 있는 복도는 흰 빛으로 환했다. 간호사 스테이션을 지났지만 업무에 바쁜 간호사는 내게 눈길도 주지 않았다.

어디일까…… 하고 생각했다. 어디에 있을까? 중환자실? 응급실? 아니면 시계추처럼 성실하게 그 두 장소를 왔다 갔다 하고 있을지도 모르겠다. 타이밍을 놓치지 않도록, 손 안에 들어온 실적을 물정 모르는 것들의 심폐소생술, 기관 삽관에 빼앗기지 않도록. 빠른 대처를 위해, 기민하게 움직여 자신이 할 일을 하기 위해……. 나는 이 대리를 찾으러 갔다.

깊은 밤, 응급실의 소란은 당연한지도 모른다. 그러나 오늘 응급실의 소란은 생명의 활과 멸을 결정짓는 존엄한 소란과는 거리가 멀었다. 소란의 원인은 한 술 취한 아저씨였는데 그 아저씨는 얼굴에 피를 철철 흘리면서도 집에 가겠다고 우겨댔다. 집에 가겠다는 아저씨를 말리는 사람 역시 취한 아저씨였는데 그 아저씨는 엉엉 울기까지 하고 있었다. 간호사들이 설레설레 고개를 젓고 잠이 모자란 젊은 의사는 경찰을 부르라고 짜증을 냈다.

이 대리가 있는 곳은 중환자실 앞이었다. 나에게 선택하라고 해도 역시 응급실보다는 중환자실을 택하겠다. 중환자실의 밤은 최소한 적요가 있었다.

실적을 위해 눈빛을 번뜩이고 있을 거라는 기대와는 다르게 이 대리는 졸고 있었다. 재킷을 벗어서 이불처럼 덮고 있는 것을 보면 졸고 있다기보다는 이제 본격적으로 좀 자볼까 하는 참이었던 모양이다. 일부러 찾아왔지만 어쩐지 아는 체하기가 머쓱해졌다. 피곤에 찌든 모습을 보니 너무 격무에 시달리는 건 아닌가 걱정이 되기까지 했다. 이 업종은 근무 시간을 어떻게 정하는 걸까? 사람이 죽는 것에 밤낮이 있을 수 없으니 24시간 내내 누군가는 일을 하고 있어야 할 텐데. 그렇다면 3교대? 근무 조건이 썩 좋지는 않겠다. 이 대리 주변은 뭔지 모를 어둠이 있다. 모두들 아주 약하게나마 푸르스름한 빛에 싸여 있는데 이 대리만 그것을 가지고 있지 않기 때문이다. 푸르스름한 빛의 기운. 생명의 기운이라고 해도 좋을까?

옆자리에 앉아서 망설였다. 깨워도 될까? 두 번이나 만났다고는 해도 친하다고 할 수는 없는 사이다.

이 대리는 자리가 불편한지 몸을 꼼지락거렸다. 그러다 문득 시선을 느꼈는지 슬쩍 눈을 떠 나를 바라보았다. 다시 눈을 감았던 이 대리는 곧 눈을 번쩍 뜨더니 펄쩍 뛰듯 몸을 일으켰다. 매번 이런다. 진짜 너무한다.

바깥으로 나왔다.

이 대리는 복잡한 표정으로 나를 봤다. 그는 기본적으로 내게 적의와 반감을 가지고 있다. 그렇지만 나를 건드려봐야 귀찮기만 하지 좋을 것 없기 때문에 짜증을 꾹꾹 눌러 참는 것이 표정과 말투에서 드러났다.

난 그에게 반감은 없다. 그저 질문이 몇 가지 있을 뿐이다.

"어디로 가죠?"

"뭐가요?"

이 대리가 피곤에 전 표정으로 되물었다.

"그쪽이 안내하는 것 아닌가요? 뭐 염라대왕 앞에라도 끌고 가나요? 어디로 가나구요, 죽으면."

이거야말로 근원적인, 범우주적인 물음이다. 우리는 어디서 와서 어디로 가는가? 밤이면 나이트클럽 네온보다도 더 환하게 번쩍이는 십자가의 숲과, 어지간한 높이의 산이라면 어김없이 들어선 사찰, 밥을 굶고 맨발로 천 리 만 리 길을 걷고 싸우고 죽고 죽이고 제 몸에다 폭탄을 두르고 뻥 터져버리는 그 모든 일들이 이 물음과 관계 있다. 우리는 어디로 가는가. 이 물음에 대한 공포는 인간을 얼마나 어리석게 만드는지.

이 대리는 무신경하게, 불친절하게 대답했다.

"그거야 나도 모르죠."

"모른다?"

"내가 그걸 어떻게 알겠어요? 난 그 현장을 뜨게 해줘요. 어디서 죽었든 빨리 그곳을 벗어나서 다른 차원으로 이동하도록 도와주죠. 그다음은 몰라요. 난 그냥 일개 사원이니까요."

일개 사원. 이 대리도 조직의 말단일 뿐이었나. 일개 사원일 뿐인 그는 전체 시스템을 알지 못하고 알 수도 없다. 말단 사원은 경영전략회의에서 어떤 이야기들이 오가는지, 거기서는 무엇이 결정되는지 모를 것이다. 어쩌면 그 회의 참석자들도 모르는 건 마찬가지일 것이다. 모든 것은 시스템이 결정한다. 시스템은 시스템 자체를 위해 존재한다. 시스템은 유지가 유일한 목적이다. 이 대리 역시 자신의 노동으로부터 소외되어 있는 어느 단계의 부품일 뿐일까?

"궁금하지도 않나요?"

내 말이 비난처럼 들렸는지 이 대리가 정색을 했다. 예의를 갖추던 말투도 돌변했다.

"살리는 쪽도 뒷일을 모른 체하기는 마찬가지 아닌가? 오늘만 해도 말이지. 어떤 여자애 하나가 6층에서 뛰어내렸거든. 무서우니까 솜이불을 둘러쓰고 떨어져서 그 자리에서 죽지는 않았지. 그래도 어차피 곧 죽을 거라 몇 빠지게 따라왔더니만 의사 놈들이 떼로 달려들어서 갈비뼈를 다 분질러가며 심장마사지를 하고 기관 삽관을 하고 난리를 치더라고. 그래서 살았어. 그런데 살아나면? 그 후에는 어떻게 되지? 그 후에 여자애가 어디로 가서 어떻게 살게 될지 사람들은 관심이 있나?"

좋지 않은 예감이 들었다.

"어떻게 사는데?"

이 대리는 나를 잠시 쳐다보더니 시선을 돌렸다.

"걔는 하반신이 마비됐어. 그래도 걔 오빠 놈은 그 짓을 관두지 않을걸? 마비된 아랫도리에 대고. 여자애는 몸이 말을 안 들으니 이젠 맘대로 죽기도 어려울 거야."

"……."

"병원에서는 안 그래도 가난한 사람한테 몸에 난 구멍이란 구멍에는 다 호스를 박아 넣고 별짓을 다 해서 살려놓지. 병원비로 전셋집이며 뭐며 다 들어붓게 하고. 집도 가족도 없어지고 나면 결국은 혼자서 굶어 죽거나 얼어 죽는 거야. 그러니 죽고 나서 어떻게 되는지 궁금해할 게 아니라 산 사람이 어떻게 사는지를 좀 관심 있게 보라고."

산 사람에 대한 관심. 어떻게 살고 있는지 어떻게 살게 될지에 대한 관심. 이 대리는 나에게 비난을 퍼부었다.

"뭐라도 된 것 같지? 살려줬다고 믿고 싶지? 애들이니까. 아까운 생명을 살렸다고 으쓱해 있겠지. 개입하면 할수록 일이 꼬인다는 생각은 못 하고. 한심해. 보는 자들은 다 왜 그렇지? 자기가 뻔히 당하고도 도무지 교훈을 얻지를 못해."

보는 자들은…… 당하고도 교훈을 얻지 못한다. 당한다. 무엇을?

이 대리가 피식 웃음을 보였다. 이제 대화의 주도권은 이 대리가 가졌다.

"사고가 있었지?"

그랬지. 나와 내 부모가 사고를 당했지.

"사고를 당한 사람이 있으면 간발의 차이로 사고를 피해 간 사람도 있었겠지?"

그랬겠지…….

"우연히 피할 수도 있었겠지만 의도적으로 피할 수도 있었겠지. 네가 용길이한테 한 것처럼."

나는 생각했다. 나는 용길이와 그의 친구인 태권 소년들을 살렸다. 나의 개입으로 붉게 변했던 용길이의 숫자는 안정적인 초록 색깔로 다시 돌아갔다. 용길이와 태권 소년들을 데려가려던 구역 담당 사신은 대신 다른 사람을 급하게 수배해야 했다. 황당하고 갑작스럽게 (죽음이란 대체로 그렇지만) 대체자가 된 사람은 근처 복지관의 노인들이었다. 이유는 없다. 그저 그냥, 아무런 논리나 규칙도 없이, 나와 관계없는 사람이어서. 보는 자가 외면했으므로.

죽음을 맞는 수많은 사람들 중 당사자는 누구이고 대체자는 누구일까? 누군가는 자기 몫으로 받은 자기의 시간을 살다 가지만 누군가는 예정에도 없이 덤터기를 쓰고 대신 끌려간다. 그렇다면 우리 부모님은 어땠을까? 어떤 경우였을까?

나는 돌이켜 생각하고 또 생각했다. 어떤 일이 있었는지 떠올렸다. 사고 순간은 다시 떠올리고 싶지 않았다. 실상은 떠올릴 것도 없었다. 그 순간은 그저 힙합음악과 화물차의 커다란 바퀴 그리고 충격으로만 기억됐다.

나는 사고가 일어나기 전의 시간을 더듬어갔다. 사고가 나기 전에 우리 차는 고속도로를 달리고 있었다. 한밤의 고속도로였기 때문에 속도는 꽤 되었겠지만 별다른 이상 징후는 없었다. 그 전에는? 우리 차는 휴게소에 들렀었다. 엄마는 화장실에 가고 아빠는 여전히 주무시고 나는 커피를 사러 편의점에 갔었다. 누가 있었지? 다른 차가 있었다. 진주색 미니 박스. 로미오와 줄리엣 커플이 있었다. 사람 없고 먹을 것도 없고 쉴 곳은 더더욱 없는 간이 휴게소에서 로미오는 조금만 쉬었다 가자고 줄리엣을 설득했다. 지금 도로에 나가면 안 된다고. 조금만 더 있다 가자고. 조금만 더…… 조금…… 기다리자고…….

한밤에 사람 없는 간이 휴게소에서 그는 뭘 기다리고 있었을까? 마침 들어선 우리 차를 유심히 보고 화장실에서 나오는 엄마의 등을 유심히 보고 휴게소를 빠져나가는 우리 차를 유심히 보던 로미오의 눈길. 로미오는 무엇을 보고 있었을까? 그들보다 늦게 휴게소에 들어갔지만 그들보다 먼저 휴게소를 나섰던 우리 가족. 로미오와 줄리엣. 우리 가족 중 두 사람의 죽음. 예정된 시간. 두 건의 실적이 필요했던 시간. 어쩌면 그 시간에 트럭 곁을 지나고 있었어야 할 차량은 베엠베 쿠퍼가 아닌 진주색 미니 박스는 아니었을까?

둔중한 깨달음이 왔다. 혹시 그랬어?

로미오는 줄리엣의 백넘버를 봤을 것이다. 붉은색으로 점멸하는 줄리엣의 등. 그는 한밤의 고속도로, 줄리엣과 같은 차 안에 앉아서 공동의 운명을 느꼈을 것이다. 그는 사고를 예감했다. 내가 용길이와 태권 소년들을 보며 사고를 예감했던 것처럼. 그리고 탈출구를 찾았다. 한밤의 고속도로를 벗어나서 하릴없이 휴게소에서 죽치면서 그는 기다리고 있었던 것이다. 자기들 둘 대신 자신들의 운명 속으로 대신 굴러 들어갈 다른 두 사람을. 우리 부모님을.

로미오…… 로미오를 찾아야 해. 그가 보는 자다.

#

회사 사장님을 찾아갔다.

굿 헬프 서비스 사장은 건실한 사람이다. 물론 어두운 과거가 있다. 얼마나 어두운지는 모르겠으나 알고 지내는 경찰과 검사와 변호사가 있으며 깊이 알고 지내는 현업 조폭과 도둑과 서류 위조 기술자가 있다.

나는 사장님을 찾아가 사람을 찾아달라고 했다. 이름은 모르고 나이도 모르고 사는 곳과 전화번호는 더더욱 모른다. 출신 지역 출신 학교는 당연히 알 리가 없고 지금 얼굴을 본다 해도 알아볼 수 있을지 어떨지도 자신이 없다. 내가 알고 있는 것은 어느 때, 어느 곳에서 그를 한 번 만났었다는 것이다.

"미친놈."

사장은 그 정도 정보로 사람을 찾는 것은 불가능하다는 표현을 그렇게 했다.

"씨씨티비가 있지 않을까요?"

"있겠지."

"씨씨티비에는 차량 번호가 찍히잖아요. 그날, 그 시간에 들어왔던 차량 번호만 확인되면 차량 소유주 신원은 알아봐주실 수 있죠?"

"내가 경찰이냐?"

"비슷하잖아요."

"내가 어딜 봐서 경찰이랑 비슷해?"

"하는 일이 비슷하잖아요."

"신원조회는 경찰만 할 수 있어. 그것도 수사 목적으로만. 방법을 찾아볼 수도 있지만 돈 든다."

"돈은 들어도 괜찮아요."

사장이 밝은 표정으로 날 쳐다봤다.

"야, 너 재벌이구나?"

"저한테 중요한 일이니까 부탁하는 거예요. 많이 해보셨잖아요."

"야, 어디 가서 그런 말 하지 마라. 많이 해보긴. 씨씨티비라…… 언제 건데?"

"음…… 7년 전이요."

사장이 나를 빤히 쳐다보더니 하! 하고 웃음인지 한숨인지 모를 소리를 냈다.

"지금 7년 전 씨씨티비를 찾아봐달라는 거냐? 그게 남아 있냐? 차라리 강남 풀살롱에 가서 숫처녀를 찾아달라고 해라."

알아보니 CCTV 기록은 관리 주체가 누구냐에 따라 다르지만 대부분 최장 보관 기간이 한 달이었다. 하이패스 단말기 탑재 차량은 고속도로 요금소를 통과할 때 통행 기록이 도로공사에 저장되지만 3년이 지나면 역시 폐기되었다. 로미오의 미니 박스에 하이패스 단말기가 있었는지도 알 수 없고 있었다 해도 이미 기록은 사라졌다.

나는 로미오가 타고 있던 진주색 미니 박스가 몇 대나 팔렸는지 알아봤다. 할 수 있다면 그 소유주를 다 뒤질 생각이었다. 사고가 났던 그해에 진주색 박스를 가지고 있었다면 그해에 박스를 샀거나 그 전해일 것이다. 박스가 정식 수입된 것이 그때였기 때문이다. 흔한 차가 아니니 2년 동안 박스를 산 사람을 일일이 다 찾아보면 로미오를 발견할 수 있을 거라고 생각했다. 쉽지 않겠지만 며칠이고 몇 달이고 시간을 들이면 가능하지 않을까. 그런데 또 새로운 문제가 생겼다. 그 차가 로미오 본인 소유였다는 보장이 없는 것이다. 내가 엄마 차를 빌려 타고 다녔던 것처럼 로미오가 다른 사람의 차를 빌려 나온 거라면 그를 찾을 길은 영 없는 것이다. 차량 번호를 안다면. 번호만 안다면 찾을 수 있는데.

나는 윤지에게 연락했다.

우린 내가 지방의 재활병원에 있는 동안 헤어졌다. 특별히 헤어지고 말고 할 것도 없었다. 병문안이 점점 뜸해지던 차에 내가 지방으로 내려가자 윤지는 더 이상 나를 보러 오지 않았고 나도 더 이상 그녀에게 연락하지 않았다. 그 뒤로는 우연히도 만나지지가 않았고 내가 재수 외에는 친구를 만나지 않았으므로 윤지의 소식을 전해 듣는 일도 없었다.

우리는 좋게 헤어졌기 때문에 나는 윤지의 연락처를 아직 가지고 있었다. 좋은 이별이 뭔지는 잘 모르겠지만 이별 때문에 생긴 나쁜 일은 없었다. 매일같이 술을 퍼마시고 울고 불어서 주변 사람들에게 민폐를 끼친다거나 그동안 선물이라고 주고받았던 물건들을 다 돌려달라고 진상을 피운다거나 하는 일이 없었다. 새벽녘에 윤지에게 전화를 한 일도 없었으며 전화가 걸려온 적도 없었다. 윤지는 학교 다닐 때는 친했었지만 졸업하고는 한 번도 본 적 없는 동창 같은 느낌으로 내 전화번호 리스트에만 존재하고 있을 뿐이었다.

"오랜만이야."

윤지를 보는 것은 6년 만인가? 그사이 그녀는 대학생에서 직장인으로 신분이 변했다. 그녀는 원래 가지고 있던 나긋한 여성스런 이미지에 직장 여성으로서의 단정함까지 갖추어 훨씬 세련된 느낌이었다. 화장이 짙어지고 헤어스타일도 변했다.

헤어졌지만 그래도 연인이었는데 점심을 먹자고 하기는 미안해서 저녁 식사 약속을 잡았다. 밥을 먹고 차를 마시며 잘 지냈는지 몸은 좀 괜찮은지 의례적인 말들을 하고 나자 더 할 말도 없었다.

"물어볼 게 있어."

"뭔데?"

"나 사고 나던 날. 내가 너한테 전화했지. 고속도로 휴게소에서."

"……그랬나?"

"그랬어. 그때 거기서 내가 박스를 봤거든. 그래서 전화했잖아. 여기 박스가 있다고."

"박스?"

"네가 좋아하는 차였어. 예쁘다고. 차를 사게 되면 박스를 사겠다고 했는데."

"그랬어? 그런 비싼 차를……."

윤지가 훗 웃었다. 기억이 난다는 건지 안 난다는 건지 알 수가 없었다. 그때 박스는 흔한 차가 아니었다. 어쩌다 길에 주차된 걸 보면 한참을 서서 이리저리 둘러보고 그 앞에서 사진 찍고 했었는데 잊었다는 말인가?

"나 차 샀어. 직장이 머니까 필요하더라. 국산 경차야."

박스는 잊었구나. 대책 없이 찧고 까불던 어린 날은 가고 윤지는 현실을 살아내는 어른이 되었다.

"할부도 안 끝났어. 차 바꿀 때도 아니지만 바꾼다고 해도 내 형편에 아마 박스는 못 살 거야."

이야기가 이상한 쪽으로 흘렀다.

"너 혹시 차 팔려고 나 만난 건 아니지? 왜 그런 말 있잖아. 첫사랑이 전화해서 가슴 두근거리면서 나가보면 둘 중 하나라고. 차 사라거나, 보험 들라거나."

윤지는 깔깔 웃었다. 나는 사회성이 좋은 편이 아니라 정말 우스운 이야기가 아니면 잘 웃어주지 않지만 상대가 윤지라 어쩔 수 없이 입술을 옆으로 늘여 미소를 지어 보였다. 하지만 그게 역효과였는지 윤지는 얼굴이 붉어지며 웃음을 뚝 그쳐버렸다. 윤지는 한동안 말이 없다가 고개를 번쩍 들고 물었다.

"그래서 물어보고 싶다는 게 뭔데?"

"내가 그때 너한테 사진을 보냈는데."

"사진?"

"박스 사진. 그거 혹시 지금 가지고 있어?"

윤지가 어이없다는 표정을 지었다.

"도대체 그게 언젠데. 나 그사이에 폰 바꿨어."

"응……."

실망이 컸다. 마지막으로 기대볼 곳이었는데. 나랑 헤어지고 윤지는 전화기 속의 사진부터 지웠구나. 선물로 줬던 물건이 택배로 오지는 않았지만 사진은 지웠구나. 어쩌면 그게 당연하지. 내게 남아 있는 윤지의 사진도 없다. 나는 사고 때 전화기를 잃어버렸다. 잃어버린 것인지 사고와 함께 박살난 것인지 전화기의 행방에 대해 궁금해해본 적도 없다. 새 전화기를 마련한 것은 그로부터 한참이나 지나서였다. 이전 번호를 그대로 쓰긴 했지만 그전에 저장되어 있던 사진을 옮겨 올 수는 없었다.

어색한 침묵 끝에 잘 지내는 것 같아서 좋다는 둥 쓸데없는 소리를 하고 일어섰다. 카페 앞으로 같이 나왔다. 차는 어디에 있냐고 묻자 윤지는 차는 두고 왔다고 했다.

"술 마시게 될 줄 알았거든."

나는 조금 당황했다.

"그래? 그럼 술 마실까?"

"아니야, 됐어. 그럼 잘 가."

윤지는 뒤돌아서 또각또각 걸어갔다. 그녀 등에 희미하게 발광하는 연두색 숫자가 보였다. 그동안 착실하게 숫자를 줄여간 백넘버. 다섯 자리.

집으로 돌아가는 버스 안에서 휴대전화가 짧은 신호를 보냈다. 사진이 와 있었다. 윤지가 보낸 사진이었다. 사진은…… 박스였다. 휴게소에서 내가 찍어 보냈던 사진. 간단한 문자와 함께였다.

- 찾아보니 있더라. 안녕.

사진이 있었다. 박스의 앞과 옆, 뒷모습을 찍은 사진. 거기에 자동차 번호가 선명하게 찍혀 있었다.

#

차량 번호를 안다면 소유주를 아는 건 쉬운 일이다. 우리나라는 모든 자동차가 등록되어 있고 거기에 이름부터 생년월일, 주소, 온갖 개인정보가 다 들어 있다. 영장도 없이 차량 번호를 토대로 개인정보를 알아내는 것은 물론 불법이다. 그렇지만 우리나라에서는 불법이냐 합법이냐가 쉬우냐 어려우냐를 구분 짓는 잣대는 아니다. 합법적인 일도 굉장히 어려운 일이 있고 불법이지만 식은 죽 먹기처럼 쉬운 일도 많다.

내가 찾는 차는 중간에 중고 매매 거래를 한 차례 거친 바람에 일이 훨씬 복잡하고 어려워지긴 했다. 지금의 소유주가 아니라 그에게 차를 판 7년 전의 소유주를 알아봐달라고 하자 사장은 우리 회사는 그런 것을 알아봐주는 수상한 심부름센터가 아니라는 말을 반복했지만 하루가 안 돼서 답이 적힌 메모를 건네주었다. 물론 돈이 들었다.

로미오는 차로 세 시간 반쯤 걸리는 K시에 살고 있었다. 전라북도에 있는 소도시였다.

주소를 받고 '로미오를 만난다'고 생각하니 다리가 후들거렸다. 로미오. 보는 자. 그가 내 부모님을 죽음으로 몰아넣었다. 부모님의 원수! 내 칼을 받아라! ……이런 연결은 되지 않았다. 복수 같은 건 할 수 없다. 초등학교 때 날 괴롭히는 놈의 신발주머니를 창밖으로 던져버린 일 정도가 내가 할 수 있는 최대의 복수였다.

나는 로미오에게 보여줄 것이다. 그가 보는 자이기 때문에 보여준다. 나의 백넘버. 내가 유일하게 보지 못하는 숫자. 내 끝이 언제인지 나는 무섭게 알고 싶었다.

운전을 해서 K시까지 갈 자신은 없었다. 운전은 지금도 긴장되는 일인 데다 고속도로는 화물차가 많아 더 두렵다. 버스 시간표를 알아보지도 않고 무조건 터미널로 향했다. 기차를 타는 게 좋겠지만 K시에는 기차역이 없다.

지하철에서 고속버스 시각표를 검색해보니 시간이 빠듯했다. 5시 40분 차를 타려면 서둘러야 했다. 예전에 지하철에 붙어 있던 '지하철은 지켜준다 약속시간 어김없이'라는 표어가 기억났다. 지하철은 늦어지지는 않지만 예상보다 빨라지는 일도 없다. 지하철 안에서 아무리 초조하게 굴어봤자 열차가 속도를 높일 리도 없지만 나는 자리에 앉지도 못하고 초조해했다.

열차에서 내리자마자 엄청난 길이의 계단을 뛰어올랐다. 다리에 박혀 있는 마흔여덟 개의 철심이 모두 제각기 찌릿했지만 무시했다. 안에 들어와서도 터미널 구조가 익숙하지 않아 허둥지둥 뛰어다니며 매표소를 찾았다.

"K시 한 장 주세요."

"지금 떠나는데, 타실 수 있겠어요?"

"주세요. 빨리."

신용카드를 긁고 영수증과 함께 승차권이 창구 밖으로 나오는 동안 계속 발을 구르며 서 있었다. 마음이 급하니 다리가 저절로 움직였다. 이 차를 놓치면 다음 차는 7시에 있다. K시에 도착하는 시간이 10시 반쯤. 집까지 찾아가면 11시가 훌쩍 넘을 것이다. 남의 집에 찾아갈 수 있는 시간이 아니었다. 나라면 상대가 무슨 이야기를 하든 문을 열어주지 않을 것이다. 무슨 이야기를 하든…… 대체 무슨 이야기를 할 것인지 나는 결정하지 못했다. '내가 너의 등을 봐줄 테니 너도 나의 등을 봐다오.' 할 것인가? 아빠랑 같이 목욕탕에 가서 서로 사이좋게 등을 밀어주던 것처럼? 로미오는 자신의 백넘버를 알고 싶어 할까? 로미오는 자신이 보는 자라는 걸 알고 있을까? 보는 자에게는 다른 보는 자의 백넘버가 보일까? 아무것도 확실한 것은 없었다. 찾아가면 로미오를 만날 수 있을지, 내가 지금 찾아가려는 남자가 정말 보는 자인지조차 확실하지 않았다. 확실하지 않기 때문에 더 초조했다.

승차장으로 뛰어나가니 K시로 향하는 버스는 이미 앞머리를 돌려 방향을 바꾸는 중이었다. 승차권을 든 손으로 버스 옆면을 탕탕 두들겨 버스를 세울 수 있었다. 간신히 차에 오르고 나니 신물이 올라왔다.

평일 오후라 버스는 좌석이 절반도 채워지지 않았다. 승객들 대부분이 잠을 청하는지 버스 안은 조용했다. 기사가 틀어놓은 라디오 소리가 웅웅거렸다.

출발하고 두 시간쯤 뒤에 고속버스는 휴게소에 들렀다.

"15분 뒤에 출발합니다."

버스기사가 내렸다. 좌석 등받이에 머리를 기대어 졸고 있던 승객들도 버스가 멈추자 모두 깨어났다. 승객들이 기사를 따라 줄줄이 내렸다. 버스가 달릴 때는 괜찮았는데 멈춰 서자 오히려 멀미가 났다. 사람들이 내리며 쿵쿵대는 통에 버스가 꿀렁꿀렁 움직였다. 긴장 때문에 위장이 성이 났는지 구토가 치밀었다.

아무래도 화장실에 가서 토하고 오는 게 낫겠다고 생각하며 일어서는 순간 나는 다리에 힘이 풀리며 그대로 좌석에 주저앉았다. 나는 내게 구토를 일으킨 것의 정체를 보았다. 붉은 숫자의 점멸. 자리에서 일어나 버스에서 내리는 승객들의 백넘버 중에 붉은 1이 보였다. 내려서 벌써 저만치 걸어가는 버스기사의 백넘버도 의심할 바 없는 1이었다. 그 뒤를 줄레줄레 따라가고 있는 나이 든 여자. 그리고 머리가 좀 벗겨진 아저씨 그리고 또 저기 한 사람. 붉은 백넘버의 사람들이 휴게소 광장 여기저기에 보였다. 이 버스에서 내린 사람들이다. 떠나기 직전의 고속버스에 아슬아슬하게 올라타느라 미리 타고 있던 승객들의 백넘버를 보지 못한 것이다. 그들의 등은 두터운 좌석 등받이에 가려져 있어 보이지 않았었다. 나는 숨이 턱에 닿게 뛰어서 떠나려는 버스를 잡아 세워서는 아슬아슬하게 죽음의 버스에 올라탄 것이다.

버스에서 내렸다. 발바닥이 허공을 밟는 것 같았다. 무릎이 자꾸만 꺾였다. 화장실에 가 변기에 대고 토하려고 했지만 침밖에 나오지 않았다. 엎드려 토하려고 애쓴 것만으로도 몸의 기력이 다 빠져나갔다.

어떻게 할 것인가…… 나는 오래오래 세면대에서 손을 씻었다. 거울을 보니 눈 밑이 거무스름했다. 얼굴에는 핏기도 없고 입술에도 각질이 허옇게 일어나 있었다. 비누 거품으로 손을 문지르고 또 문질렀다. 어떻게 할 것인가…… 물기가 마르면서 손이 뻑뻑해지고 더 이상 거품이 나지 않았다. 어떻게 할 것인가…… 안내방송이 화장실에까지 들렸다.

- 5시 40분발 K행 신진여객을 이용하시는 승객께서는 속히 승차하시기 바랍니다. 5시 40분발 K행 버스가 출발하지 못하고 있으니 아직 승차하지 않으신 승객께서는…….

나를 찾는 방송이었다. 내가 올라타지 않아서 버스가 못 떠나고 있는 모양이었다. 주어진 15분은 이미 지나 있었다. 어떻게 할 것인가…….

평일의 고속도로 휴게소는 한산했다. 색깔 고운 등산복과 선글라스와 모자로 멋을 낸 노인 한 무리가 곁을 지나갔다. 붉은 숫자는 더 이상 보이지 않았다. 모두들 버스에 올라탄 모양이었다.

나는 버스 쪽으로 갔다. 내가 타야 할 버스가 시동을 켠 채 신경질적으로 공회전하고 있었다. 나는 멀찌감치 떨어져 버스를 지켜보았다.

그때 내가 탔던 버스 쪽으로 양복을 입은 중년의 남자가 서둘러 달려가는 것이 보였다. 남자의 등에 초록색 네 자리 숫자가 보였다. 버스로 오르는 계단에 한 발을 걸쳐놓은 채로 남자는 기사와 무슨 말인가를 주고받았다. 들리지 않아도 알 수 있었다. 남자는 애초 그 버스에 탔던 승객이 아니다. 어떤 사정으로 자신의 버스를 놓쳤고 그는 대신 다른 버스를 타려 하고 있는 것이다. 저 사람은 예정했던 길을 벗어나 무언가 다른 선택을 했다. 양복 차림의 남자가 버스에 올라섰다. 보고 싶지 않았지만 볼 수밖에 없었다. 네 자리였던 그 남자의 백넘버가 순간적으로 붉은 1로 변하는 것을.

벼락같은 깨달음. 대체자.

나는 버스가 문을 닫고 출발해 천천히 휴게소를 빠져나가는 것을 보았다. 몇몇 붉은 백넘버와 그리고 한 명의 대체자를 태운 버스. 내가 내리고 그가 올라탔다. 내가 내렸기 때문에 그가 올라탔다.

태권도학원에서 만났던 박 부장의 목소리가 귓전에서 들리는 것 같았다.

'잊지 마. 너의 선택이었어.'

나는 선택했다. 선택할 수 있다는 일 자체가 끔찍했으나 선택했다. 나는 살기로 했다. 그러므로…… 대신 다른 사람을 죽였다.

#

그길로 다시 돌아왔다. 로미오는 만나지 않았다. 앞으로도 영원히 만나지 않을 것이다.

나는 교훈을 얻었다. 삶에 유일한 축복이 있다면 그것은 무지다. 그날을 알지 못하는 것. 보지 못하는 것. 그리하여 선택할 수도 없는 것. 나의 백넘버를 알게 되는 순간, 나는 또 선택할 수밖에 없을 것이다. 죽음을 알면서도 그 속으로 뚜벅뚜벅 걸어 들어갈 용기 따윈 없기 때문에 나는 아마도 몇 번이고 누군가를 죽일 것이다. 죽을 때까지 나는 무엇이 나를 그 길로 이끄는지 두려워하며, 의심하며, 불안해하며 살 것이다.

내 백넘버를 볼 수 없다는 것이 유일한 나의 구원이다. 나는 모르고 살 것이다. 그래서 우연히 그리고 갑자기 불가항력적으로 죽을 것이다. 불가항력이 주는 자유를 맘껏 누릴 것이다.

박 부장을 다시 만난 것은 한참 뒤였다.

현주와 같이 걷고 있었다. 이 동네는 일 년 전만 해도 낮이면 골목이 텅 비는 조용한 주택가였다. 그러다 직접 원두를 볶는 커피숍과 외국에서 구해 온 특이한 소품을 파는 가게들이 하나둘씩 생겼다. 비싼 임대료를 피해 들어온 가게들이었는데 그런 가게들이 들어옴으로 해서 이 동네의 임대료가 점점 비싸지고 있다는 소문이었다. 카페 옆에 살림집, 그 옆에 가게 바깥에 옷을 줄줄이 걸어둔 오래된 세탁소가 있었다.

닭발 하나를 먹어도 어느 동네 어떤 집 것만 고집하는 입맛 까다로운 현주 덕분에 이 동네를 알게 되었다. 여기에 기가 막힌 딤섬집이 있다는 것이다.

박 부장은 신문을 펼쳐 든 채 골목 담벼락에 기대 있었다. 박 부장도 나를 알아봤지만 신문을 한 장 넘기는 것으로 일부러 나를 못 본 체하는 액션을 취했다. 물론 나도 모른 체 지나쳤다. 그렇지만 종이신문이라니⋯⋯ 역시 눈에 띈다. 이런 대낮에 골목길에서 종이신문을 펼쳐 들고 있는 양복 입은 회사원. 남의 시선을 끌고 싶지 않다면 그런 잠복 코스프레도 좀 업데이트를 해야 하지 않을까? 신문을 든 건 얼굴을 가리려는 의도였겠지만 종이신문을 펴 들고 있으니 50*m* 밖에서도 눈에 띄었다.

박 부장을 스쳐 지나온 지 얼마 안 되어 박 부장이 기다리는 사람이 내 옆을 스쳐 지나갔다. 30대로 보이는 어쩌면 40대일지도 모르는 여자였다. 스마트폰을 들여다보며 걷고 있었다. 보지 않으려 했지만 시야에 점멸하는 붉은 1이 언뜻 들어왔다. 저런 습관, 길을 걸으며 주변 상황에 주의를 기울이지 않는 습관. 돌발 상황에 반사적으로 반응하게 되어 있는 인체의 기능마저 무디게 만드는 저런 습관이 화를 부른다.

오면서 봤던 풍경들이 머릿속을 지나갔다. 차들이 속도를 낼 수 있는 골목은 아니고 공사 구간이 있었던 것도 아니고 위에서 뭔가 떨어질 만한 고층 건물이 있는 것도 아니었는데. 무슨 일일까. 나는 궁금해하지 않으려고 노력했다. 예정되었던 일이 예정대로 일어날 뿐이다. 나는 빨리 이 골목을 빠져나가기 위해 서둘렀다.

두리번거리며 딤섬집을 찾던 현주가 내 팔을 살짝 흔들었다.

"이상하네? 이 골목이 맞는 것 같은데. 다시 돌아가보자."

"내가 꼼꼼히 봤는데 없었어. 옆 골목으로 가보자."

"그래?"

나는 현주의 팔을 잡고 골목 밖으로 서둘러 나갔다. 골목을 빠져나와 큰길로 나서자마자 골목 안에서 무슨 소린가 들리는 것도 같았다. 그러나 그냥 기분 탓인지도 모른다. 현주도 흘끔 골목 안을 돌아보았다. 나는 말없이 현주의 팔을 잡아끌었다.

우리는 계속 걸었다. 맛있기로 소문났다는 그 딤섬집은 도통 눈에 띄지 않았다. 큰길은 복잡했지만 평온했다. 사람들은 걷고 이야기하고 때로 자전거를 타고 지났다. 택시와 승용차, 오토바이들이 지나갔다. 미용실에서 수건이 잔뜩 걸린 빨래 건조대를 인도로 내놓았다. 누군가 가로수에 개를 묶어두었다. 떡집에서 새하얀 김이 문밖으로 쏟아져 나왔다.

햇살이 좋았다. 일어날 일들은 일어나고 사람들은 살아간다.

어머니가 돌아가시던 날은 평범한 어느 날이었다.

날씨는 전날과 비슷했고 인상적인 사건이나 특별한 암시를 주는 일은 없었으며 나는 여느 날처럼, 오늘 저녁은 뭐 해 먹나 걱정하다 아, 다이어트 해야 하는데…… 하고 생각했다. 불길한 꿈도 없었고 이유 없이 유리잔이 깨지지도 않았다.

나는 아무런 조짐, 징후가 없었던 그날을 두고두고 받아들일 수가 없었다. 몰랐다는 것이 분했고 모를 수밖에 없다는 것이 기막혔다.

태산 같은 억울한 마음을 다지고 밀고 접고 조몰락거려 소설을 썼다. '모르는' 내가 괴로워서 '알고 있는' 원영을 만들었지만 그 아이의 고통은 생각 이상이었다. 원영의 불가항력을 안쓰럽게 바라보는 동안 내 마음은 길들고 순해졌다. 글쓰기가 가진 치유의 힘이다.

지금, 원영은 겸손하게 소박하게 조심조심 살고 있다. 그러니 응원은 필요 없다. 담백한 응시면 족하다.

어떤 사적인 성취도 다른 사람의 도움에 기대지 않은 바가 없다. 이 책 역시 마찬가지다. 일일이 표하지 못할 뿐이다.

임선경